講談社文庫

新装版

俄(上)

浪華遊俠伝

司馬遼太郎

講談社

目次（上）

目次（下）

俄——浪華遊俠伝——（上）

北野の雪

一

眼のぎろりとした色の真黒な子がいて、店の奥で帳面を綴《と》じている。

半年前に、この大坂平野町堺筋角《かど》の茨木屋《いばらぎ》喜兵衛方に奉公にきたが、ほとんど番頭にも口をきかない。

「怪態《けったい》な奴《やつ》や」

番頭や手代たちからそういわれていた。

平野町の茨木屋といえば大坂三郷きっての豪商だが、店が大きいだけに、使用人の骨相、眼つき、性格、すべて平凡であることをよろこぶ。

「どつきまわしても痛がりよらへん」

番頭や手代になぐられても、泣っ面《つら》ひとつかかないというのだ。

それが、

「怪態なやつ」

というわけなのである。番頭になぐられれば三丁ほどもきこえる大声をあげて泣く丁稚《でっち》こそ、可愛げもあるし、平凡でもある。商家の使用人は諸事平凡なのがいい。

名は、万吉といった。

きょうは帳とじの日なのである。

大坂の商家では正月の十一日を、

「キッショ」

と言い、この一年間使用する帳面をとじてその上書きをかく日になっている。丁稚がずらりと二十人も居ならんで分業で帳面をとじてゆき、番頭のなかで文字のうまいのがその上書きをかく。

万吉は、キリで帳面に穴をあけている。

この作業が完了すると、一同大台所にあつまって番頭、手代には酒肴《しゅこう》が出、丁稚にはぜんざいがふるまわれるしきたりだった。

「おい万吉」

作業がおわるころ、そんな声がかかった。

「勝手口にヤラカンはんが血相変えて来たはる。なんぞ、心あたりがあるのか」

「……?」

万吉は顔をあげた。ヤラカンはんというのはこの丁稚の保証人なのである。順慶町に小店をもつ道具屋で、名前は善兵衛というのだが、頭が禿《は》げて薬缶《やかん》に似ている。薬缶頭なのである。が、善兵衛のばあい、その薬缶頭がぶよぶよと柔かそうな味わいをもっているため、ヤワラカ・ヤカンから「ヤラカンはん」というあだなになったらしい。

「心あたりはござりまへんが」

「まあ行ってみぃ」

番頭にゆるされて土間へ降り、暗い台所を通りぬけて勝手口に出ると、裏通りの風に吹かれながら善兵衛老人が立っていた。

「万吉、えらいこっちゃ」

と、万吉を天水桶《おけ》のそばまでさそい出し、

「おまえは侍の子やろ。おどろくなよ」

「家が、火事だすか」

「火事ならまだええ。マッとこの浮世で仕末のわるいもんや。貧乏や」
「うちの貧乏は昔からだッけど」
「阿呆《あほ》。おまえのおやじ殿が、女房子供を置いて逐電《ちくてん》しくさったわい。四五日前のこッちゃ。お母《か》ンは、ここ二三日、米一粒も食うとらんぞ」

二

年の瀬や
水の流れと人の身は

という江戸の俳人其角《きかく》の句が、そのころ大坂で大いにもてはやされ、「俄《にわか》」などの芸人がよくサワリにつかった。

左様、この俄。

ニワカとよむ。仁輪加《にわか》と書いたりする。路上などでやる即興喜劇のことだ。この小説にそういう奇妙な題名をつけたのは、この小説の主人公が晩年、小林左兵衛と名乗って日本一の俠客《きょうかく》、といわれるようになったころ、自分の一生をふりかえって、

「わが一生は、一場の俄のようなものだ」

といった言葉からとっている。読者は、この男のやることなすことに、一場一席の「俄」を感じてもらえば、筆者の主題は大いにつらぬき通せることになる。

さて、人の身。

運命というか。江戸時代も末期にちかづいているこのころは、物価も高く、都会生活が苦しくなっており、自然、市井《しせい》に住んでいる人の身にふしぎなことが多い。

なかでもふしぎといえば、万吉の父親ほどふしぎな一生の男もすくない。

もとは、江戸のうまれで歴《れっき》とした旗本だったという。

武士のころの名を、明井采女《あけいうねめ》といった。公儀お庭番というから、隠密である。

十一代将軍家斉《いえなり》の内命をうけ、隠密として大坂にくだり、町人に身を変えて大坂の高級幕吏の身辺をさぐっていたが、そのうちかんじんの家斉が死んだため、復命するあてをうしなった。

お庭番というのは将軍じきじきの密命によって動くもので、役目を果すまでは幕府の士籍からものぞかれてしまっている。

浪人せざるを得なくなった。

そのうち世話をする者があって、堂島中町船大工町の質屋で明石《あかし》屋儀左衛門の養子になり、名も九兵衛とあらため、女房も、北野村の百姓長兵衛という者の娘およねをめとり、妻にした。

その夫婦のあいだにうまれたのが、この万吉である。

が、この九兵衛はほどなく養家を追いだされ、その後、二度火事にあい、しだいに落魄《らくはく》して北野村の大百姓岸本重兵衛方の長屋に住み、乞食同然の身になった。

その父親九兵衛が、妻子をすてて逐電《ちくてん》してしまったという。

（貧乏が、いやになったのだ）

万吉は、茨木屋にいとまをもらって北野の実家にいそぎながらそう思った。

（妙な男だった）

わが父ながら、そう思った。公儀隠密のなれのはてと言いながら、どこか性根がなく、貧と屈辱にもろい男だった。この落魄に辛抱ができず、おそらく江戸へ戻ったのであろう。

（おれが、一家を養うのか）

万吉、数えて十一歳である。

近づいてくる太融寺《たいゆうじ》の森を見ながら、大人のような面構えで、そう思った。

三

万吉は、家にもどった。

「お母ン、どうしたえ」

と、土間に立った。眉がぴんとはねあがって、どうみても可愛気のない少年である。

「万吉かえ。まあ、あがりイな」

「いや、この土間でええ」

表障子の破れから風が吹きこんできて、土間がたちまち白くなった。いつのまにか風に粉雪がまじっている。

「そこは寒いがな」

「いや、ちっと心に覚悟したことがあるさかい、この家にはあがらん。お父《と》うはなにか、逃げたか」

万吉は大人っぽくさらに畳みこんで、

「大坂三郷には、もうおらんか」

「ずいぶんと人にたのんで心あたりをさがして貰うたが、影も見かけぬという。おそらく江戸へ帰らはったのやろな」

母親はちょっとだまって、

「江戸者は浪華《なにわ》の土に根をおろしにくい、というさかいな」

「わいは、仇《かた》きを討ったる」

「かたき？　そら何や」

「かたきやがな。お父うは貧乏が怖《こ》おなって江戸へ逃げよったのや。金に追われたようなもんや。されば親の仇きは金やないか」

「お前、お金をどうしようと言うのや」

「盗《と》りにゆくがな」

傲然《ごうぜん》と、この少年はいった。

「泥棒か」

「ああ、似たようなことをする。商人になって儲《もう》けるのもええが、それには歳月が要《い》るわい。きょうあすの米にも事欠くこの一家には不向きの志や。それより手っとり早う」

「こ、こいつ」

お袋がとびかかってきたが、素早く身をかわし、「泥棒になるのよ」

「獄門になるぞ」

「ならんわい。泥棒というても御法度《ごはっと》にふれるようなことはせん」

「なにをするつもりや」

「まだわからん。何をするかはいま思案中やが、覚悟だけはできた」

「どんな」

「命を捨ててかかってこまそ、という覚悟や。平野町からこの北野村へもどるあいだに、肚《はら》がすわった。わいは命がけで生きてこます」

「どう命がけで生きるのや」

「そこはまだわからん」

「子供の浅智恵でなにを言う」

「智恵か」

万吉は、ふんと笑った。

「太融寺の坊主がぬかしたわい。智恵より大事なのは覚悟や、と。覚悟さえすわれば、智恵は小智恵でもええ、浅智恵でもええ、あとはなんとかなるやろ」

「おまえ、それを言いにきたのか」

「いや、お母ンとおふさ（妹）に縁切りにきた。あと十年、万吉はおらんものと思うておれ。金はときどき窓からほうりこむ」

母親のおよねが外に走り出たときは、もう万吉の姿がない。

四

北野村の万吉の家というのは、現在《いま》の阪急ホテルの裏あたりにあった。市街地ではない。人家の密集している天満の西北郊にあり、見わたすかぎりの水田地帯で、ところどころに森がある。

あぜ道を太融寺の方角に歩いてゆくと、どっと風が吹きつのった。

万吉はその風にさからいながら懸命に歩き、北野村の庄屋大西弥右衛門の屋敷の前まで出た。

小門をたたいてなかに入れてもらい、シキイの手前でひざまずいた。

小僧ながら、作法を心得ている。シキイからむこうは土間。

土間には、一借家人の分際ではのこのこと入ってゆけないのである。

「ええ、九兵衛のせがれ万吉でございますが旦那様はご在宅でございますか」

「なんやな」

と、奥から、弥右衛門が出てきた。北野村一帯の大地主で、庄屋をかねている。

「万吉か」

九兵衛逐電のことは、庄屋だからよく知っている。そのことだと思い、万吉を土間まで入れてやった。

弥右衛門は、カマチにすわり、

「なんじゃ、一人できたのか。五人組の者には相談せざったか」

五人組とは、近所合壁《がっぺき》五人で組織された最小の自治組織である。庄屋といった大そうな身の家に小僧が一人で来るべきではない。普通の手続きなら、五人組の者と相談の上村役人に連れられて来るべきものだ。

「おい、身分ちがいなことはするな」

とは、庄屋はいわなかった。万吉の家の変事についてよく知っているから、なにか火急の願いごとだろうと察したのである。

「おまえの家のことについてはわしも同情している。合力《ごうりき》をたのみにきたのか」

「いいえ」

万吉は片膝をつきながらいった。

「そうではごわりまへん」

「されば何の用じゃ」

「人別帳から、この万吉の名を抜いていただきたいのでございます」

「えっ、もう一度言え」

「勘当《かんどう》してくだされ」

庄屋はおどろいた。

勘当というのは、戸籍（人別帳）から名を抜いて無宿人になるという意味である。親が放蕩息子《ほうとうむすこ》をこらしめのために勘当するというのは、よくある。が、多くはお上《かみ》には内証のことで無宿人にするわけではない。

万吉のいう勘当は法律上の正式の勘当で、庄屋を通じて町奉行所にねがい出、良民の籍からぬいてしまうことである。

「おまえ正気か」

「いかにも、正気でござります る」

「浮浪人になることだぞ」

五

「左様、人別帳からぬいていただいて、浮浪人になりたいのでござります」

と、万吉はおちついていった。

「無宿者だぞ」

盗賊、兇状持ちのたぐいに多い。

「へい、心得ております」

「なぜ左様なものになりたい。わしも五十六の齢《とし》になるまで、十や十一の小僧から無宿者にさせてくれという願いをきいたことは今日がはじめてや」

理由をきいたが、万吉はどうしてもいわない。小僧のくせに頑固なのだ。

むろん、はっきりと理由はある。人別帳からはずれて無宿になった場合、たとえ悪事を働いてお上の縄にかかっても、親兄弟には罪がおよばないのだ。

江戸期の刑法は連座制になっている。息子が罪をおかせば親も連座しなければならない。

（このさき、どんな渡世をするかしらないが無法もする、悪事も働かねばならなくな

るかもしれない。そのとき、お袋に迷惑はかけたくない）

と思っての上での勘当願いである。

「これ万吉、勘当は悪いやつが受ける罰やがそれを知っての上か。おまえは、どんなわるいことをした」

「いままでは悪事を働いたことはございませんが、これからは泥棒もするかもしれませぬ」

「けっ、されてたまるか」

押し問答をくりかえしたあげく、庄屋はついに万吉の頑固に音《ね》をあげて、

「心得た。しかし勘当をするには御奉行所の御許しが要る。庄屋の手もとでできることは走り帳に名を書くことだけや。とりあえず走り帳にしてやる」

走り帳とは、家出人の帳簿である。庄屋の管理になっている。

「その走り帳とやらに名が書きこまれれば、もう物を盗《と》っても人を殺してもお袋に難儀はかかりませぬか」

「かからぬ。勘当とおなじ意味や。しかし人を殺す気か」

「さきのことはわかりませぬ」

「人を殺せば獄門首になるぞ」

「それだけの大覚悟でこのさき生きてゆくつもりでございます。それではただいまより家出をいたします」

「こいつ」

庄屋は、十一歳の小僧に気押《けお》されてぶるぶるふるえた。ただいまより家出をします、と庄屋にことわってゆくやつもないであろう。

万吉は、外へ出た。

(これでなにやら性根がすわったな)

と、自分でそうおもったが、しかしどこへゆくあてもない。

雪が、浪華の北郊の野につもりはじめている。万吉はその雪を器用にすくってのどのかわきを医やし、

(さて、この広い世間で何をするか)

家もすて戸籍もすて命さえもすててかかっている以上、もはや将軍といえどもこわくはない。

(なんぞやることはないか)

足は、大坂の方角にむかっていた。

六

万吉は血相を変えて歩いた。

むろん、あてはない。

(浪華は天下の金どころや。死ぬ気で歩きまわればどこかで金とぶつかるやろ)

いちずにそう信じて歩いた。

(金、金、金)

題目でも唱えるように熱っぽく念じつづけながら大坂の北郊に入ると、風がやみ、雪も降りやんだ。

そこは、年相応の小僧である。

(一念とはこわいもんや。わいの一念で、天まで晴れたか)

と、一種憑《つ》かれたような心境になった。小僧はなおも歩く。

曾根崎村に入った。この村は俗に「北ノ新地」とか、「堂島新地」とかいわれ、大坂の花柳街のひとつになっている。

道の両側にびっしりと料亭がならび、夕暮れになれば軒の掛け行灯《あんどん》がかがやき、狭い路上には男女が袖をふれあわせながら往き来している。

村に、町《ちょう》がある。

老松町である。町内に老松という名の小さなホコラがあり、その前を通ってなおも歩きつづけた。その血相のすさまじさをみて、

——あの小僧、狐憑《きつね》きやないやろか。

と、往来の男女が目を見はった。

やがて、露ノ天神の境内に入った。曾根崎村の鎮守で、道頓堀芝居で有名なお初・徳兵衛の曾根崎心中に縁があるところから、

「お初天神」

ともよばれていた。

さしてひろくもない境内だが、花街からあげる赤い奉納提灯《ぢょうちん》がずらりとならんでいて神前に一種のなまめきがある。

その境内で、万吉は北野村から歩きつづけてきた足をやっととめた。

(あそこに、金がある)

と、万吉の視線は、境内の東すみの大樟《おおくすのき》の根方にとどまって動かない。

なるほど、ござの上に、天保銭、一文銭が山のように積みあげられている。

人が十人ばかりいる。みな子供で、どの子も不敵な悪童づらをしてござをかこんでいた。

（ばくちか）

大坂は江戸とちがい子供ばくちが盛んで、市中の神社という神社で常時開帳されており、ために定廻《じょうまわ》りの同心などが通りかかればあわててやめるが、定廻りが町角に消えたとたん、もうはじめている。

ばくちは、

「河童博奕《かっぱばくち》」

というやつである。胴元も子供なら客も子供で、ばくちがおわると社務所にいくらかおさめて帰ってゆく。

樟の下の賭場の胴元は、十三四の中僧《ちゅうぞう》で黒い腹掛けをし、ぱっと銭をつかむや、大人のような胴間声をはりあげて、

「さあ、丁か半か」

と、コブシを天にあげた。つかんだ銭の数は、偶数か奇数か、というのだ。子供用のものだけに、ばくちの仕掛けは単純なものだ。

七

胴元の腹掛け小僧の口上というのは、憎々しいほどにうまい。

「さあさあ、賭《は》った賭った。どんどん賭れ、丁か半か」

と、香具師《やし》の客寄せ口上のように流暢《りゅうちょう》なものだ。眼は盆に七分、人垣に三分、というぐあいに配りつつ、

「考えてもごらん、百(文)賭れば二百になるんじゃ。思いきって賭った賭った。殴《は》って悪いのは親爺《おやじ》の頭」

と、冗談《ちゃり》まで入れ、

「どやどやどや、もっと賭れ。胴にはこれだけの銭があるんじゃ。これをみんなぶっしゃげたい(取りあげたい)とは思わんか。男なら賭れ」

さらに射倖心をあおるために、

「ばくちゃな、わが握っている銭を銭だと思うから負けるんじゃや。紙と思え。石ころと思え。思いきって賭れ。ケチるやつには果報は来んぞ」

万吉は人垣のなかに割りこんで行ってこの河童ばくちの現場をぼんやりみていた

が、やがて異様な決意が、全身の血を熱くした。

（この銭、とってやる）

どうせ、天下御禁制の賭場の金ではないか。悪銭をとるのがなぜ悪い、とこの小僧はそういう理屈を立てると、

――どいてくれ。

というように頭で人垣を分け崩し、どんどん前へゆき、ぱっと跳《は》ねあがるや、その銭の山の上にうつむけに倒れこみ、両手をひろげてかかえようとした。

「餓鬼《がき》っ」

と、胴元も賭人《はりて》も仰天した。

「おまえ、狂人か。賭場荒らしか、何をしやがる」

「この銭、貰《もろ》うた」

と、万吉はわめいた。わめきつづけた。

「貰うた、貰うた」

「こいつ」

と、胴元とその子分三人が万吉を銭の山からひき離そうとしたが、根が生えたように離れない。

た。

「餓鬼、なめくさったな、わいはこのあたりで知られた天満の勘七というもんじゃ」

下駄をぬぐなり、力まかせに万吉の頭をなぐりつけた。下駄がまっぷたつに割れた。

が、万吉は離れない。

子分や賭人も下駄をぬぎ、杭《くい》でもたたきこむように万吉の頭を乱打したが、万吉はじっと我慢し、その間、銭をつかんでは懐《ふとこ》ろに入れつづけた。

「この餓鬼、殺してこませ」

と、みなで力まかせに蹴りはじめたが、万吉はせっせと懐ろに銭を入れながら、

(痛しぐらいで銭が入れば言うことはないわい。死ぬと思え、わいは死人やと思え)

と自分に言いきかせつつ、間断なく襲ってくる痛撃に堪《た》え、さらに、

(おれの一生はこれや。これでゆく)

と、腹の底から思った。

むろん、鼻血がござを真赤に染めている。さらに頭の皮がやぶれ、おどろくほどに血が流れはじめたが、万吉は懸命にがまんした。

八

腹掛け小僧たちが万吉をなぐりつけているうち、そのコブシも血でぬるぬると濡れてきた。

「気色《きしよく》のわるい」

そうなると、逆になぐっている者のほうがおじけづいてきた。

(こいつ、これほどなぐられても痛くないのか)

魚には痛覚がないという。そういう、人間以外の別の生きものを相手にしているようで、薄気味もよくない。

「汝《われ》」

と、親分株の中僧がいった。

「どこの子じゃい」

「天涯の無宿じゃ」

「むしゅく?」

「無宿人よ」

子供に無宿人があろうか。

「うそやと思うたら、北野村の庄屋へ入って人別帳をしらべてこい。御府内《ごふない》浪人明井采女のせがれ万吉という名に朱の棒がひかれているはずじゃ」

「万吉というのか」

みな、気味わるそうにのぞきこんだ。

「そうよ」

「きょうのところはゆるしてやる。懐ろに入れただけの銭はくれてやるさかい、二度とこの境内にまぎれこむな」

「そうか」

万吉はすっと立ちあがった。みなおもわず後じさりした。

顔が化け物のようであった。まぶた、鼻柱が脹《は》れあがり、血と泥が、地獄絵の岩絵具のようにこびりついている。

万吉が歩きだした。

「一昨日《おととい》来い！」

みな、その背へのろいかけた。罵《ののし》ったのではない。この縁起でもないやつを、もう二度とはこの世で見たくはなかったからだ。

「いや、またくる」

と、万吉はふりかえり、ニヤリと笑った。みなおそろしさに飛びさがってしまった。

万吉は境内を出た。

すでにあたりは暗くなっている。そのまま桜橋まで出、橋下の蜆川《しじみ》におりて行き、橋ゲタのそばでざぶりと頭に水をかけた。

顔中が、痛みで地ひびきをするようであった。

(わっ)

と、はじめて痛覚がよみがえり、その痛みにたえかねて万吉は泣きだしてしまった。

わあわあ泣きながら顔をあらった。

その姿を、橋の上から見ていた女がある。箱屋を連れている。

「あれかい、蜆川名物の河童《がたろ》というのは」

と、その芸妓が箱屋にいった。言葉が浪華風ではなく江戸弁であった。

「見てきてごらんよ」

「断わらしてもらいまっさ。蜆川の河童は男の尻子《しりこ》玉《だま》が好きやと申しまっさかいな」

「箱屋でも男かえ」

女は褄《つま》をうんと持ちあげ、石段に一歩足をおろし、自分で土手をおりようとした。

九

芸妓は、越後屋の小左門《こさもん》といった。

「小左門姐《ねえ》さん」

といえばこの町ではひびいた奇女で、三味線がうまくて、愛想《あいそ》がない。

「口三味線はひけないのさ」

といって、客が気に入らないとさっさと座敷をひきあげたりするが、気象がおもしろいので堂島あたりの米商人でひいきをする者が多い。

江戸うまれである。父親は大坂加番に赴任してきたさる旗本だという伝説があるが、小左門は自分で語ったことはない。

齢は二十五六で色が浅黒く、眼が切れ長でちょっと若衆顔といった顔立ちをしている。

「どうしたの」

と、小左門は万吉のうしろから声をかけてみたが、さすがに気味がわるいのか、川っぷちまでは近づかない。

そこへ箱屋がおりてきて、たったいま灯を入れたばかりの提灯をさしだした。

万吉の顔が、浮びあがった。

「あっ」

と、箱屋が逃げ腰になったが、小左門は動かず、

「どこの子？」

と、問いかさねた。

「宿なしや」

「だってその縞《しま》は」

と、小左門は万吉の着ている丁稚《でっち》縞《じま》の着物を指さして、

「平野町の茨木屋さんのお仕着せでしょう。茨木屋の小僧さん？」

「けさまでは」

「いまはどうなのよ」

「お店も家も、出てきた。無宿人や」

「人《にん》とはいえないわ。人とは大人のことをいうのよ。あんた子供じゃないの」

「子供の無宿人や」

と、万吉は提灯の灯明《ほあか》りのなかで昂然《こうぜん》と胸を張ってみせた。

「そのひどい顔は？」

「あんた、お上の御用を聞いているのかい」

とは、万吉はいわなかった。

性根がきついくせに万吉には可愛げがあって、小左門のせんさくに素直に答えた。

それが小左門にはひどく愛らしく映ったらしい。

「けんかをしたの」

「うンにゃ」

「じゃ、何よ」

「銭がほしかったンや」

聞く事情が、小左門にとって一つ一つ驚きのたねだった。

捨てておけないと思ったらしい。小左門は箱屋から三味線をとりあげて、

「あんた、この子をあたしの家まで連れて帰って、外科の先生をよんでおやり。あたしはお座敷がおわればすぐ帰るわ」

「姐さんも物好きな。こいつ、こんな殊勝な顔をして、ひょっとすると河童の化けた

やつかもしれまへんで」

「河童なら河童で、ひっくくって見世物に売っちゃうから」

小左門は提灯をとりあげると、石段をさっさとあがって土手の上へ消えた。

十

万吉は、箱屋に小左門の家まで連れてゆかれたが、その格子戸《こうしど》の前で、

「外科の先生をよぶのかい」

と、箱屋に念を押した。

「姐さんからそう言いつけられている」

「無用のコッちゃ」

万吉は箱屋のとめるのもきかず、そのまま格子戸の前をゆきすぎた。

「おい」

箱屋が追ってきたが、万吉の足は早い。闇にまぎれた。

(この銭を、北野村の家にほうりこまねば)

と思いつつ歩いたが、なにぶん朝めしを茨木屋で食っただけで胃のなかに一物も入

っていない。足が動かなくなった。

幸い、太融寺のそばまでくると、門前に、

「大安《だいやす》」

と掛け行灯をかけた縄のれんのうどん屋がある。そこに入り、土間の縁《えん》に腰をおろしてうどんを注文し、三杯食った。

食いおわって懐ろから例の銭を縁の上にほうり出し、勘定してみると、四文銭と一文銭をとりまぜて三百二十八文あった。

(これで、母子《おやこ》ふたりが二三日は食える)

と安堵し、そのなかからうどん代を二十六文はらい、外に出た。

小一時間《こはんとき》歩いて北野村につき、家の戸の前にしばらく立っていたが、入れない。

(おれはもう無宿人で、庄屋の手もとの走り帳に行方知れずと書かれている身や)

あらためてそのことを思い知ると、泣きだしたいような気持になった。

(はやまったかな)

とも思った。もともと、考えるよりも行動が先き走るたちで、この癖は生涯ぬけなかった。

(お父《とう》がわるいんじゃ。いかなもとは御直参《ごじきさん》などと言うても、妻子を捨てて逃げるの

が武士か）

裏口へまわった。

小窓がある。そっとあけて、そのなかから三百二文の小銭をざらざらとほうりこんだ。

それが母親の枕もとに落ちたらしい。

「たれ？」

と、起きてくる気配がしたのでおどろいて万吉は軒さきからとびのき、野の道を大坂にむかって駈けだした。

（今夜はどこで寝る）

金は、一文もない。

（なあに、露ノ天神の賽銭箱《さいせんばこ》のかげにでも寝てこまそ。あした、境内で河童ばくちの賭場が立てばまたあの伝をやったろ）

そう思うと、気が妙に落ちついてきて、泣っ面がどうにか消えた。

露ノ天神にゆくため曾根崎に入ると、いきなり南の路次から越後屋の小左門が出てきた。

（いかん）

と思って逃げだそうとすると、えりがみをつかまれた。

「蜆川の河童《がたろ》だね」

さっき小左門の家の前から逃げた、ということも、この女は箱屋からきいて知っている。万吉はぐんぐん引きよせられた。縁がある、というのはどうしようもないものらしい。

十一

万吉は正直なところ、小左門にえりがみをつかまれながら、ぞくっ、と身ぶるいがした。

このふかしぎな感情、――というより衝撃か。それが体のどの部分から出てくるのか、とにかくこれほど奇妙な気持をあじわったことがない。

「惚《ほ》れた」というのは大人がごく安直に使いすぎることばだが、小僧の心情はそんな言葉をすらすらと使えるような、汚れた、軽薄なものではない。

(こ、こりゃかなわぬ)

おもいながら、ずるずると曳《ひ》かれ、それに抵抗する力も湧いてこないのである。夢のなかで駈けているようなあのもどかしさにやや似ているだろう。

家へ連れてゆかれた。

小左門は自前《じまえ》の芸妓で、曾根崎小橋のそばの露地奥の二階家にすんでいる。

万吉は、長火鉢のむこうにすわらされた。

「あたしは小左門というんだよ」

と、干菓子《ひがし》をひとつかみ、くれた。そろそろ尋問をはじめようとしているらしいが、小左門はいきなりは切りださない。

「桜橋のむこうの弥左衛門町に知りあいがいてね、病気なのさ」

「へい」

「それを見舞って曾根崎のお座敷に行こうとしたら、橋の下にあんたがいた。あのあたりの土手の石垣から河童が出入りする、という話をきいていたからね、幸い河童ならとっつかまえてやろうと思って降りて行ったら、泣きべそ掻いてるこどもだった」

「泣いてえしまへん」

万吉は、くわっと目をひらいた。泣く泣かぬということは男の意地にかかわることではないか。

「まあ、それはどっちでもいいけど」

「ええことおまへん。あのとき頭の傷に水が滲《し》みるんで、わあわあ声をあげれば滲みかたもすくないやろうと思うて、不本意ながらあんな声をあげていました」

「いや、泣いていた」

「声だけだす」

「けったいな子やな」

小左門は浪華言葉でそう言い、ひとしきり笑ってから、このおっそろしく意地張りな小僧にいよいよ興味をもった。

「今夜は、泊めたげる」

「へい。そのかわりその辺の掃除をさせてもらいます。茨木屋の丁稚あがりだすよって、掃除だけは玄人《くろうと》だす」

「婆やがいるからかまわない」

「いえ、そうします」

「ところで、どんな人間になる気?」

「わかりまへん。いまは北野村のお母ンと妹を食わせる思案だけでいっぱいだす」

「やくざになる気なのね」

「さあ、それはわかりまへんな。わしはばくちはきらいやし、下手《へた》ですさかい、そんものになれまへん」

当分、賭場の銭のつかみどりを専門にやろうと心にきめていた。

十二

芸妓の朝はおそい。

小左門は陽が高くなってから起き、婆やのお鹿に、

「あの子は?」

ときくと、お鹿は首をふった。

「逃げたようでっせ」

万吉は暗いうちに起き、表を掃き、土間を掃き、板ノ間をぬかでふき、婆やが起きてくると水を汲《く》んでやったりしてくるくる気ぜわしく働いていたが、陽が昇りきったころぺこりと頭を一つさげて出て行ったという。

「朝も食べずに?」

「はい、朝ごはんを招《よ》ばれてゆけと言うたンでっけど、あの子、ヘンコツだすな」

「どうして?」

「泊めて貰うたうえにごはんまで頂戴してはわしの覚悟がにぶる。わしに親切にしてくれる気があったらだまって追い立ててくれ、とこう言うておりました」

(いよいよけったいな子やな)

小左門は板ノ間で遅い朝めしを食いはじめたが、ふとみると板が蠟《ろう》でも引いたように光っている。

(なるほど茨木屋の小僧やな)

茨木屋といえば大坂の商家でも有名なほど丁稚にやかましい店で、ここで鍛えられた者は牢屋でも辛抱できるといわれていた。

「あの子、もしよかったらずっと置いてあげようと思ったのに」

「そら、功徳《くどく》になりマンな」

お鹿も反対しなかった。平素、小左門にとってまるで母親のようにうるさい老婆だが、あの小僧をひきとることについては、小左門がおもわず拍子ぬけしたほど、けろりとしている。

「なぜ反対しないの」

と、小左門はからかってやった。

「うちには、男っけがおまへんさかいな。一軒の家に猫がいっぴき居てもええように、男も一人ぐらいは要りまっさかいな」

「あれ、男?」

「まぎれもない男でンがな」

「子供じゃないの」

「なかなか」

老婆は笑いだした。

「あんな男臭い子、大人でもめずらしおまっせ。飼《こ》うときやす」

「ふうん」

そういわれてみてはじめて自分の心の内側に気づいたのだが、万吉の可愛気は子供のそれではない。漢《おとこ》がもっている、あの可愛気である。

(それに魅《ひ》かれたのかしら)

と思ってから、気持わるくなった。まさかあんな小僧に、こっちは二十五にもなる大年増じゃないか、と思いかえしたのである。

「でも、どこへ行ったのだろう」

「あてはない、と申しておりました。毒気はあるが欲気のなさそうな子だンな」

「そうね」

（大人になればさぞ女にもてるだろう）

と、小左門は思い、理由もない嫉妬に似たような奇妙な感情が、むらりとおこった。男ぎらいで通っているこの女には、めずらしい感情といっていい。

十三

この日、万吉は朝から足早やに歩きまわって神社仏閣の境内をたずねまわり、

（賭場は立っていないか）

とさがした。正直なところ、昨夜の「大安」のうどん以来ものを食っていないため腹はすききっている。

（昼までに賭場をさがさねば、おらァ行き倒れになるがな）

餓えと足との競争のようなもので、必死になって歩いた。ついに天満《てんま》の天神の西の土塁の下を通っているとき、鼻で銭の銅くさいにおいを嗅いだ。腹のへっているときは、嗅覚が異様にするどくなるものらしい。

天満天神といえば、浪華最大の社《やしろ》で、西側は城廓《じょうかく》のように石垣を築き土を盛りあげ、その上に松並木を栄えさせ、三方は堂々たる練塀《ねりべい》をめぐらし、参道には店舗がな

らび、常時市《いち》が立ち、見世物の小屋が立ちならび、辻々には軽口噺《かるくちばなし》（辻漫談）などの芸人が立ち、にぎわいはたとえようがない。

楼門をくぐって境内に入った。

境内の摂社、末社の裏などものぞき、賭場をさがしまわっているうちに境内のはしの「文庫」とよばれる建物の裏で、銅銭がふれあう音がした。

（やっている）

このあたりは人目につかない。賭場は露ノ天神の場合とおなじ趣向で、ゴザの上に銭の山をつみあげ、胴元の中僧が、銭を一枚にぎっては、

「さあ、丁か半か」

と、やっていた。露ノ天神の場合はコブシの中の銭の枚数の奇数偶数をあてる仕組みだったが、ここは銭の表裏で丁半をきめるらしい。

例によって万吉はものもいわずに突進し、銭の山の上にがばっとうつぶせになった。

「この銭、貰うた」

得意の一つせりふである。

当然、胴元やその子分、賭人の連中は、

「餓鬼、なにさらすっ」

とわめき、ついで寄ってたかって袋だたきにしたが、万吉はなぐられながら必死になって銭を懐ろや袂に流しこんだ。

(今日はとくべつ痛い)

と感じたのは当然で、きのうのこぶや傷がそのままになっている。そこへ容赦なくコブシの雨がふったが、万吉は堪えた。

(わいは我慢屋じゃ。我慢さえすれば銭が入る)

簡単明快な渡世法である。

やがて血が流れてきて、きのうと同じように河童ばくちの連中はおぞけをふるって手をひいた。

「汝《われ》ア、なんじゃ」

「万吉じゃ」

そのすきにも、ざらざらと懐ろへ銭をつかみ入れている。

ぱっ、と足で頭を蹴った者があったが、万吉は顔色も変えずに銭つかみの作業に没頭していた。

相手も気味わるくなり、やがてあやまるように、「その銭、呉れてやるさかい、消《う》せさらせ」と、泣きっ面でいった。

十四

(今夜はどこで寝よう)

と、天満天神の境内をひきあげたあと、万吉は脹れあがった顔をぶらさげながら、北にむかって歩いた。

懐ろには、銭で腹が冷えるくらいずっしりと先刻の金が入っている。

(もうあの姐さんのところはいややな)

いやではないが、ものにはケジメがある、とこの小僧は思っていた。むこうが笑顔をみせてくれるからといって、ずるずると泊まりこんでしまうというのは、「天下無宿」をもって性根の底を決めている万吉には、あってはならぬことと思っている。

(薄みっとむない)

おれは毅然《きぜん》として世に立つべきだ、という自分への要求が、万吉にはつよい。

(大源《だいげん》に泊まってやれ)

行きつけの駄菓子屋である。子供のなじみというのは駄菓子屋しかない。

太融寺のそばにきた。

ここから北が北野村だが、その太融寺の西門のそばに、軒の傾いた駄菓子屋がある。

大源である。

亭主は便利大工だったのだが、それが死んだあと、老婆ひとりが駄菓子屋をひらいて暮らしている。

万吉はその戸をたたき、今夜一夜、泊めてくれんかい、と頼んだ。

「おまえ、万吉やないか」

「そや。ちょっと事情があって家に帰れぬ身になっている」

万吉は、いっぱしの大人になったような、ちょいといい気持で言った。

「聞いてるがな」

と、大源の老婆はうなずいた。子供相手の商売だけに、子供の世界の情報にはあかるい。

「そら幸いや。身の上話をする手間がはぶける。ほなら泊めてくれるな」

「いやいや、人は泊められん」

「銭か」

万吉は、機敏に老婆の心理を察し、

「銭ならある」

と、懐ろからつかみ出し、カマチの上に音をたてて置いた。

いっぺんに老婆の相好《そうごう》がくずれたが、しかし老婆もお上がこわい。

「木賃《きちん》、旅籠《はたご》でないかぎり人は泊められんというのがお上のご法度《はっと》や。駄菓子屋が人を泊めていたら、えらい罰を食う。しかし」

と、老婆は弁じた。

「旅籠代をとらずに泊めるぶんにはお上の御苦情もないやろ。万吉、無料《ただ》やないで。無料やないが、この銭はあずかっておく」

銭をあずかっている、というなら旅館類似行為にはならない、と老婆は思い、そういう公事師《くじし》（訴訟屋）のような念押しをするのであろう。

「ところでおばはん、頼みがある」

と、別のたもとからおびただしい銭をとりだして万吉は置いた。

「これをわいの家の窓からほうりこんでくれんかい。使い賃は十文や」

十五

その夜から万吉は、この駄菓子屋の大源の二階を下宿にした。

「わが家のつもりで遠慮なしに寝泊まりしいな」

と、老婆もいってくれた。もっとも老婆にすれば、この「怪態《けったい》な小僧」をあだや人情で泊めているわけではない。この小僧は毎日どこへともなく出てゆき、夕刻には顔を大脹れに脹らして帰ってくる。懐ろから銭をとりだし、その一部を宿泊料として老婆に与えるのだ。

さらに老婆は北野村の家へ銭をほうりこみにゆく使いもする。その駄賃が、十文である。

（まるで打ち出の小槌《こづち》のようなやっちゃ）

老婆は、半ば気味わるく、半ばほくほくもので、この小僧をみていた。

（あの脹れあがった顔から銭が出るのか）

と、ふしぎでたまらない。

なにしろ、毎日、頭や顔に、あたらしいこぶやあざ、裂傷を作って帰ってくるのである。

「いったい、どんな商売や。おばんにもひとくち、乗せてンか」

といってみたことがある。

無口で不愛想な小僧だから、なにも語らず、

「お婆《ば》ンにはむりや」

といった。

顔があんまり脹れあがって「商売」に行けぬ日もある。そんな日は老婆は床をとってやって寝かせ、手拭いで冷やしてやった。

「親切に、おおきに」

と万吉が礼をいうと、

「商売ものの顔やさかいな」

老婆は、この顔から銭がうまれてくるものだとにらんでいるらしい。

とにかく稼ぎは、すくない日でも三百文、多い日には一貫文もあった。

こつは一つである。いくらなぐられても腹を立ててつかみかかって行ってはいけない。

ただひたすらになぐられつづけていることが肝要である。相手はそれで根《こん》くたびれ

し、ついには、——放してやれ。二度とくるな。

と、突っぱなしてしまう。ときどき目まいがして立てぬことがあり、境内を病犬《やみいぬ》のように這って出たこともある。

(殴られる、斬られる、この二つに平気になれば世の中はこわいものなしじゃ)

と、自分にもそう言いきかせている。古来宮本武蔵、伊藤一刀斎などという大そうな兵法《ひょうほう》使いが出たが、万吉の修行法は、かれらの逆であった。

兵法者は勝つことを工夫し、そのために惨憺たる修行をし、ついに「勝つ」ことによって自分を磨き、また衣食の道を得たが、万吉のばあいは負けることで男を磨き、負けることで衣食の道を得ようとした。

(結果はおなじことや)

しかし勝つ修行よりも、万吉の修行のほうがはるかにつらいにちがいない。

(おれはその道で行ったる)

十六

ある日、万吉は太融寺横の「大源」を出て賭場さがしに出かけた。

曾根崎の露ノ天神の鳥居をくぐると、左手の梅林に白梅がほころびはじめている。

(河童ばくちの連中がまだ来てへんな)

その連中がくるまでのあいだ、時間つぶしに梅林のなかを歩いていると、二三人、商家の旦那衆らしいのが、短冊《たんざく》と筆とをもって梅の枝ぶりをながめている。

「おっさん、何してるのや」

と、小僧は好奇心にみちた、食い入るような目でその大人たちを見た。なにか、人の知れぬ銭儲けをたくらんでいるのか、と思ったのだ。

「発句《ほっく》やがな」

と、五十年配の宗匠頭巾《ずきん》をかぶったのが、そう答えた。

「ホックて、儲かるか」

万吉はあくまで真剣だったが、三人の旦那衆はからかわれたと思ったらしい。

「しっ、あっちへ行け」

と、野良犬でも追うように万吉を追っぱらった。万吉は梅林を出た。

(朝からけちがついた)

そう思いながら本殿から拝殿へ出、拝殿の東側の空地に入ってゆくと、わっ、と声があがって五六人の中僧や小僧が、ござをかかえて逃げだした。

（なんじゃ、おれの顔をみて）

万吉は、まだ自分が、この界わいの河童ばくちの連中からどれほど怖れられているかに気がつかなかった。

やむなく、賭場さがしに市中を歩きまわった。曾根崎不動寺のそばの眼神《めがみ》八幡宮、西天満の神明宮、天満堀川の蛭子《ひるこ》ノ宮、さらに足をのばして船場《せんば》平野町の御霊宮《ごりようぐう》の表門をくぐった。

ふつう、御霊さんとよばれる。

境内の南すみに芝居小屋が一軒あり、さほど著名でない一座の幟《のぼり》がひるがえっている。

北門のそばに神楽蔵《かぐらぐら》があり、その蔵の裏で賭場が立っていた。

「あっ、あの子がきた」

賭人《はりて》の一人が、気の弱い声をあげた。胴元は、十三四の大柄の悪童である。

「また山荒らしが来くさったか」

と、一同身がまえるなかを、万吉はすっすっ、と進んできて、いつものとおり銭の山に飛びこもうとすると、胴元の悪童がいきなり態度をかえて拝むまねをした。

「行ってくれ、たのむ。これや」

と、万吉に拝むうちに、だんだん顔つきが情けなくなってきて、いまにも泣きだしそうになった。

「このとおりや」

「どいてくれ。そこの銭貰うた」

揉みあううちに胴元の子分がばたばたと賭場をしめ、ござを巻き、一人は銭をもち、ころがるようにして逃げだした。

(なんじゃ、殴らんのか)

万吉は拍子ぬけし、付近の神社や寺をさがしまわったが、せっかく開帳中のところも、万吉の姿を遠望すると、さっさと片付けて逃げてしまう。

才覚

一

万吉は、毎日歩いた。

(チッ、あかんか)

と、痰《たん》のかわりに腸《はらわた》でも吐きだしたくなるほどのしけた毎日だった。

どの境内の河童ばくちの連中も、万吉の姿をみるなり、

「あっ、来くさった」

と、盆ゴザも銭もひっさらえて逃げ出してしまう。

ときには盆をめがけて全速力で駈けこんでくる万吉に一同平《へい》つくばって降参し、

「こらえてくれ、こらえてくれ」

と、泣き声の合唱をあげる連中もある。

万吉はつねに無表情だ。

「ドヅけ、ドヅきくさらんか」

と、わが顔を突きだすのだ。ドヅけ、とはなぐれ、という浪華ことばだ。

「こらえてくれ」

なぐるほうが、泣きそうになっている。殴って効果のある相手ならいいが、こっちの手が痛くなるだけで、結果は銭をとられてしまうことをみな知っている。

(ちぇッ、あかんか)

万吉はむなしくひきさがらざるをえない。

毎日、銭なしで「大源」へ帰った。

ある日、大源のお婆ンが、

「万吉ッつぁん、このごろは、えらいええ顔でもどって来るな」

と、皮肉たっぷりにいった。

「ええ顔て、なンや」

「脹れてへんがな。不景気か」

「あかんな」

万吉も、このあたりで考えこまざるをえない。

(思えばおれも間違うとった。一ツ才覚だけで世を渡ろうとしたのが、料簡《りょうけん》ちがいや)

料簡ちがいや。

と、数日、ひきこもって思案した。一度使った才覚は一度だけ古くなるものだ。何度も使えばすりきれて使いものにならなくなる。

(才覚は、天神祭りの花火と同じやなあ)

とおもわざるをえない。

同じ趣向の花火がつづけざまにあがれば客が飽くのだ。飽けば客が散る。花火と才覚は、つねに変えてゆかねばならない。

(なるほど、えらい智恵をもった)

左様、これが世渡りの智恵というものだ、と、この小僧は、古聖賢のように深刻ぶったつら構えでみずからうなずいた。

(ひとつ、新手《あらて》を考えるか)

一方、「大源」のお婆ンは欲だけときている。だいいち、この二階の借り代は、日家賃《ひやちん》なのだ。毎日のように催促にあがってきた。

「待ってンか。いま才覚してるとこや」

と、万吉は、いっぱしの口をきいてひきとらせる。お婆ンはそれでもしつこく、

「新手は、まだかア」

と、やってきた。万吉は閉口した。

「まだや」

というものの、気はせく。いらだってくる。しかし才覚というものはお婆ンのような催促人がいてせっつかなければ出てこないものだ。ある日、ついに出た。

二

インチキ賭博である。

（やってみるかい）

と覚悟し、さっそく小道具の製作にとりかかった。思案は小僧だけにたかが知れたものだ。銭の裏おもてで丁半をきめる河童ばくちのたねを作るのである。

タネ銭に、裏おもてがない。

（それを作ればええやろ）

とおもい、銭をひざもとにならべた。

一文銭といっても、いろんな種類がある。

最初、「文銭《ぶんせん》」といわれているやつを使おうと思い、それを二枚用意してヤスリで裏をすりへらしてみたが、うまくゆかない。銭の形が大きすぎて、万吉のコブシにかくしきれないのである。

「長崎銭《ながさきせん》はどやろ」

とおもい、そいつをヤスリにかけてみたがよほど品質がわるいらしく、ポロポロ欠けてとても役に立ちそうにない。

あらゆる種類の銭にヤスリをかけてみたが結局、最高のものは「元銭《げんせん》」といわれている銅貨だとわかった。

元銭とは、元和通宝《げんなつうほう》のことだ。

穴あきの一文銭だが、裏側に「一」の文字が捨て文字として鋳出《い》されている点で奇妙がられている銅貨である。家康が元和元年に大坂の豊臣家をほろぼし、同五年に江戸でこの銭を鋳た。「一」の文字は天下統一の意味をこめたものだという。

小僧はそんなことは知らない。

「硬《かた》い」

と、おもわずうなった。ヤスリが、カラカラと銭の表面をすべってゆくほどに硬い。

(これにきめた)

と、この元銭を二枚用意し、毎日たんねんにヤスリをかけた。

三日目で、どちらも裏側が磨《す》りつぶれ、ちょうど半分の薄さになった。その裏同士を、万吉は、接着剤でつけようとした。

接着剤をつくるだけでも、たいそうな努力が要った。カマボコ板の上に黐《とりもち》と飯つぶを盛り、それをヘラで半日練りに練るのである。

やっと出来あがり、二枚銭をそれでくっつけると、ピタリと合った。

(どや)

われながらほれぼれするほどの出来映《ば》えである。どうみても一枚の銭としかみえない。

万吉はそのタネ銭と、銭一貫ばかり用意しゴザ一枚を小脇にかかえ、露地奥の「大源」を出た。

初夏の朝である。家々の軒下の植木鉢のヒナ段に新緑がかがやき、当節はやりの四季紅《くれない》の葉をみせる「江戸紅葉《もみじ》」が、すずやかな色を添えている。

万吉はどんどん歩いた。

やがて天満天神の境内に入ると、うまいことに賭場が立っていた。

「あっ、山荒らしや」

と、子供たちが逃げようとすると、万吉はするすると進み出、

「つねづね厄介をかけている。しかし今日は銭は貰わん。ホンジツはわいが胴元や」

と、威勢よく盆ゴザをひろげた。

三

「汝が胴をとる?」

子供ばくちの連中はあきれた。ひとりが、おずおずときいた。

「賭場荒らしは、やめたのか」

「安心さらせ、ふっつり廃《や》めた。きょうからはガラリと変わってわいが貸元《かしもと》や」

「まるで俄みたいな奴ッちゃな」

と、群れのなかの一人が、つぶやいた。

「それはそうと」

中大人《ちゅうおとな》のような悪相《あくそう》の子があごをあげて、

「銭はあるンけえ」

「無《の》うて賭場《やま》がひらけるか。体が冷えるほどグッスリ銭は用意している」

「どれ」

みな、のぞきこんだ。

万吉はわら草履のままゴザの上に立ち、帯をほどいた。

帯がとけるや、ざらざらと銭がこぼれてたちまち足もとで山になった。

「一貫はある」

と、万吉はいった。

一同おどろき、

「この銭ア、みなわいらの賭場をあらした銭やないか」

「ほざきさらすな」

万吉は、乾いた声でたんかを切った。

「銭に素姓《すじょう》はないわい。どの銭も天下公儀の通宝じゃ。口惜しけりゃ、張ってとれ。ド性根をきめて張って来い」

「よし、張ってこましたる」

悪相な子が、ふところに手をねじこみ、銭をつかみ出して盆ゴザの上においた。

「おう、客が一人ついた。ほかのやつはどうした。張る度胸もないか。張れ張れ、どんどん張れ。どんどん張っておれの銭をみんなもってゆけ」

万吉は小僧のくせに、冴えたいい声をもっている。

それにつられて、ばらばらと張る者が出てきた。万吉はなお口上をつづけ、

「もっと張れ、張りくさらんかい。見ていただけでは銭は入らんど。張って張ってこの山を崩せ」

次第に賭人《はりて》がふえ、やがて賭人が十分出そろったころに、万吉は、

「やるでえ」

と、銭の山のなかに手をつっこみ、数枚にぎるや、パッとコブシを天に突きあげた。

「どや、丁か半か」

丁が偶数、半が奇数である。コブシのなかの銭の数が、偶数か奇数かを言いあてるのだ。

「丁や」

と、悪相がどなった。

「わいも丁」

「わいも」

と、残らず丁できた。さっきの万吉が銭をつかんだ様子がいかにも素人っぽくて、あきらかに四枚、ということがたれの目にも見えた。

(そのとおり、丁や)

素人っぽくやったのは万吉の術《て》である。が、このコブシのなかには、タネ銭が一枚入っている。万吉は掌《て》のなかでピシリと銭を割り、二枚にしてから、ぱっと掌をひろげた。

「済まんが、半や」

四

巧妙なインチキである。このタネ銭一枚さえあれば、コブシのなかの銭の数を、自在に偶数にしたり奇数に変化させたりすることができる。

「おかしいな、たしかに偶数《ちょう》やと思うたんやがな」

と、どの賭人もふしんがったが、負けてしまったものはどうにもならない。

ザラリ、と万吉は勝った銭を掻きよせて銭の山を大きくし、

「さあ、もう一番」

と、苦《にが》っぽい面つきでいった。

「よし、張ったる。こうなったら意地や」

賭場に、勢いがついてきた。

万吉は落ちついて、盆ゴザの上の銭の山に手をのばし、みんなに見すかされるような下手くそな手つきで、銭を五枚つかんだ。むろんそのなかに、例のタネ銭が一枚入っている。

(五枚。——)

と、みなの目が、たしかにそう睨んだ。

「奇数《はん》！」

と、一同、声をそろえて叫んだ。

万吉は心中、にやりとしたが、むろん、面つきは相変らず、苦っぽい。

「それでええか、ほんまに半か」

「半や」

「文句ないな」

などといいながら、万吉は掌のなかでタネ銭をピシリと割って、六枚にした。

「どや」

掌をひろげてみると、六枚の銭がくろぐろと乗っている。

これを五六回繰りかえすと、賭人の懐ろがすっからかんになった。

「気の毒さんやったな」

万吉は銭を掻きよせて懐ろにねじこみ、その重みで体がまがるほどの格好で、さっさと境内を出た。

いったん太融寺のそばの「大源」に帰り、お婆ンに銭の一部をあずけ、

「例によって、北野村のお母ンとこへほうりこみに行って貰おか」

と言い、残りの銭いっさいを持ってこんどは曾根崎の露ノ天神の境内へ出かけた。

ここでも、またたくまに銭二貫をもうけた。

「気の毒やったな」

と、引き揚げてくる。

（いずれ露《ば》れるやろ。それまでの稼ぎや）

齢《よわい》十一歳で一家眷族《けんぞく》を養うにはこれしかない、と万吉は平然と思っている。

（世間の子は、温《ぬく》いふとんに、据え膳の飯《まま》、食いさらしてるのや。わいはそういはいか

ん。気イはゆるめられンど)

寺小屋で、読み書きそろばんのほか、人間世界の道徳などもならったが、そんな道徳は、

(据え膳で食うとる子が守りくされ)

と思っている。

(こっちが守っていたら、ひぼしや)

それにしても世間はおもしろい。ど性根ひとつがすわれば、こうもらくらくと銭が入るものか、と思った。

万吉は、曾根崎の街路を歩いた。

五

(変な子だった)

と、芸妓の小左門はあれから、日に何度か、万吉のことを思った。

贔屓《ひいき》の客に、花房弥十郎という、歴《れっき》とした旗本の殿様がいる。

一昨年、江戸から赴任してきて大坂定番《じょうばん》の支配に属し、「大坂具足奉行」という役

目をつとめている。

大坂具足奉行というのは、江戸の官制では耳なれぬ職名だが、大坂には、幕府はじまって以来、そういう官職がある。

ついでながらいうと、大坂の地は幕府の直轄領（天領《てんりょう》）で、大坂城は、将軍が城主になっており、譜代大名から城代が選ばれ、大坂町奉行および、西国諸侯を統率する。

その大坂城代の下に、やはり譜代大名から選ばれる大坂定番がおり、具足奉行はその下に属している。

花房弥十郎は、それである。曾根崎の花街で、

「札《ふだ》ノ辻《つじ》の殿様」

といえば、この具足奉行のことだ。札ノ辻に官邸があり、そこで職務をとり、同心十人を使っている。仕事というのは、大坂城に保管されている四千六百余領の具足の保管、修理と、それに馬印《うまじるし》、旗、旗竿の保管である。

花房は、まだ三十代だが、ひどく温和な男で、物腰の老《ふ》けかたが、どうかすると五十年配かとひとに思われるようなところがある。

芸妓を座敷によんでも、いつもニコニコしていて、めったに大きな声を出したこと

もないが、ただひとつ、

「早く江戸へ帰りたい」

というのが、この殿様の唯一の愚痴といっていい。

「わしは浪華の水にあわないらしい」

と、つねづねこぼし、この曾根崎に遊びにきても、いつも、江戸うまれの小左門をよび三味《しやみ》を弾《ひ》かせたりして楽しんでいる。

(いいかただ)

と小左門も思うのだが、ただ人が好すぎてこちらが退屈してしまう。

今夜も、そうである。

小左門が、ひとわたり唄や三味でもてなしてしまうと、あとは糸が切れたように、手持ち無沙汰になった。

「なにか、おもしろい話はないかね」

と、花房の殿様がいった。

「幇間《たいこ》をよびましょうか」

「いや、幇間《ほうかん》はきらいだ。小左門だけがそこに居てくれればいい」

「そうですか」

座持ちのへたな小左門は、閉口してしまった。もともと小左門は、芸妓は唄と鳴物と酌が専門で、座持ちのほうは幇間が専門だ、と割りきっている。

「どんな話でもいい」

と、花房の殿様は、ニコニコといった。

「私どもの話なんか、殿様のお耳にお入れするような代物《しろもの》ではございません」

そういってから、ふと、小左門は、万吉が御直参のたねだということを思いだした。

六

「このあたりに」

と小左門は、いった。

「出るんでございますよ」

「狸が、か」

「いいえ、小僧でございます」

と、小左門は、万吉のことを、そんな切り出しかたで、花房弥十郎に話した。

聞きおわって、

「おどろいたな、子供の無宿人とは」

と、花房の殿様は、おだやかに笑った。

「殴られても、殴りかえさぬのだな」

「ええ。わいは殴《どつ》かれ屋や、と申しておりますわ」

「おもしろい」

花房の殿様はいよいよ笑いじわを深めた。

「して、どこの町の出かな」

「北野村、とか」

と小左門がいったとき、花房弥十郎は猪口《ちよく》をもつ手をとめた。

「父親を、なんと申す」

「それが逐電したそうでございますけど、もとは歴としたお旗本でございましたとか」

「名は？」

と、殿様は、猪口を置いた。

「そこまで聞いておりませぬ」

そう言ってから小左門は、花房の殿様の顔色をみておどろいた。あきらかに表情に動揺がおこっている。

「父親の名を、聞いておいてくれぬか」

「はい」

「頼んだぞ」

殿様は、真顔で念を押した。

その翌日、小左門は朝早くから家を出た。

むろん化粧もせず、着物も縞木綿《しまもめん》に昼夜帯を締め、半纏《はんてん》をはおって、ちょっと見には商家の女房とかわらない。

(どこにいるのかしら)

と、曾根崎から天満にかけてのめぼしい社寺の境内をさがしたところ、天神の境内で胴をとっている万吉をみつけた。

「あ、ここにいたの」

と、寄ってゆくと、賭人《はりて》の子供たちがじろじろと小左門を見た。

万吉はぶすっとそっぽをむき、小左門を見ようとしない。

やがてばくちがおわった。

万吉は銭を懐ろに入れ、ゴザを巻いてさっさと歩きだした。

小左門も、ついて歩いた。

西の小門から万吉が出、人通りのすくない仕舞うたや、、、の家並みを歩きだしたとき、

「可愛げのない子ね」

と、小左門はいきなり、万吉のほっぺたをひねりあげた。

「痛っ」

「痛がらないのがあんたの商売じゃないの」

といよいよ指に力をこめつつ、

「声をかけたら、ニコリとでもするものよ」

「男や、そうやすやすと笑えるかい」

「ちょっと話がある」

と、頰《ほお》をひねりあげたまま、鮒《ふな》ずし屋へ入った。

七

(阿呆《あほ》かいな)

といった面で、万吉はぷっとふくれている。それが小左門にはいかにも小憎ったらしくみえるのだが、奇妙な可愛さもある。

「あんた」

と、小左門は箸をとりあげてから、

「花房弥十郎というお侍を知っている?」

「知らん」

(おや)

小左門はあてがはずれたような気がした。彼女は彼女なりに想像していた物語《ドラマ》のようなものがあって、それが簡単にあてがはずれたのだ。

万吉は、鮒ずしを食っている。小左門はじっとその口もとを見ながら、

「大坂具足奉行よ、札ノ辻のお屋敷の」

「札ノ辻?」

万吉は、咀嚼《そしやく》をやめた。

(お母ンからきいたことがある)

――叔父にあたる。

と、母親はかつて話した。花房弥十郎は直参明井家から出たひとで、学問ができた

ところから家禄《かろく》七百石の花房家に養子に入った、という。万吉の実父明井采女には次弟にあたるらしい。

その花房弥十郎が大坂に赴任してきたころは、まだ父の明井采女は失踪《しっそう》の前で、家で内職などをしていた。

ある日、その北野村のあばらやへ供三人に槍一筋をもたせた立派な武家がたずねてきて、

「明井采女殿のお宅は、こちらでござるか」

といった。それが、大坂具足奉行の花房弥十郎である。

明井采女はどういうわけかひどく狼狽《ろうばい》し、奥にかくれ、万吉の母親に、

「左様な者の家ではない、といえ。また、明井采女などと申す仁《じん》は存じませぬ、と申せ」

と言い、土間から追っぱらってしまった。

あとで、

「あれは弟だ」

といったが、それ以外、なにもいわなかった。明井采女にすれば、隠密として大坂に差し立てられていながら、もはや江戸にも帰らず、大小も捨て去り、市井《しせい》に朽ちは

てようとしている自分を、肉親や公辺《こうへん》に知られたくなかったのであろう。あるいはそれ以上の深刻な理由がなにかあるのかもしれない。

（大人の世界は、ずいぶんと入りくんだものらしい）

と、万吉もあとで母親からそんなことをきいたとき、そう思っただけでなにも言わなかった。

「思いだしたらしいわね」

と、小左門はいった。

小左門は、訊きかたがうまい。あれこれ問いかさねているうちに、万吉から右のはなしも聞きだしてしまった。

「姐さんの旦那け？」

「ちがう」

小左門はくびをふって、

「あんた、無宿の子供やくざなんかで居ずにその叔父様を頼《たよ》ったら？」

というと、万吉は顔を真赤にした。

八

「なにが子供の無宿人や」

と、小僧が怒りだした。

「わいは、自分でめし食うとる。どんなことがあっても、ゆくゆく、たれに厄介にもならずに生きてゆく覚悟や。そういう覚悟人《かくごにん》をつかまえて、阿呆にしたらあかん」

「阿呆にしてへん」

と、小左門はつい浪華ことばでいった。

「あんたのためを思ってのことじゃないか」

「為やあらへん。その花房弥十郎たらいう侍の一件、そんなものに安情けをかけられたらせっかくのわいの大覚悟がにぶるわい」

「いえ、ね。花房様は、お歴々だもの」

と、小左門はいった。

「血縁の者に、子供ばくちの賭場荒らしが出てはご身分にさわるでしょう」

「その花房たらいう侍、わいが邪魔や言いくさるのかい」

「ひがんではだめ」

小左門は手こずり、その話はそれだけで切りあげてしまった。

万吉は鮒ずしを食いおわると、

「わいは忙《せわ》しい身や。きょうはこれで」

と、一人前のあきんどのようなせりふを残して、さっさと出て行ってしまった。

年が明けた。

万吉が無宿人になって一年になる。

相変らずインチキばくちは盛大をきわめ、毎日、大量の銭が入った。

万吉は入るたびに毎日、それを「大源」のお婆ンとか、洗濯をたのんでいる隣家のお婆ンなどに頼んでは、北野村の母親のもとにもって行ってもらった。

北野村の母親およねにしてみれば、こんなふしぎな話はない。

最初の一二回こそ、

――たれか、情けぶかいお人が、残され後家になった自分を憐《あわれ》んで、窓からほうりこんでくれはるのやろ。

と思っていたが、その投げこみが、もう三百回以上になっている。

(万吉や)

とおもわざるをえない。

となれば、これだけの銭を、毎日毎日稼ぎだす妙法が世にあるとは思えないから、

(てっきり、泥棒をしている)

とにらんだ。そう思うとおそろしくなっていまではその銭に手をつけず、ぜんぶ、押入れへほうりこんである。

それがこの春二月で、なんと七十二両という途方もない大金にのぼっている。安い家なら七八軒も買えそうな大金である。

およねはこの秘密をひとりの胸にしまっておくほどの度胸がないから、近所の者に、

「おそろしい話がおますのや」

と、しゃべってしまった。

それが噂になって北野村、曾根崎、天満界わいにひろがった。

「北野村の万吉は、出奔いらい、大泥棒になっているらしい」

という噂である。

それが、天満の奉行所の御用をきいている鼬松《いたちまつ》という手先きの耳に入った。

九

鼬松は、年のころは三十二三。若いころは天満界わいの無頼漢《くすぶり》だった男で、いまは天神の門前で女房に焼芋屋を出させている一方、定町回りの同心渡辺十治郎から、十手をあずかって御用を聞いている。

大坂は、町人の人口からすると、江戸よりもやや多く、五六十万はある。それだけの大人口に対し、市政をする官吏は、東西両町奉行をあわせて、与力《よりき》が六十人、同心が百人しかいない。

「それだけでまかなえ」

というのが、幕府の方針である。が、与力・同心といっても警察担当だけでなく、行政、経済の担当者が多い。

自然、警察担当の面で手が足りなくなる。その手不足をおぎなうために、同心（下級警吏）たちは、それぞれ町内の悪党を手なずけて十手を渡し、私設警吏とする。

江戸でいう御用聞きである。

御用聞きは同心からお手当をもらうわけではないから、町内の金持などに出入りして心付けをもらったり、口留め料やもみ消し料をもらってずいぶんあくどい渡世をしている。

鼬松がそのひとりだ。

「子供の大泥棒?」

と聞きこみ、北野村や太融寺門前の万吉の下宿先きのまわりをうろうろし、ざっと六十人の聞き込みをとった。

「毎日、とほうもない銭をかせいでくる」

「それを北野村の母親のもとに運んでいる」

などが、はっきりしてきた。

(よし、ふん縛ってやる)

と機会をうかがっていたころ、ある朝、大源のお婆ンが、

「万吉っつぁん」

と、朝めしの前に万吉に声をかけた。

「天満の鼬松がな、あんたのことをえらい聞き込んでいるそうや」

「鼬松て、何じゃい」

「御用聞きやがな。あんたがこの界わいでいちばんの稼ぎ人や、ちゅうのがあやし

い、というンで、嗅ぎはじめよったらしい」

「稼ぎ人がいかんちゅうたら、鴻池《こうのいけ》や住友に乗りこんで行ったらどや」

「無茶な」

「なにが無茶や。鴻池もわいも、稼ぐという段では同じやないか」

「なるほどな」

お婆ンも、この子供大尽《だいじん》の機嫌を損じたくないので適当にあしらった。

万吉は朝めしを掻っこんで銭一貫をふところに入れ、泥の染《し》みたわら草履を突っかけてそとへ出た。

(今日は雑喉場《ざこや》)

と、行くさきをきめている。いまの西区靭《うつぼ》の西にあった巨大な魚河岸で、ここでも子供ばくちの賭場が立つ。

露地をぬけて表通りまで出たとき、物蔭から出てきた顔の巨《おお》きな中年男が、

「万吉っちゃろ」

と底ひびきの声で言い、ふところからチラリと十手をみせた。

「わいは鼬松というモンや。名ア、聞いてるやろ」

十

「いろいろ、な」

と、鼬松が万吉の袖をとらえた。

「聞きたいことがあるのや。おまえもいそがしいやろけど、ちょっと町会所《まちかいしょ》まで来て貰オか」

「へい。親方」

と、万吉はいった。京大坂では、こういう渡世の者を親分といわず、親方という。

「わいはちょっと、急《せ》いてまンねや。またいつぞにしとくなはれ」

「阿呆っ」

鼬松は、威のあるところをみせた。

「下手《したで》に出てやれば舐《な》めくさって。お上をなんと心得てけっかる」

(吔《ほ》えさらせ)

万吉は面を天にむけてどんどん歩いた。鼬松はばたばたとあとを追ってきて、

「万吉、ぐずぐずぬかすと、縄ア付けて引っ立ててゆくぞ」

「悪いこともせん人間をでっか」

「来い」

万吉の利き腕をねじあげた。

このあたりは家並みがびっしりとならんでいる上に人通りも多く、たちまちこの二人のまわりに人だかりがした。

——無料《ただ》の俄や。

と、げたげた笑う者もある。

(………………)

万吉はこの場はできるだけ無表情でいるようつとめた。子供は大人よりも名誉心のつよいものだ。この格好のわるさには堪えられない。

が、万吉は懸命に表情を消した。

(わいはもとから自分を捨ててかかっているのや。こんなこと、屁とも思うか)

と、自分に言いきかせている。

鼬松にすれば、稼業がら、こういう場面こそ晴れ舞台のように心得ている男だ。

顔をうんと凄ませて人垣をズラリと見渡し、

「俄やないど！」

と、大声で叱咤した。そのくせ、人だかりがしてくれないと、稼業の生甲斐がないのである。

「さあさあ、散れ散れ」

と言いながら万吉を引っ立ててゆく。

現今《いま》の桜橋交叉点から曾根崎のほうに入ったあたりに、蜆橋がかかっている。この蜆橋の東に入った角に、町会所がある。

江戸でいう各町内の「番屋」が、京大坂では町会所といった。どちらも町内の事務所である。機能は似たようなもので、ここに町内が雇っている書役《かきやく》が詰め、町内の事務や警戒にあたっている。

この書役のことを、大坂では「会所守《かいしよもり》」という。会所守はたいてい、町内からもらう給料がうすいため、会所前に焼芋などの屋台を出している。

鼬松は、この会所の板ノ間に万吉をほうりこみ、縄をかけて引きすえた。

定町回りの同心の吟味を受けさせるためである。やがて鼬松が「旦那」といっている同心渡辺十治郎がやってきた。

顔が青黒く、唇に締まりがなくて、ひどく好色な感じのする男である。

十一

「旦那、この餓鬼でございます」

というなり、鼬松はふりかえって万吉の頬げたを力まかせにひっ叩《ぱた》いた。

「神妙にさらせ、こちらは旦那じゃア」

吟味は、同心と手先きの祭りのようなものだ。

まずなにがなんでも最初に力まかせに殴って吟味に景気をつける一方、容疑者の気組みをくじき折ってしまう。

が、万吉は殴られ馴れているから泰然自若《たいぜんじじゃく》としている。

鼬松は万吉のふところに手をつっこんで一貫目ばかり入った銭袋をひきずりだした。

「これは何じゃい」

盗んだに相違ない、と十度ばかりがみがみ言ってから、いきなり平手打を食らわせ、

「手数をかけるな。おとなしく泥を吐いたらお上もお慈悲を下さるぞ」

呼吸だ。こうやればたいていの小悪党なら泥を吐いてしまう。

が、万吉は平気な面でいた。

「盗ったンやおまへん」

と、静かに、鼬松をさとすようにいうだけである。鼬松はさすがに激昂してきた。

「なら、どうさらした」

「それは言えまへん」

びしゃっ、と鼬松はひっ叩き、

「神妙にさらせ」

と叫ぶのだが、万吉は音をあげない。

(死んでも言わんぞ)

と、心中きめていた。これが修行や、とおのれに言いきかせてもいる。

「鼬松」

と、同心はいった。万吉の平然とした面構えに憎々しさを覚えたらしい。

「体に聞いてやれ」

「万吉、旦那はああおっしゃる。しかしながらそこはおまえの料簡ひとつや。旦那にはわしからお取りなし申しあげるさかい、いまのうちに吐いて楽になれ」

「いや、何度言うてもおなじだす。銭の出所は言えまへん」

「こいつ」

鼬松はとびかかって万吉の着物を剝《は》ぎとり、あらためて手足を縛りあげてから、水桶をかかえこんできた。

その水桶に捕縄《ほじょう》の束をザブリと浸け、水を十分に滲《し》みこませてから、びしっ、と万吉の顔を打った。

「言え」

一声ずつ叫び、叫んでは打つ。顔、首筋、肩、背、尻と順々に打ちこみ、打ちこんでからふたたび顔にもどる。

五度目に顔を打ったときに、鼻から血がほとばしったが、万吉はへこたれない。肩や背の皮も破れ、血があばらのみぞを伝って腹へ流れた。

「言わんか」

「なんぼでも殴《どつ》いとくなはれ。北野村の万吉は、言わんといえば言わんねや」

一時間ばかり打ちに打ったため、とうとう気絶してしまった。鼬松はそれを土間にひきずりおろして水をかけ、ふたたび板ノ間にあげようとしたとき、足が血ですべった。それほどに万吉の小さな体から血が流れている。

十二

「鼬松、そら、むだや」

と、同心渡辺十治郎は顔をしかめていった。座敷にすわって、煙草をのんでいる。

「うまれて三十余年、わしもこんなしぶとい餓鬼をみたことがない。こうなれば笞《むち》でたたいても石を抱かせてもこっちの骨折り損や」

「旦那、まあお気長に。もうちイと、この鼬松に責めさせてもらいまッさ」

と、鼬松は自分の責めが手ぬるいようにいわれた、と勘違いしたらしい。そのあと、気が狂ったように万吉の背、尻、頭、肩などをめったやたらと打ちすえた。

「鼬松、こいつの面を見てみい」

と、渡辺同心がいった。

「平気な面や。お前の手エ、懈《だ》るなるだけのこッちゃ」

「責め殺しまひょか」

と、鼬松も、万吉に聞かせるつもりか、すさまじいことをいった。げんに町会所で手先きの責めに遭って人が死んだという例は多い。むろん、その場合は掛り同心が病死として始末してしまう。

「死によらんやろ」

渡辺は、煙草のけむりを吐いた。吐きながら同心はシーンと黙って、やがて、

「まるで、ボッカブリみたいな奴ッちゃ」

と、涙っぽい声でいった。この男の涙っぽい声は持ち前で、べつに感情とは関係ない。

「ほんまに、ボッカブリだンな」

と、鼬松も手を休めながらいった。

ボッカブリというのは、江戸でいうゴキブリのことだ。人間よりも古くから地球にいた生物だということだが、それだけに強靭《きょうじん》な生命力をもち、箒を食らわせようが水責めにしようが、なかなか死なない。たとえ死んでもときに夜中蘇生《そせい》し、台所のどこかへかくれてしまう。

(なにをぬかしやがる)

と、万吉は激痛のなかで思った。人の子だから痛いのは俺でも痛いと叫《わめ》きあげたい。しかし、打たれ殴られて半死半生になることで食ってゆこうという覚悟の根だけがよその子供とちがう点や、と万吉は思った。

「あす、こいつの関係人《かかわりにん》をぜんぶ呼びあつめるこッちゃ。母親はいうにおよばず、一度でもこいつから銭を貰うて使いをした婆はぜんぶここへ連れてこい」

渡辺はそういって煙草の灰をおとすと、土間におりて雪駄《せった》をはいた。

会所守と鼬松が、路上まで送って出た。

やがて鼬松は引っかえしてきて、土間に荒ムシロを敷き、そこに万吉をころがした。

「あしたまでそこでよう考えて見くされ。万が一でも逃げさらすと、三界のはてまで追《お》わえてゆくぞ」

「逃げしまへん」

声だけは子供っぽくて可愛い。

やがて鼬松は表障子をあけて出た。それを会所守が送って出、すぐひっかえしてきて土間の万吉に、

「おまえも阿呆やな。ほどほどに吐いたら責めも軽うて済むのや」

「これが、わいの修行だンねん」

万吉は痛む顔で笑ってみせた。

十三

翌日の午後、鼬松が呼び出した十六人の証人が、ぞろぞろと蜆橋の町会所へやってきた。

ぜんぶ、老婆である。

「大源」のお婆ンもいるし、「大源」の近所の駄菓子屋の老婆もいる。

生業《なりわい》は子供相手の駄菓子屋がほとんどで、北野村、曾根崎、天満、船場、堀江など、大坂じゅうにまたがっている。万吉は子供の無宿人だから酒屋に用はなく、駄菓子屋に用がある。みな、なじみの店の老婆だ。

これらはみな、万吉から銭をあずかり、いくらかの駄賃をもらって北野村の母親の家に銭をほうりこみに行った連中である。

「きょうは何の日やろ」

と、蜆橋界わいの人々は思った。会所に入ってゆくのはぜんぶよく似たかっこうをした老婆ばかりだからだ。

万吉の母親はまだきていない。

「鼬松、そろそろ、はじめえ」

と、同心渡辺十治郎が、例の声癖で申し渡した。泣いているような声だ。

「へい。そうさせて貰いまっさ」

と、鼬松は十六人の老婆を板ノ間にびっしりとすわらせ、いちいち尋問をはじめた。

「万吉の銭のことや」

と、鼬松はいった。

「わいは北野村の母親の家へ行って捜索《がさ》ア入れてこました。なんと七十二両あった」

老婆どもは、仰天した。自分らが駄賃をもらって運びに運んだ金が、それほどの多額になっていようとは思いもよらなかった。

鼬松の説明では、北野村の万吉の母親は、夜な夜な窓からほうりこまれる金に不審をもち、最初から鐚《びた》一文手をつけず、後日の証拠にそっくり残しておいたという。

「母親は、てっきり万吉が泥棒を働いていると見てとっている。わいもそう見た」

と、鼬松はいった。

「おまえらは、それを知っとるやろ。銭の素姓《すじよう》、銭の出所、ありていに言え。おかしなふうに隠し立てをすると万吉と同罪とみてじっぽひとからげに牢へ送るぞ」

老婆たちは、慄えあがった。

ただささえ会所に呼び出されるということがこわいのに、定町回りが臨席のうえでお白洲《しらす》同然の調べを受けているのである。どの老婆も、歯の根が合わぬ様子だった。が、慄えあがってはいるものの、浮世を長暮らしに暮らしてきた老婆どもだ。嘘をつくことでは劫《こう》を経ているし、どう喋れば有利か不利かという小智恵にも長《た》けている。

「あのな、申しあげまするで」

と、あごの張った天満の青物市場の駄菓子屋の老婆が、いちはやく膝を進めた。

「その銭の事《こと》情と事理《ことわけ》は、わてはなんにも知りまへんなんだ。知ってたら貴方《あん》サン、そんな悪事の使いは致しまへん。皆さんどうだす」

とふりかえると、十五人の老婆が口をそろえて、

「知りまへなんだ」

と合唱するようにいった。

「知らんと、駄賃貰うてたンか」

鼬松は大声を張りあげた。ここが問題の急所である。

十四

「それは、あのな」

と、大源のお婆ンが、鎌首を立てた。

「この子から渡された宿料や駄賃は、みなあずかっただけのことで、一文も貰うてえしまへん」

（お婆ン阿呆か）

万吉は土間にころがされながら思った。お婆ンどもは事前に口合わせしたらしく、

「万吉とわれわれは金銭関係はない。なるほど宿料、駄賃として金銭は手渡されたが、それはみなあずかったものだ」と言い張っている。万吉とは何のカカワリアイもない、ということを主張したかったのだろう。

（それが大人の小智恵というものや）

と、万吉は思った。

お上の掟《おきて》では、不浄の金はお上へ没収することになっている。「あずかったもの」といえば、お婆ンどもは、金を没収されることになるであろう。

——もう使うてしもうて、あらしまへん。

では通らない。

——されば差し出せ。

ということになって、彼女らは、それだけのぶんを無理算段して吐きださなくてはならない。みなその日暮らしの連中だ。どうせ金は使ってしまっているから、家財を売って作らねばならないであろう。

(えらいことになる)

と、万吉は小僧ながら思った。ここで俠《おとこ》を売らねばならぬと覚悟した。

「間違いだす」

と、土間から叫んだ。

「お婆ンどもの言うことはまちがいだす。あれはみなわしが礼として遣《や》ったもので、あずけたものやおまへん」

「万吉、いつわりを申すな」

同心渡辺十治郎は、ぎょろりと目をむいたが、万吉は「なんの」といった。

「銭を出した当人の言うことだす。まちがいはございまへん」

役人たちもだまらざるを得ない。

ついに調べがこれ以上進まなくなり、とりあえず老婆どもを帰した。

そのあと、鼬松《いたちまつ》が聞き込みをつづけてゆくうちに、河童ばくちの賭場《やま》荒しの一件がわかってきた。さらに万吉の持ち物のなかから例のインチキ賭博の種銭も出てきて、ほぼ行状の大半があきらかになった。しかもその動機が北野村の母親と妹を養うため、ということもはっきりした。

「放免やな」

と、掛り与力の山本長左衛門という人物がそう判決した。賭博そのものが天下の御《ご》法度《はつと》だから、そのばくち場を荒らす罪というのはお上の手で裁くことはできない、というのが当時の法理である。

が、無罪ではお上の権威にかかわる。

「村預けにせい」

ということになった。

村預けとは、万吉の「戸籍」のある北野村の庄屋弥右衛門に身柄をあずけることだ。

万吉は、庄屋方にひきとられた。

現実には、庄屋方で無給料の下男になった。可愛気のある小僧だから、いやがりもせずによくはたらいた。

十五

筆者、言う。

この物語の主人公についてである。実は万吉はなおも小僧をつづけている。早く大人になってくれねば、と思うのだが、小僧時代があまりにも面白いので、筆者もつい興に乗りすぎている。

実はこの小僧が、お上からなんと「孝子」として正式に表彰されたのだから、江戸時代とは奇抜な世の中だ。

いやさ、それが妙である。

北野村に「村預かり」になったといえば、いわば少年監獄に入った、といっていい。庄屋の弥右衛門の屋敷で、「受刑者」として万吉は働かされつづけた。

よく働く。

年が明けて正月になり、この小僧は十三歳になった。

十日戎《とおかえびす》もすぎたある日、庄屋の弥右衛門のもとに、東町奉行所から差紙《さしがみ》がきた。

「万吉を同道の上、出頭すべし」

ということである。

弥右衛門も仰天し、

「いよいよ、重き罪がきまったぞ。万吉、いかなお仕置きになるかは存ぜねども、覚悟のほぞだけは決めておけい」

と、浄瑠璃《じょうるり》調子で庄屋は言い渡し、翌日、朝一番に北野村を発《た》ち、天満橋を南に渡って、奉行所に出頭した。

さっそく当番所の白洲によびだされ、一時間ばかりひかえていると、縁側まで吟味与力が出てきた。

庄屋が平伏したが、万吉は蛇が鎌首を立てたように頭をあげている。

「これ万吉」

と、吟味与力は申し渡した。

「そのほうなみなみならぬ孝心の儀、お上に聞え、殊勝の仕方につき、おそれながら青緡《あおざし》二十貫文を差し下さる。有難く御受け申せ」

うれしかろう、と吟味与力が万吉のほうを見ると、ハテ、と小僧は小首をひねった。

「なにかのお間違いでございませぬか」

と、笑いもしない。

「この万吉は悪事を働いたのでございます。悪いことをした者が、御褒美《ほうび》をいただくはずがございません」

「これ」

吟味与力は、狼狽した。

幕府体制は儒教《じゅきょう》を政治思想としているから諸国の幕府領では孝行の奨励ということが地方役人の仕事の一つになっている。

ところがこの年、大坂ではめぼしい孝子がみつからなかったため、やむなく万吉を表彰することにしたのである。

「これこれ、そのほうの考え違いである。そのほうがインチキばくちを致して多額の金銭をとったことはお上においてもご承知であるが、それはそれ、その一件については蜆橋の会所において笞を打たれ、罪科は済んでいる。罪科は罪科、孝行は孝行、これ万吉」

「へい」

「そのほうは孝子であるぞ」

と申し渡されて、わけもわからずに銭二十貫文を押しつけられ、北野村に帰ってきた。

創　業

一

銭二十貫文といえば、大したものだ。

江戸などでも、この当時、月に銭三貫もって他人の家にころがりこむと、「御居《おい》候《そうろう》さま」とよばれてありがたがられた。

月三貫といえば、日に百文である。

日に百文あれば、一人が食える。二十貫文なら半年以上は食えるという相場になる。

(御奉行所とは妙なものや)

と、帰路、肩がずっしりとめりこむほど銭を背負って歩きながら、万吉は思った。

（おれに褒美をくれやがった）

市中第一の孝子である。賭場《やま》荒らしとインチキ賭博でかせぎまくったこのおれがだ、と万吉は首をかしげざるを得ない。

（世間などは、所詮《しょせん》はこうか）

そう思いながら、みちみち、庄屋の弥右衛門に感想を話すと、

「こいつ、わかったようなことを言やがる」

と、身慄いするような顔でいった。

「餓鬼のくせに、早う世間に出ると、妙なぐあいに世間がわかってしまう。わしはこの齢になっても世間とは何かがわからぬ」

「へへえ」

万吉は、庄屋を、阿呆臭げに見あげた。

「そんなもんだッか」

「人間、鋭《はしか》すぎるのもよしあしや。小せがれの頃からはしこう世を送っていると、粒のちっこい人間になるぞ」

「粒の」

「その齢で世間がわかってしまえばもう人間しまいじゃ。まだまだわからずに、無我

夢中で働け」

庄屋は訓戒を垂れたが、万吉はそうは思わなかった。「世間」という動物を絵にかけといわれれば五里霧中でわからないが、とにかくその動物の肛門のあたりはとっくりと見たような気がする。

(たしかに見てこました)

見た、というのは、河童ばくちや、ばくちをする人間の心理、それに定回りの同心、その手先き、奉行所、その与力、といった者たちの物の考え方も、ありありとわかった。

(これが世間の尻やな)

と、なんとなく思った。万吉にすれば、そのわかった肛門から世間を攻めてゆけばこのさき、なんとか食えるだろう。

(このさき、尻へ攻め込んでこます)

そう考えながら、歩いている。

北野村に帰って、庄屋の口から母親に事情を説明すると、さすがに母親は涙をながしてよろこび、奉行所からくだされものの銭を、伏しおがむようにした。

「ところでお母ン、一生の願いがある」

「なんや」

と、母親は顔をあげた。

「わいが一人前になるまで、親子の縁を切ってンか。このとおりや」

おがむ真似をした。母親があれこれ言葉を変えて理由を問いただすと、

「俠客になりたい」

という意味のことをいった。俠客というような言葉は照れくさくて万吉はつかえなかったから、

「極道屋《ごくどうや》」という言葉を使った。京坂《けいはん》では普通につかわれていた言葉である。

二

(きょうから、一本立ちや)

という覚悟が、万吉の気持を新鮮にした。

相変らず、「大源」の二階をねぐらにしているが、態度も顔付きも、どことなくずっしりしはじめている。

(もう、子供は相手にせん。これからさきは大人の賭場《やま》を荒らしたる)

それが新規に店びらきした万吉の稼業である。

「そらあぶないわ。やめときイな」

大源の老婆は、薄情者のくせにこのときだけは真顔になってとめた。

「万吉ッつぁん、大人の拳骨《げんこつ》は、痛いでえ」

「痛いやろな」

「殺されるかもしれんでえ」

「そら、覚悟の前や」

と、万吉はいった。

「けったいな子や」

老婆がつぶやくと、万吉は、「子」という言葉にこだわった。「子やない」というのである。「わいを大人と思え」といった。

「わいはなるほど、うまれて足掛け十三年しかならへんが、それでも大人は大人や。本人がそう覚悟したら、大人や」

万吉は、毎日、市中をほっつき歩いた。

(大人というやつは、どこで賭場をひらいとるねやろ)

開帳の場所は、さまざまだ。ふつうの町家に群れあつまっていることもあれば、武家屋敷の中間部屋《ちゅうげんべや》の場合もある。ばくちは天下の御禁制《ごきんせい》だからどうせ大っぴらでひらいているわけではない。

(さがすのはむずかしい)

探し方はある。日が沈むと、これは臭い、という家の軒下に忍び寄り、軒の柱にぴったりと耳をつける。

賽《さい》をふる音が、虫の音《ね》ほどのかすかさでひびいてくる。

が、万吉がその要領をおぼえたのは数ヵ月あとで、開業早々は、まだ、コツが見つからない。

ふと、露ノ天神(お初天神)の鳥居の東、寒山寺の隣家の高利貸の家で毎夜のように賭場が開帳されていることを耳にした。

「あの高張提灯《たかはりぢょうちん》の家か」

と、それを教えてくれた悪童にきいた。

「そや」

(よし行ったる)

と、日暮を待って出かけた。途中、体に精をつけるために川魚屋に寄り、うなぎの生肝《いきぎも》を三つ、呑みこんだ。なぐりまわされてもなお息があるようにとの用心である。

「高張提灯の家」

というのは、奇妙な稼業の家だ。京の聖護院《しょうごいん》ノ宮様の御定紋が、提灯に染め出されている。菊の紋章である。

「聖護院ノ宮様の御家来」

というふれこみである。むろん本当の家来ではないが、宮家に金を出してそのようにしてもらい、高利貸を営むのである。大坂ではこういう手の高利貸が多く、宮家だけでなく近衛家、三条家、九条家といった公卿《くげ》の家来であることを看板に出している者も多い。

――御所様の御金や。

ということで、貸金の取り立てのときに奉行所が手伝ってくれるからだ。自然、こういう家では、裏口で賭場もひらかれる。

三

万吉は夕闇のなかで佇《たたず》みながら家の様子をうかがっていると、格子戸がガラリとあき、年のころ四十五六の男が出てきた。

高張提灯に火を入れるつもりらしい。二十匁ほどの蠟燭を二本持っていた。

（これが宮様の家来か）

素っ町人の姿である。顔の骨が巨大でそこに卑しげな皮膚が張りついている。いかにも因業《いんごう》な高利貸といった風情《ふぜい》の男だった。

（世の中は、カラクリだらけやな）

そう思わざるをえない。高利貸が宮様の家来になって自分の金を「宮金《みやがね》」と称し、

——恐れ多くも宮様の御金を返しくさらぬのか、不届きな。

ということで貧乏人におどしを掛けるのである。宮様も宮様だ、と思った。わずかな御名前貸料をかせぐために高利貸にこんなことをさせているのである。

万吉はのちに幕末の争乱に巻きこまれてゆくのだが、巻きこまれながらも、諸藩の勤王志士が有難がる宮様とは、

——つまり高利貸の親方やがな。

という認識ぐらいしかなかったのは、大坂の町でこういう風景を見ていたからであろう。

とにかく、世間はカラクリでできている、と万吉は思わざるをえない。高利貸が家を賭場にしているのも、宮様の御威光を利用しているのであろう。万吉にとってはこ

れは世間学を学ぶ上で一つ一つが貴重な体験だった。もっとも万吉のために弁護しておきたいが、この小僧は、世間のカラクリを利用してどうこうしようという志を樹《た》てているわけではない。世間は世間、万吉は万吉、といった、いわば独自の立場で生きてゆこうと思っている。

「おっさん」

と、万吉は話しかけた。

「な、なんや」

高利貸は、狼狽した。提灯の下に小僧がうずくまっているのにおどろいたのである。

「今夜は賭場が立つか」

とは、万吉はきかなかった。きけば高利貸は無用に用心するだろう。

「ええ宵やな」

と、万吉は愛想笑いをしてみせた。高利貸は薄気味がわるくなったらしく、

「叱《し》っ」

と、小犬でも追うようなことをいってから格子戸の中に入った。

そのあと、人が、三人、四人、と一区切りずつ群がって入ってきて、格子戸のなか

に吸いこまれて行った。遊び人もいれば、商家の旦那風の者もおり、医者、坊主、寺侍風の男、などさまざまな人物がいた。

ざっと、三十人。

(これは大賭場やな)

万吉は、血が躍るような思いがした。やがてとっぷりと日が暮れたころ、万吉は軒下で立ちあがった。

賭場《やま》荒らしに踏みこむのである。出てくるときにはおそらく半死半生であろう。

格子戸をあけ、土間でわら草履をぬぎ、そのわら草履をふところに入れ、すっと店の間にあがった。さらに奥へゆく。

四

賭場は、奥六畳と十畳をぶちぬいて開帳されていた。

年配の博徒が胴の席にすわり、その子分たちが旦那衆のあいだを周旋しまわっている。博徒に傭《やと》われているらしい浪人者が、押し入れの前に刀を抱いてすわっていた。

万吉は、カラッと襖《ふすま》をあけた。あけると、この光景である。

「おう」

一声、気合を放って一座の注意をひいた。あとは気魄で大人どもを呑んでしまわねばならぬ。万吉、目を据えて、

「おれは北野村の万吉という者や。小遣いを借りに来たぜ」

言いながらどんどん歩いて、胴元のそばにある寺箱に手を突っこんだ。

「あっ何をしやがる」

一同、この奇妙な小僧に度肝をぬかれたが万吉は落ちついている。すーっ、とひきさがろうとすると、博徒の一人がやっと気を取りなおして立ちあがり、

「この餓鬼っ」

と万吉の帯をつかまえた。用心棒も立ちあがり、いきなり万吉の頬桁《ほおげた》に拳固をくらわせた。

(さあ、来やがった)

万吉の待ち望んでいたところだ。目から火が出るようだったが、無抵抗で堪え忍んだ。

「いま盗った金を出せ」

「阿呆か。この北野の万吉が盗みをすると思うか。ばくちの不浄の銭を、借りてこま

してやったンじゃい」

「こいつ、賭場荒らしか」

と、一同にわかに警戒した。

旦那衆がおびえて立ち去ろうとする。博徒たちはお得意に帰られては賭場が立たないため、まあまあと静める。灰神楽《はいかぐら》が立ったような騒ぎになった。

胴元の極道屋はさすがに親玉だけに、子分をあごでしゃくって、

「旦那はんがたが、えらいご迷惑や。その小僧を外へひきずり出せ」

と、用心棒と子分に命じた。この連中が四五人、万吉をひきずって裏庭から裏木戸をあけ、裏露地にころがした。

万吉はくるっと起きあがってあぐらを掻き、

「さあ、殴《どつ》かンかい。どつけ」

と、近所の壁土が落ちるほどの大声でわめきはじめたから、みな閉口した。

「殺すぞ」

言ったのは、浪人者である。万吉は相手にならずに黙殺した。

みな、てんでに殴りはじめたが、万吉は、

(ここが正念場《しょうねんば》)

と心に念じつつじっとこらえた。むろん、黙っているわけではない。近所合壁《がっぺき》に聞えさせるために、大声で、「博奕は天下の御禁制、御禁制の金は悪銭、その悪銭を借りてやってなぜわるい」とわめきつづけている。

これには一同閉口して殴るのをやめ、

「わかった。二度と来るな」

と、突き放してしまった。

万吉はすっと立って、懐ろに手を入れ、銭をにぎりつつすたすたと露地を去ってゆく。

五

「男子功名」

という言葉が、万吉は大好きだ。失踪した万吉の父明井采女は、どこか気の漏れているような不甲斐ない男だったが、この父はこの言葉が好きで、

「男の生涯は功名を樹つることにあるぞ」

と、つねづね万吉に言ってきかせた。その采女自身は公儀隠密として大坂に派遣さ

れていながら失敗を重ねてついに虚脱し、市井にうずもれてしまった。そういう敗北者であるだけにこの言に無限の憾《うら》みをこめて万吉に教えていたのかもしれない。

（男子功名だ）

と、賭場荒らしをやるたびに万吉は思うのである。「やるたびに」どころではない。目から火が出、頭蓋《ずがい》が割れるほどなぐられているときも、

（男子功名ぞ）

と懸命に念じつつその打撃に堪えている。万吉にとっては、この一事は固法華《かたぼっけ》の「南無妙法蓮華経《なむみょうほうれんげきょう》」にも似たような祈りの言葉だ。

事実、賭場荒らしというのは、遊び人の世界では非常な名誉がかかっている。銭金だけの問題ではない。

荒らされる側からいえばこれほどの不名誉はないし、荒らす側からいえば、敵将の首を獲《と》ったほどに名誉なことだ。

（男を上げる）

となれば、いちばんの早道は賭場を荒らすことである。ちょっとやそっとの度胸で出来るものではない。

万吉が大坂中の賭場を荒らしてどんどん成功しはじめると、真似をする者が出てき

た。

「わいも」

といって鉄火場に乗りこんでゆくが、どれもこれも半殺しの目に遭わされて突き出されてしまう。

腕をヘシ折られる者もあれば、指をたたきつぶされる者もあり、時には、どてっぱらに刃物を突き通されて外科医の玄関で死んだ、という者も出た。

(なみたいていな稼業やない)

と、万吉は、自分の真似手たちを気の毒に思った。商売往来にない稼業だが、しかしながらこれほどむずかしい稼業も古今東西にあろうとは思われない。

痛いだけではないのだ。また、命を落しかねぬ、というだけでもないのである。気合が大事だ。

相手を一瞬、催眠状態にしてしまって、ふらっとしているうちに寺銭を懐ろにねじこんでしまう。あとは殴られるだけだが、しかしここで一種の愛嬌《あいきょう》がなければならない。

(憎いやつやが、おもしろい奴でもある)

という気を、相手に起こさせなければ、この次やって来ることはできない。万吉の

場合は、一たん荒らした賭場にもう一度やってくると、博徒たちは、

「仕様《しやあ》ない奴ッちゃなあ」

と、苦笑しながら、こんどは寺銭の一部をむこうから出してくれる。これは技術以前の人徳というものだろう。

半年経った夏の終わりごろには、北野村の万吉といえば大坂の博徒のあいだでは誰知らぬ者のない一枚看板になった。

六

秋になった。

相変わらず、万吉は駄菓子屋を転々としてねぐらを変えていたが、不便で仕様がない。

(北野村の万吉ともあろう者が、家無し小僧とあっては押し出しにかかわる)

「なあ、お婆ンよ」

と、ある日、駄菓子屋の「大源」の老婆に話しかけた。

「世間で、家々というが、家というものはナンボほどのものかい」

「おまえ、家を買うつもりかい」

老婆は、この小僧を少々薄気味わるくなっている。つい、愛想笑いをした。

「買えるものなら買いたい。なにしろお婆ン、わいの敵も味方もみなねぐら持ちや。みな日暮れになったら家へ帰りよる」

「人間やさかいな、家で寝とるやろ」

「よう考えてみるとな」

と、万吉はいった。

「でんでんむしでも、家持ちや」

こんな子供っぽい例を持ちだすあたり、日ごろ大人を大人臭いとも思わず世を送っていてもまだ子供っぽい。

「いったい、ナンボぐらいのものやろ」

「そうやな。家やというてもいろいろあるが、まあ十両も出せばちょっとした家はある」

「十両――」

万吉は目をむいた。

「タッタ、十両か。十両で買えるのか。おれはまた千両ほどもするものかと思うていた」

（まだ子供やな）

老婆はばかばかしくなったが、小僧がつぎに言ったことが憎々しい。

「たった十両で一軒買えるものを、いつまでも借家住まいしておる大人というものは、甲斐性のないもんやな」

「なにを言い腐る」

その後数日して万吉がやってきて金子《きんす》をズラリとならべ、お婆ンこれは十両や、そこらで家を買うて来てンか、といったから老婆はいよいよあきれた。

老婆は、家買いに走らされた。

あちこち走りあるくうちに、太融寺表門を南にさがったところに、一軒、売据《うりすえ》の家があった。普通の家ではなく、

——庵寺《あんでら》として建てた家や。

という。庵寺とは尼の寺である。比丘尼《びくに》（尼）というものはふつう、比丘（男僧）とちがって寺領や檀家のある寺に住みにくい。たいていは庵《いおり》を建てて信徒で食ってゆく。この家はそういう町尼が、建てたのであろう。尼が死んで売りに出ているものと思われた。

売りの値が、銀八百匁という。江戸は金相場だが、大坂は銀相場である。銀八百匁といえば金に換算するとざっと八両になる。

老婆はさっそく手付けを打ち、数日待っているうちに、万吉がやってきた。

「家、あったか」

「あった。八両やったさかい、二両返す」

「ふん」

万吉は、金に見むきもせずにいった。

「その二両を取るような料簡なら、おれも北野村の万吉とは言われん。お婆ン小遣いの足しにしイな」

「おまえは感心な男や」

七

十五歳になった。

「万吉っつぁんも、もう子供やない」

と、万吉屋敷に出入りの大源のお婆ンが言いだし、元服することになった。町人だから武家の子弟のようにとくに元服式などというものはしないが、それでも赤飯をたいて食うぐらいのことはする。

「お婆ンにまかせとく」

というと、大源のお婆ンは、曾根崎、天満あたりの駄菓子屋のお婆ンども十二人をよびあつめ、祝いの席をつくってくれた。会場は、万吉の家の奥座敷である。

儀式というほどのものではない。「マワリ髪結《かみゆい》」(店をもたぬ理髪師)の儀イという男をよび入れ、万吉の前髪を切らせるだけのことだ。

前髪は、ぜんぶ落すわけではない。ほんの指二本入る程度を細っそりと剃りおとすだけで大部分の髪は残しておく。ぞろりと月代《さかやき》のすべてを剃るのは、十八九を過ぎてからのことだ。この元服の「変形前髪」のことを、細元服といったりした。

「儀イちゃん、たのむでえ」

と、万吉は縁側にすわった。儀イは片目の中年男で、桜橋の手前に住んでいる。

「へい、きれいにやりまっさ」

と、万吉の髪を濡らし、やがて剃刀をかざして、指で万吉のひたいをおさえた。

(これがおれの元服かあ)

とおもうと、万吉も、感慨は無くはない。親兄弟も臨席せず、ただ遠近から駈けつけて祝うてくれる者といえば、なじみの駄菓子屋のお婆ンどもばかりだ。

「なあ、万吉っさんよ」

と、一座のなかでは物知りで通っている天満の竜田町の駄菓子屋のお婆ンが、なぐさめ顔でいった。

「九郎判官《ほうがん》義経公も、まだ牛若丸といった幼少のみぎり、金売り吉次にともなわれて奥州へくだるとき、尾張の熱田に足をとどめ、熱田の神前に詣でてそこで独り元服をなされたということじゃ。やがては壇ノ浦で平家を追いつめてことごとく西海の渦潮のなかに沈めしおかたなれど、もとはと申せばお前《ま》はんとおなじ親無し子」

「うるさいな」

「まあお聞き。聞いて損はない」

と、このお婆ンは寄席の講釈もどきに牛若丸一代を語りはじめた。

それが格好の伴奏になって、万吉の前髪はすこしずつ剃りおとされてゆく。やがて剃りおわり、儀イは髪油をたっぷりつけ、十分にすきあげて、あたらしい元結《もとゆい》で髪を結いあげた。

「へい、仕上がりました。なんともこんにちはおめでとうございます」

「ああ、おおきに」

万吉は、いっぱしの極道屋らしく緋の絹座布団の上にあぐらをかいている。

「お婆ンら、大きに飲んでンか」

「へい、頂きますとも」

というわけで、肝煎役《きもいりやく》が酒をついでまわり、なかには三味線を持ち出して掻き鳴らすお婆ンもあって、家鳴り震動するような馬鹿騒ぎになった。

八

まだ細元服の年ごろとはいえ、万吉はめきめき売り出してきた。屋号も明石屋《あかしや》とつけ、大坂三郷でも名の通った「極道屋」になった。

「明石屋万吉」

というのである。いやに堅気じみた名乗りだが、万吉は自分の稼業をこれはこれで一つの商売だと思っていたのであろう。

(世間はおもしろいものだ)

と思わざるをえない。

世間は渡りにくい、などというが、たった一つの特技さえあれば結構渡ってゆけるようである。たった一つの特技というのは、万吉の場合、殴られることだ。半殺しの目にあわされても音《ね》一つあげない特技である。

「あんなやつは、三千世界におらん」

という評判が、大坂の博徒のあいだに立った。最初は憎み、ついで驚嘆し、ついに憎悪や驚嘆が、尊敬にかわった。

「あれは度胸の化け物やろ」

と言われた。こうなればしめたもので、万吉がどこの賭場に行っても、

「おお万吉か」

ということで、寺箱から銭をつかみ出して渡してくれる。よっぽどのあわて者以外は引っとらえて殴るということはない。

そのかわり、万吉も愛嬌のつもりでばくちをやる。それがじつに下手だ。

諸国で、親分になるようなやつは博奕が下手だということは決まり相場だが、この万吉ほど下手くそな男もすくないだろう。

それがかえって愛嬌になり、どの賭場でも愛された。思いあわせてみると、万吉がもしばくちに強ければとっくに命がなかったであろう。

ゆらい、ばくちの達者というのは小憎ったらしいものだ。万吉の場合とくに賭場は

荒らすわ、博奕が強いわ、では、棹《さお》も胴もない三味線のようなもので、愛嬌の音《ね》の出どころがない。

万吉はいつの場合でも、きれいさっぱりと負けてしまう。これは例外がない。

「おれは賭場の肥やしや」

と、こわい顔つきでいう。まれにまぐれがあたって勝つときも、負けこんでゆくまで打ちまくり持ち金をすっからかんにしてしまう。

この当時、大坂の町を素っ裸できょろきょろ歩いているやつが多い。ばくちで負けて裸になった連中である。

万吉がすっからかんになるときなども、盆のまわりの連中が、

「万吉、衣服刎《とばは》ねてもう一ぺん盆にすわったらどや」

と、親切ごかしに助言した。

「衣服を刎ねる」というのは着衣を質屋に入れて賭け銭をつくる、という意味である。

「あほかい」

万吉はこんな場合、目の色を変えて一喝して金輪際はだかにならない。裸にならぬ、というのは、この若者を規律付けている護符《おまもり》の一つだった。理由は彼自身もいわ

ない。

ひとにもわからなかった。

察するに、武士は素肌を見せぬ、というのが当時の常識になっている。武士の子だと信じている万吉には、そういう誇りが心底にあったのであろう。

九

十五歳の夏になった。

もうこのころになると、万吉のことを呼び捨てにする者はほとんどいなくなった。

相当、この社会で顔を売っている連中でも、

「万吉兄哥《あにい》」

などと、敬称をつけて呼んだ。万吉もいっぱしの大人として暮らしている。小僧、餓鬼などと呼ぶような者があれば、そっぽをむいて返事もしてやらない。

そうしたある日、太融寺表門南寄りの万吉の家に、

「万吉はいるか」

と、格子をあけて呼びすてにして入ってきた男がある。どすのきいた、いわゆる

「潜《くぐ》もり声」である。

たまたま万吉は二階で、駄菓子を食っていた。

(万吉、なんてぬかしやがる)

気に入らないから返事もせず、駄菓子のベロベロを食っている。ベロベロは、寒天の菓子で青や赤に毒々しく着色し、かたちはちょうど人間の舌に似ている。そいつを杉板にのせてベロリと食うのだ。

「万吉、万吉」

と三和土《たたき》でよぶ声があまりにやかましいため、ついに黙りかねて、

「なんじゃい、人を心安う呼びすてにしくさって」

と、二階からどなりながら降りてきた。

三和土に、二人の人物が立っている。

右側の商家の旦那風の男は、万吉には見覚えがない。

左側は知っている。船場の鰻谷《うなぎだに》に家をもつ雁高《がんだか》というばくち打ちの親方である。大坂では、ばくちの親分のことを、親分とはいわない。

親方である。「親分」とよぶようになったのは、明治以後、東京の言葉が入ってきてからのことだ。

ここですこし、休憩したい。普通、「親方」とは職人や人夫の頭分《かしらぶん》のことで、これは江戸も大坂もかわらない。

新村出《しんむらいずる》博士の「広辞苑」によれば、親方とは「親のように頼み仰ぐ尊長者」ということが原義になっている。つまり「親がわり」ということであろう。

しかしこの語源解釈は、ちがうように思われてならない。「親」とは無縁の言葉で、中世の武士が、自分の主人である守護・地頭《じとう》に使ったオヤカタ（お屋形）という言葉が、いつのほどか下落し、当てる文字も「親方」になり、職人の元締めなどの敬称につかわれるようになったのではないか。

いまなお、山陰地方などの大地主の旦那は奉公人からオヤカタ様とよばれているし、また万吉のころ、大坂では、中級以下の武家の家では、奉公人は自分の主人をよぶのに「親方」と呼んでいた。

博徒の親分も、親方である。親方のほうが親分より、古格で権威のある尊称であるようにおもわれる。

さて、雁高の親方（どうも親方では威勢がわるいが）「万吉っつぁん、折り入ってたのみがある」と、カマチに腰をおろした。

十

「親方、そこはえらい端っこだす」

と、万吉は丁重にいった。遊侠の世界は一にも二にも礼儀が重んじられる。万吉といえども、大坂の遊侠のなかで三指に屈する雁高の親方には、それなりの礼を尽した。

「まあ、あがっとくなはれ」

「そうか、ほならあがらして貰オか」

雁高の親方は、連れの商家の旦那風の人物をさきに立てて、奥座敷に通った。

万吉はざぶとんと煙草盆を出し、茶をわかすために茶ノ間にひっこんだ。

(小僧のくせにえらいもんや)

と、雁高の親方はあたりを見まわした。二坪ほどの裏前栽《うらせんざい》には、笑止にも南天やカエデなど、安植木が二三本植えてある。

(一人前やがな)

雁高はおかしかった。

やがて万吉が茶を運んできて、二人の前に置き、

「わてのようなハシリ（小者）のもとに、雁高の親方がわざわざのお出まし、なにごとでございましょう」

と、芝居もどきにいった。

「いやさ、ハシリとは謙遜な。明石屋万吉といえば度胸日本一の極道屋」

雁高も、おだてることをわすれない。

「これまた痛み入りましたるお言葉、わてはこのとおりの小僧、申しますなれば卵の殻を尻ベタに付けてゴミタメをあさるヒヨッコ分際でございます。それから申せば親方はわれわれ極道仲間の鶴」

こんな歯の浮くようなせりふも礼儀の一つになっている社会である。万吉は表現力のかぎりをつくして美辞麗句をならべた。

「して、どのようなお頼みの筋でございましょう」

「いやいや、丁重な御会釈《おえしやく》痛み入る。こっちも相応の会釈をしたいが、おまえをほめたたえていては日が暮れるほど長うなるさかい単刀直入に頼みの筋を話したい」

「これは御丁重に」

「つまり、命仕事や」

「結構でござりますとも。それがいうなれば当方の商いでござりますさかい」

「さて頼みというのは、このところの米の値段、阿呆ほどに騰《あが》っとるのを知っとるやろ」

「この十日ばかり、左様らしゅうござりますようで」

急に騰ったのである。

万吉は大人面をして世間の風に吹かれているようでも、まだ米の値段にうとい。しかし駄菓子屋のお婆ンどもが、

「このところ、どうしたんやろ。清正の雪隠《せっちん》入りみたいな米の値段や」

と、青い顔でぼやいているのを聞いたことがある。

「清正の雪隠入り」というのは大坂風のシャレで、少々品がわるい。加藤清正といえば槍をもっている。その清正が便所に入るときだけは槍を放して入る。つまり槍放し、ヤリッパナシ、天井知らずにあがってゆく高騰ぶりをいう。

「そいつを、食いとめてほしいのや」

というのが、雁高の頼みである。

十一

事情というのは、こうである。

江戸時代の経済体制では、六十余州の重要物資の集散はすべて大坂でおこなわれる。

たとえば、米である。米も、例をあげれば奥州仙台藩の産米などは地理的にいえば江戸に運びこんだほうがてっとり早いようなものだが、わざわざ大坂まで運ぶ。

それらの米は、大坂の堂島の取引所で相場が立ち、その日その日の米価がきまる。

米は、相場の変動のはげしいものだ。相場の変動には、自然的な原因や人工的な原因などいろいろあるが、人工的なもののなかで最大のものは、

「公儀御買米」

というものである。これは江戸から突如やってきて暴風のように相場をつきくずしてしまい、このため倒産する米問屋も多い。

「公儀御買米」

とは、読んで字のとおり、幕府が買いあげる米のことである。有無をいわせぬ権力

的なもので、この突風がくると大坂の問屋筋は蒼くなってしまう。

不可抗力な天災のようなものだ。

しかし、その公儀御買米も、タネを割れば幕府が必要あって米を買いつけるというような事例はめったにない。

江戸の米商人が結託して幕府の高級官僚に贈賄し、そういう名目を貰うだけのことで、儲けはそういう江戸の政商のふところにころがりこむ。

かれらは、官辺に対して周到な手を打って大坂にやってくる。大坂の地元役人である経済掛りの与力、同心にも十分の贈賄をしておく。いわばそれを取締まるべき役人もぐるなのである。

御買米の連中は、堂島へやってくると、買って買って買いまくるのだ。息もつかせずに買いまくるために米価がウナギのぼりに急騰し、御買米の連中は莫大な利益を独占する。

が、逆に、売方の大坂米商人はさんたんたるもので、損に損を重ね、ついには倒産、自殺というはめにもなり、目もあてられない。

この悪徳商法に被害者がもし反抗し相場に妨害を加えようなら、

「公儀を怖れぬ不届き者」

ということで即座に町奉行所から与力・同心が出役《しゆつやく》し、その妨害者を牢にほうりこんでしまう。

「へーえ、そんなもんですかなあ」

と、小僧はいっぱしの大人のように腕組みして思い入れ顔をしてみせた。

「いま堂島へ行ってみい。まるで戦場《いくさば》のようなものや」

惨敗した売方商人が狂気のように駈けまわり、防戦につとめているが日に何軒となく倒産してゆき、いまや場に立っている者もめだってすくなくなっているという。

「へーえ、お気の毒な」

「問屋衆が気の毒だけやない。この気狂い相場のおかげで大坂をはじめ六十余州の町人どもは倍も三倍もの米を食わざるをえなくなる。金持はええが、貧乏人は首を吊らな、仕様《しやあ》ないようになるやろ」

十二

「ほなら何だっか」

と、万吉は品のわるい地下《じげ》言葉でいった。堺筋の茨木屋で小僧をしていたときの船場言葉は品がよすぎて、どうも迫力がない。

「なんや」

雁高の親方が問いかえした。

「つまり、貧乏人がたすかるというわけだすな」

「そや。米が安うなれば、大坂三郷の有象無象は大よろこびじゃ」

「なるほど」

米相場の仕組みはよくわからないが、とにかく貧乏人のためになる、というひとことが万吉を昂奮させた。つねに男を昂奮させるものはこの「正義」という昂奮剤だ。

「ほな、やりまっさ」

「やってくれるか。しかし万吉、まかりまちがえば命はないぞ」

「へへ、それが稼業だす」

「よう言いさらした」

極道屋の先輩として雁高の親方はほめた。

そのくせこの親方は「雁高」というこの道の老舗《しにせ》を張っているくせにこの仕事がこわくて仕方がないのだ。

だから、最初自分が頼まれていながらことわり、この万吉に振りむけてきたのである。


　この親方、からりとした正直者でその旨も素直に白状した。

「はじめは、わいのところへ荷イがおりた」

　荷イというのは依頼のことである。

「ところがわしゃ年をとりすぎ、妻子もあり、子方《こかた》の者も養うている。極道屋も門戸を張ってしもうたら、気持がだらけるがな。恥かしながらこの荷イをことわった」

「へいへい」

　万吉は愛想よく合槌《あいづち》をうっている。

「わいは荷主（依頼主）に言うた。日本でこの大仕事ができるのは明石屋万吉のほかないとな」

「へへ」

　糸切歯をみせて笑った。おだてには乗りやすい小僧である。

「そこでお前のところへ荷イをむけた。されば引きうけてくれるな」

「いったい、何をしますねや」

「その前に、この御仁を引きあわせよう」

　と、同行してきたお店《たな》の旦那風の人物を紹介した。堂島の米問屋の旦那の一人で、きょうは堂島衆を代表してきたのだという。

「屋号は、丸屋はんと申されるのや」

「なるほど」

小僧だけに馬鹿なところに感心した。丸屋の旦那は屋号のせいかどうか、おっそろしくまるい顔のお人である。

「それでな」

雁高の親方はいった。

「仕事というのは明朝、堂島の会所（取引所）へ乗りこんで行って落花狼藉《ろうぜき》、めったやたらとあばれまわり、相場の立会をめちゃくちゃにしてもらうことや」

「心得ました」

「敵も、ならず者百人ほどを傭うている。油断はならんぞ」

「なに、喧嘩相手は大公儀や。命を捨ててみせます」

十三

雁高の親方と丸屋の旦那は、手ぶらできたわけではない。

「旦那、それでは例のものを」

と雁高の親方が小声でいうと、へいと丸屋の旦那は、うしろに置いていた紫ちりめんの風呂敷をひきよせ、なかから桐の厚板で作った箱を万吉のほうにさしだした。

「万吉、それは」

と、雁高の親方が口添えした。

「当座の軍用金や」

万吉がふたをあけてみると、小判で二百両ある。

（ひえっ）

と驚いたが、あやうくその声をのみこみ、仏頂面《ぶっちょうづら》でいる。二百両の金などは、万吉はみたこともない。

「こんなもの、要りまへん」

ときれいさっぱり言ってみたかったが、いくさをするには人数も要る。さしあたっては金なのだ。金は兵器と思えばいい。

「それでは、使わせてもらいます」

「ただし」

雁高の親方はいった。

「それは謝礼やない。謝礼は謝礼で別になさる。その一件については、丸屋はんのお口から言うてもらいましょう」

「へい」

丸屋の旦那はまるい顔をあげた。

「むこう一年、月々米で二千石」

と、丸屋の旦那はいった。

（二千石――）

見当もつかぬ米の高だ。人間一人が年二石の米を食うとすれば千人が養える高である。

武家にしてもそうだ。二千石の禄高というのは大変な身分である。大石内蔵助は播州赤穂の城代家老であったが、それでも高は千五百石であった。しかも武家禄高というのはまるまる頂戴するわけではない。単に知行地の草高《くさだか》をいうにすぎず、実際の手取りはその半分内外である。

しかも二千石は年俸ではなく、月俸というではないか。

「多すぎらあ」

小僧の悲しさ、ついそんなことをいった。

が、丸屋の旦那は、

「大坂の堂島は、天下の台所といわれております。その相場の合銀《あいぎん》から出すのでございますさかい、たいした謝礼でもごわりまへん」

合銀とは、相場の利益、という意味である。

「つまり、ばくちの寺銭のような？」

「へい、相場もばくちも同じようなものでごわりますさかい、合銀も寺銭も同じようなものでごわります。然れば」

と、丸屋はあらたまった言葉を使った。

「万吉さんにごわりましては、たれに礼を申される必要もござりまへん。すらりと、いいいいけんたいずくでお収めねがうだけでよろしゅうごわります」

（まあええ、貰《もろ》うとこ）

使い道はあとあとゆっくり考えればいいことだ。男は金銭の多い少いで目の色を変えてはならぬ、チリ・アクタのごときものと思え、と万吉は胸中のもやもやを整理してから、この二人の大人を送り出した。

十四

二人の依頼主がひきあげてゆくと、万吉はさっそく準備にとりかかった。

ぶらっとそとへ出た。

町はもう、正午にちかい。

（まず敵の様子を知らなければ）

と、万吉は講釈場で耳学問したいくさの立て方をあれこれと頭にえがいた。

敵情を知らなければ、作戦は立てられぬ。人数は何人か。

そんな事情にくわしい奴がある。

渡辺橋を渡って中之島に入ると橋の左手が肥前平戸藩、備前岡山藩の藩邸である。

藩邸といっても蔵屋敷とよばれるもので、諸藩は国産の物資をここへ運んできて相場に参加し、天下に集散する。

建物も、いわゆる蔵造りである。長屋門も塀も黒と白の壁土で塗りこめてなかなか豪華なものだ。この中之島だけで四五十軒の藩がナマコ塀をつらねている。

万吉、橋を渡って右手へとった。右側は伊予大洲《おおず》藩、伊予宇和島藩、筑前福岡藩などの藩邸がならんでいる。

その福岡藩邸の門前に立ち、

「おれや、万吉や」

と、門番にいった。

「まんだらのオッサンはいるか」

「いる」

門番は、目くばせして「通れ」というふうに合図した。中間部屋へゆくのである。

万吉は悠々と筑前福岡五十二万石の黒田家の門をくぐった。

この藩邸の中間部屋でときどきばくちが開帳される。万吉も何度か来たことがあり、ごくなじみ深い屋敷だ。

まんだらのオッサンは、中間部屋にすわって、新参の中間に煎茶《せんちゃ》を淹《い》れさせていた。

「おお、万吉か」

まんだらはいった。

年のころは四十五六だが、ばくちが好きなために中間頭にもなれず、女房も持っていない。

変った男で、道楽が三つもある。一つはばくちで、二つ目は学問が好きなことだ。中間のくせに月に何度か、他藩の藩邸の侍の子弟に素読《そどく》や蒙童訓《もうどうくん》、四書五経などを教えにゆくという親爺である。

三つ目は、これは道楽といえるかどうか。天性のものらしく地獄耳をもっている。大坂中の悪事という悪事の現況を、ことごとく知っているという人物だ。

まんだら、という異名のおこりは仏説でいう曼陀羅というわけでなく、もっと即物的なものだ。顔が白なまずで、斑《まだら》なのである。浪華なまりで斑のことをマンだらという。

「なんの用じゃい」

「堂島の米会所に、江戸から公儀御買米の連中が繰りこんどるやろ」

「そや。えらい騒ぎや」

「その江戸衆に無頼漢《ならずもの》がやとわれているそうやが、ざっと何人やろ」

「六十三人やな」

と、驚くべきことにまんだらのオッサンは端数までいった。首領というほどの人物はなくて、市中掻きあつめの連中だそうである。

十五

福岡藩邸を出て、渡辺橋をふたたび渡り、こんどは堂島川沿いに東に歩きだした。

正面に大坂城がみえる。

（人数がほしい）

考えつつ、河岸をどんどん歩いてゆく。川に一目百艘ばかりの荷船が上下していた。海からさかのぼってきた船もあり、川上の伏見からくだってきた船もある。さらに木津川沿いに伊賀・大和方面から青物を積んでくだっている荷船もあった。

（人数がほしい）

せめて百人。

百人の軍勢は要るだろう。なにしろ天下の米相場の会所をつぶすのだ。先方の江戸方にも命知らずの傭兵がやとわれている。

（どうしたものか）

この泰平の世に、人数がごっそりかたまっている場所というのは、そうそう無い。

（侍なら別だが）

万吉は大坂城を見た。あのなかに幕府の人数が詰めている。

が、庶人の社会でそういう人数がごっそり頭数をならべている場所はどこか。万吉の時代の大坂には、やくざの組織というほどの明確なものはなかった。若い者が用もないのにばくちだけを専業にごろごろしている、といった風景はみられない。

余談だが、六十余州でこれほどばくちが盛んな土地もないくせに、専業の遊び人がすくないのだ。土地柄によるものかもしれない。

この町は、商いの土地である。この時代、諸国の中流以下の庶人の家にうまれた者が、人がましくなろうと思えば大坂へ出て天秤棒《てんびんぼう》をかつぐか丁稚奉公をして商いの道をおぼえ、刻苦精励のすえ頭をもたげる以外に手がない。

五十万の人口のうちのほとんどが、在郷出身の者だ。懸命に働き、懸命に才覚して、一厘一毛でも儲けようとしている。町衆全員が、自分の人生をこの町にたたきこんで賭けごとをしているようなものだ。

だから、商いで儲けた端銭でばくちをする者があっても、専業の者はすくない。

それに、どういう商いをしても食える者なのである。働くことをせぬ者を町衆は卑しむ。だから自然、旅人《たびにん》の大組織はできにくい。

その点、博徒の本場の上州や、江戸、甲州、東海道の宿場宿場とは、ちがうのである。

東海道・関八州の遊び人にしてもそうだ。かれらは旅人になって六十余州を歩いているかのようだが、その道中の範囲はかぎられていて、甲州街道なら江戸から甲府まで、東海道なら江戸から駿河あたりまで、また駿河以西ならば三河・尾張はとびこえて伊勢街道筋の宿場を転々とする者が多い。それも大名の領内は遠慮し、幕府領である天領の地をこのむ。天領は大名領にくらべて警察能力が弱いからである。

大坂は天領の地だ。しかし関八州や東海道の股旅者《またたびもの》が大坂までめったに足をのばさないのは、泊めてくれる大親分が居ないからである。

（とにかく、人数がほしい）

万吉の思案はそれだ。右の次第の大坂で人数をあつめるには、一才覚《ひとさいかく》も二《ふた》才覚も要るのである。

十六

万吉は、天神橋を北に渡った。

（そうや）

と、にわかに妙案がうかび、いそいで町筋を右に左にまがったあげく、一軒の表借家の軒下に立った。

借家ながらも間口のひろい家である。軒下に、貧相なカナメの樹が一本、植えてある。

「ちょっとおたずね申しますが、このお家が飛鳥屋嘉七《あすかや》はんのおうちで」

「そや」

格子戸のなかから、姿は見せぬが声だけがゆらりと聞えてきた。

万吉は格子戸をあけて土間に入ると、カマチに五十がらみの大入道が白い腰巻を巻き、半裸体ですわっている。

「わいが、飛鳥屋嘉七や。おたくさんはどこの誰で、何の用で見えられた」

こう書くとばかに早口にきこえるが、チリ紙が春風に舞うようなゆらゆらとした口ぶりである。

顔は、盤台面《ばんだいづら》という種類のもので、その大きさ、厚さ、碁石でもならべて碁でも打てそうな顔である。

飛鳥屋嘉七は、油締《あぶらじめ》人足の元締というか口入れ業をやっている親方である。

油締人足というのは、長町あたりの貧民窟にごろごろしている力持ちのことだ。菜種の種の収穫期になると製油業者にやとわれて油を搾る。搾木という木製器械でしぼりとるのだが、その梃《てこ》を動かすのに大そうもない力が要るのだ。そういう人夫の口入れを、この飛鳥屋の親方はほぼ独占的にやっているのである。

「おまはん、油搾《あぶらじめ》に傭われたいのかいな」

「いや、そやおまへん」

と、万吉は名乗りをあげ、

「これでも大人だす」

「子供やないか」

「いや、当人は大人のつもりでおりますさかい、ぜひともそのように待遇ねがいます」

(妙な小僧や)

盤台面の親方は、首をひねった。

妙なやつといえば、万吉自身もこの親方の体をそう思っている。刺青《いれずみ》があるのだ。

この浪華の地では、刺青のことを彫りものといわず「ガマン」という。ガマンとは我慢のことだ。一針一針皮膚に刺しながら描いてゆくのだから、その痛みは地獄の針山で柔術《やわら》でもとらされるほどに痛い。だからガマンである。

職人、遊び人は、このガマンの出来ぐあいで男を競ったものだ。ガマンの図柄は、児雷也が大ガマを踏まえて九字を切っている図があったり、昇り竜があったり、鯉の滝のぼりがあったりするが、この親方のガマンの図はちょっと見当がつかない。

「立派なガマンでございますが、それはなんの絵でござりましょう」

と万吉がきくと、盤台面は、

「わからんかい、コンニャクの絵やがな」

と、悠然といった。なるほど、背中から脇腹にかけてべったりと四角いものが描かれているが、それが膏薬のようでもあり、荒ムシロのようでもあった。蒟蒻《こんにゃく》の絵とはばかばかしい。

いや、逆によほどの見識のある人物かもしれぬと万吉は用心した。

十七

「さて、用件を相述べます」

と、万吉は座敷にあがっていった。

盤台面は、うむ、とうなずいて、莨入《たばこい》れをとりだした。油紙製の安物である。伊達者は莨入れにこるというが、このおやじは、洒落《しやれ》っ気《け》などはないらしい。

「その前にちょっとうかがいますが、親方の息のかかっている油締人足は、何人ぐらいおります」

「そやな、ざっと二百人か」

(こいつはええ)

万吉は内心、「これで傭兵はそろうた」と思った。

「いかがでござります。その連中は力はありましょうか」

「無《の》うてかい」

盤台面は、愚問だというような顔でいうのである。油の搾木を押すなどという仕事は非力の者のできる仕事ではない、

「頭はあほやが」

盤台面はいった。

「力だけはある、という手合いがこの道の職につくのや。わいも四十年、この道でめしを食うてきたが、こんな馬鹿力の要る仕事は地獄なら知らず、浮世にはない」

「左様《さい》で」

万吉は笑わない。

「それほどの馬鹿力の要る仕事なら、日当は大そうなものでございましょう」

「そりゃ、大そうなものや。ナンボくらい取るというのかい」

「へい」

「三十五文や」

驚くな、という顔で盤台面は誇った。が、万吉はくすくすと笑った。

「たったそれだけで」

「何イ」

「いやさ、たったそれだけで持ってうまれた馬鹿力を使うとはあわれなことでございますな」

「こいつ、人をチャリにしにきたか」

「いやいや」

万吉は、笑いをひっこめた。

「それならわいは一人あたり一日に一両出します。なんとかその二百人をごっそり集めてもらうわけには参りませぬか」

「なにを言やがる」

この親方は、一両という大金を、ひょっとすると見たことがないのかもしれない。

万吉はそこで風呂敷包みを解き、なかから二百両の小判をとりだした。二十五両ずつ切り餅にして封印してある。

「百足《むかで》小判（おもちゃの小判）とはちがうで」

万吉は指に力をこめ、切り餅の一つを割ってみせた。ぱっと小判が飛んで畳の上に落ちた。

「あっ」

と、大入道の親方はおどろいた。

「さあ、その小判はみな親方のもんや。親方の合銀（口銭《こうせん》）はあとで渡す。それをそっくり使うて二百人の油締人足を傭うてもらいたい。あつまるのはあすの夜明け前や。場所はここにしよう。行く先きは堂島、仕事は喧嘩や」

万吉は、畳みこむようにして用件をのべ、親方の首をたてに振らせた。

十八

そのあと盤台面の飛鳥屋嘉七は、四方八方に若い者を走らせ、市中のあちこちにい

る人足にその旨を伝達させた。夜ふけになって、

「大丈夫、二百人はあつまる」

というめどがついた。

万吉もあすの出陣をひかえて、この飛鳥屋に泊めてもらった。

夜食の膳に、酒がついた。万吉はいくら大人ぶっても、酒だけは飲めない。

「おっさん、酒はあかんねや」

というと、飛鳥屋はそうかといって万吉の徳利をとりあげ、自分の膳にのせた。

酒好きらしく、むっつり押しだまって猪口をなめつづけている。

「おっさんは、なんでクリクリ坊主や」

と万吉がきくと、

「のぼせ性やさかいな」

ぽつりと答える。かといって機嫌がわるいのではなく、そんなたちの男らしい。

「おっさんは、なンで、蒟蒻のガマンをしとるねや」

ときくと、「この蒟蒻かい」と反問してからしばらくだまっている。

「なンで、鍾馗とか児雷也とか強そうなガマンにせなんだのや」

「まあ蒟蒻なら人が驚くやろと思うてな」

「しかし怖がらんがな」

「そら、人によってはこれで結構おどしがきく」

「蒟蒻で」

万吉にはわからない。蒟蒻のいれずみをみて他人がこわがるだろうか。

が、飛鳥屋はあまり表現力のない男らしく口中でぶつぶつ言っているばかりで、そのところが万吉にはよく理解できない。

「煮ても焼いても食えん男、ということばあるやろ。それをわしの在所の摂州尼崎では、酢でも蒟蒻でも食えん、という。そういう男に、わしはなりたいと思うて、蒟蒻のガマンをしてある」

セッセッ、と歯をせせりながら、そんなことを不愛想なつらでいった。万吉は、これはよほどえらい男かもしれないといよいよ感じ入った。

翌朝。

まだ夜は明けぬという時刻に、飛鳥屋の軒下に無紋の高張提灯がかかげられた。その提灯の灯をめあてに、ぞくぞくと油締の人足があつまってきた。

六十ぐらいの老人もいれば、十七八の若衆もいる。どの男も、油締という芸のない仕事についているだけに、どこか間のぬけた面つきをしていたが、そろいもそろって肩肉が張り出し力だけは強そうだった。

(こら、いける)

万吉は、この戦はこっちの勝ちとみた。

この小僧は、人数を十人ずつに区分けし、それぞれに長をえらんだ。長は、二十人できた。その長を奥座敷にあつめ、

「いまの高相場をつぶす」

という戦争目的を明示した。

「相手は、御買米の江戸商人《あきんど》にやとわれているやくざ者や。七十人はいるやろ」

十九

万吉は、この力持ちの一隊をひきつれて夜明けの町を歩いた。

めざすは堂島である。

万吉はなにやら、自分が元亀《げんき》・天正《てんしょう》のころの英雄豪傑のような気がしてきた。

(敵城は、天下の堂島や)

堂島城といっていい。天下の米相場がここを中心に毎日変動してゆく。米は物価の

基準だから、堂島は日本の物価の上下をにぎっている経済の巨城といっていい。

寄せ手である万吉は、その米相場を一撃でぶちこわそうというのである。

「みんな、手拭いは持っているか」

と、歩きながら、飛鳥屋にきいた。

「持っとるやろ。職人やさかいな」

「戦法を思いついた」

と、万吉はいった。

「どんな戦法や」

「手拭いに石をつつんでふりまわさせる」

「たいした戦法やない。棒切れのほうがよかろう」

「棒はあかん」

相手の怪我が大きい。むろん、刃物もいけない。殴られっぱなしでこれまで「度胸修行」をしてきた万吉には、相手に傷害をあたえるということなどは飛んでもない。

「相手は、無頼漢《くすぶり》や。短刀《どす》をもっとるやろ。短刀できたらどうする」

飛鳥屋がいった。

「せやさかい、手拭いの石で戦う。短刀より寸法が長いし、ふりまわせるがな」

「なるほど、それも理やな」

飛鳥屋はうなずいた。

「ほなら、みなに手拭いに石をつつめと伝達する」

「ついでに、こういうてくれ。相手の鼻柱をねらえ、と」

「鼻柱を」

「鼻血を出させるのや。人間は血に弱い。堂島の悪党はわが血や味方の血をみてみなびっくりして逃げよるやろ。逃がせばこっちの勝ちや」

「心得た」

飛鳥屋は隊伍の間を縫いながらその旨を説明してまわった。

やがてもどってきて、

「奉行所の役人がきたらどうする」

「親方」

万吉は、飛鳥屋の大きな顔をまじまじとみた。

「親方は、大人か」

「大人やがな、阿呆にしたらあかん」

「大人やったら知っとるやろ。堂島は昔から奉行所役人は一歩でも入れぬ土地や。それが大公儀《おおこうぎ》の御法度や」

そのとおりである。官憲が相場に介入せぬよう、幕府は法律をもって奉行所の与力・同心の立ち入りを禁じている。幕法としてはめずらしい例である。

「せやさかい、堂島の米会所の構内ではどんな大喧嘩をしても役人は来ぬ。殴り放題、殴られ放題や」

「なるほど」

「そら、あとでひっぱられる。そのときはおれ一人が縄付きになる」

二十

ちょっと地理的説明をする。

堂島についてである。

淀川の水が大坂の市中へ流れこむと、大川という俗称になる。

この大川にかかっている橋を、川上からならべると、天満橋、天神橋、難波橋《なにわ》である。

難波橋からすこし川下にゆくと、巨大な中洲（中之島）がのびていて、川を二つに分流する。北側の川を堂島川、南側を土佐堀川という。

この中之島の北側に、中之島とならんでいま一つの中洲がある。堂島である。島であった。ただしこの「島」は明治四十二年七月の「北の大火」のあと、蜆川が埋め立てられ、「北」の陸地に接続し、いまは地名のみにその島の呼称を残している。

さてその堂島の米会所だが、天下にこれほど喧騒の地はないといわれている。毎日、千人二千人の米相場に関係する大小の商人《あきんど》があつまり、たがいに符牒を叫び、指の合図をし、あるいは駈けまわる。

駈けまわるのは相場を市中の自分の店にしらせる速報員で、この速報は市中だけでなく遠国へも独特の通信法で報らせる。

おどろくほどの短時間で遠国の米問屋まで速報される。その速報術は店々によって異り、いちがいにいえない。山々の峰に伝達者を置き、上代の烽台《のろしだい》ふうに一種の手旗信号のような合図をつぎつぎに送って遠方に報らせてゆく方法もある。

なにしろ、すさまじい町だ。

とりわけここ当分は江戸の御買米連中が繰りこんで気狂い相場を打ち出しているだけに、この一廓は戦場以上のさわぎになっている。

そこに万吉らが繰りこんできた。

万吉は喧騒の町を通りすぎながら米会所の前に立ち、

「これなるは明石屋万吉である」

と、五臓六腑がのどから飛び出すほどの声をはりあげて叫んだ。

ちょっと戦国時代の侍大将の気分に似ている。さらに叫んだ。

「江戸からの不浄商人衆に申しあげる。その衆は公儀御買米なりと称し、徒党を組んで巨額の相場を張り、不当に米価を吊りあげ、その騰りかた天井を知らず」

一種の名調子である。さほどの学問もないくせこの小僧にはこういう才があった。あるいは境涯がちがっていれば、井原西鶴や近松門左衛門のような稼業になっていたかもしれない。

「このため倒産する問屋は数を知れず、貧乏人は朝夕米にありつけず、いまや飢えに飢えて胃の腑はあってなきがごとし」

妙な言いまわしだが、現実感はある。

「されば明石屋万吉、天下の貧民になりかわり、義によって不浄相場をたたきこわしてくれる。怪我を厭う者は逃散《ちょうさん》せよ、戦わんとする者は出合え」

会所は、騒然となった。

江戸の御買米連中は、会所の裏にたむろしているかれらの傭兵に急報した。

傭兵どもはどっと駈け出してきた。

二十一

「それ行け、命を惜しむな」

と、万吉はまっさきに駈けながら油搾《あぶらじめ》どもに号令したが、この小僧だけは例の石手拭いをもっていない。

そもそも志を立てたときから、殴られ専門で度胸をみがいてきた男なのである。殴られることは平気だが、殴る工夫がつかない。

またその気もなかった。このときも駈けながら、

(おれは殴らんぞ)

と、決意した。

駈けながら味方のほうにふりむき、

「みな働け働け。わいは大将であるによって武者働きはせぬ。この赤松の上から下知をするぞ」

とそう叫ぶなり、べたっと赤松の幹にしがみつき、するするとのぼりはじめた。

やがて大枝にまたがり、着物をぬいで六尺褌ひとつの裸になった。小柄ながら小気味いいほど肉の締まった体である。

着物はサイハイのかわりだ。それに敵からのツブテをはらいのける道具にもなる。

「それ行け、敵は弱いぞ」

敵は、天満の境内や道頓堀あたりの繁華街に巣食っている札つきの連中ばかりである。全員いれずみをし、手に手に棒ぎれやどすをもって打ちかかってきた。

その武器に対し、油搾どもは石手拭いで応戦した。武器としては石手拭いのほうが有利で、ぶんぶんふりまわしながら進んでゆく。

やがて万吉がのぼっている赤松の下あたりで猛烈な遭遇戦になった。

「二番組、東からまわれ。六番組、西へまわれ。包め包め、敵を包め」

とか、

「飛鳥屋、敵がうしろにまわったぞ」

などと、万吉は声変わりがしたばかりの奇妙な声で指揮をした。

作戦は、あたった。

油搾どもは一も二もなく敵の鼻柱をめがけてぶんぶん石手拭いをふりまわしてゆ

く。たちまちそこここの鼻柱がくだけ、血が飛び、戦場はすさまじい景況になった。

敵は、自分の味方の血まみれな顔をみて浮足立ったが、連中は喧嘩の玄人だし旦那衆から傭われてもいる。そうやすやすと逃げられない。

さらに激戦がつづいた。

もう相場の立会もなにもあったものではない。旦那衆も会所の手代も、その他の関係者もそこここの家にとびこみ、雨戸をおろして事態のしずまるのを待った。

たれかが、奉行所に急報したらしい。

与力が三騎、金の紋所を打った陣笠をかぶり手甲《てっこう》・脚絆《きゃはん》の姿で同心、捕手《とって》五十人ばかりを指揮してやってきたが、それらはみな、米会所の木戸のそとにいる。

会所の構内には入れない。

会所は幕法による治外法権がみとめられているため、どうにも手をくだすことができないのだ。

「ど頭《たま》をかち割れ」

と、万吉は叫んだ。これも打ちあわせずみのことで本気で頭を割るわけではない。ちょっとした心理戦術である。

二十二

喧嘩も戦争もおなじことだ。恐怖と恐怖のくらべあいのようなもので、恐怖の量がより大きくなった側が崩れ立ってしまう。

要するに勝つも負けるも心理のなせるわざだといっていい。

万吉はあくまでも極道屋であり喧嘩屋ではないが、喧嘩屋ではないだけにこの間の呼吸をかえって心得ていた。

そう、喧嘩屋。

妙な言葉が出たからついでながら触れておこう。浪華の地では二人の遊び人の間に不和がおこり、喧嘩になるとする。

人数をあつめなければならない。そのときは双方「喧嘩屋」というその道の専門家に依頼し、人数をあつめてもらうのだ。依頼をうけた喧嘩屋は銭袋をさげて大坂三郷はもとより、摂津の郡内、河内《かわち》方面まで人数をあつめにゆく。

双方、人数が五十人、百人とふえてゆきその増加の現況が双方にわかる仕組みになっている。やがて一方が多くなる。多くなると他の一方が仲裁者を立ててあやまってしまう。

ままそんなことを請けおうのが喧嘩屋という稼業である。歴《れつき》とした商売だから、この喧嘩屋にさえ頼めば、めったに暴力事件などはおこらない。最初から斬った張ったの喧嘩をするつもりなら、喧嘩屋などは頼まない。

話が横道にそれた。

万吉のは喧嘩屋の「ニセ喧嘩」ではなく、正真正銘の喧嘩だから必死の駈けひきが要る。

「ど頭を、かち割れ」

と味方に大号令を発したのはそれだ。むろん敵にもその声はきこえる。

が、味方は心得済みで、頭ではなく鼻柱をくだくのだ。わっと鼻血が出る。

敵のやくざ者の過半の顔、胸もとは血まみれだ。

敵は自分の仲間の血をみて、

(あっ、頭を割られやがった)

と、仰天する。

恐怖がおこる。

(そこがつけめや)

と、万吉は、「どたま、どたま」と連呼すると、敵はふるえあがってしまった。

「いまや、五番組行け、七番組行け」

と万吉がわめきつづけると、もう敵はささえきれなくなり、どっと崩れた。崩れたら、もう踏みとどまれない。やくざ者たちは頭をかかえたり、顔をおさえたりして逃げ出した。

「追え、追え、二度と堂島へ行《い》かれんように手痛い目にあわせてしまえ」

油搾たちは勢いづいて追いはじめた。追いすがりながら殴るのだから苦労はいらない。

万吉はするすると樹からおりて飛鳥屋をまねき寄せ、

「喧嘩はおわった。みな集めてもらおう」

と、根方にあぐらをかいた。

みな集まってきた。

「逃げい。散って逃げるんじゃ」

と、万吉は命じた。

これもかねての手筈だ。油搾どもは四方八方に逃げ散って、会所付近には万吉だけが残った。万吉は立ちあがった。

二十三

これからが万吉の主舞台である。

見渡すと、江戸の旦那衆も逃げ散り、その他の関係者も近辺の家々に逃げこんだのか、あたりには猫の子いっぴきいない。

(さあ、やるか)

と、万吉は会所の軒へゆき、しゃがむなり飛びあがって軒に取りつき、しばらく両足を宙でばたばたさせていたが、やがて小屋根の上へのぼった。

その上には、

「米売買御免」

の官許による大看板がかかげられている。

それをはずし、肩にかついで小屋根をそろそろと歩き、やがて川を見おろす側に出ると、

「どうじゃい」

と一声、高らかにあげて大看板を堂島川に投げこんでしまった。これによって名実

ともに米会所をつぶしたことになる。

「見たか、聞いたか」

と、万吉は小屋根の上から、一番四方にひびきわたるほどの大音声をあげた。

「おそれながら大公儀の御威光をいつわり、私利私慾によって巨利をはくせんとした悪徳商人の巣はここにつぶれたぞ。潰したるは摂津北野村のうまれ、太融寺門前に住む歴としたる大人明石屋万吉」

ひょい、と小屋根から飛び降り、すたすたと大江橋のほうにむかって歩きはじめた。

万吉は歩いてゆく。

大江橋の橋詰には、先刻から事態のいっさいを見守っていた奉行所の人数五十人が待ちかまえている。

万吉は、どんどん近づいた。

人数の大将である陣笠姿の与力が十手をあげ、配下の同心に目くばせした。

同心は、その配下の手先きに、

「それっ」

と、気合をかけた。

手先きは十手をきらめかしながら万吉のそばに駈け寄り、いきなり、
ぐわっ
と、万吉の頭を十手でなぐった。戦闘力を衰《な》えさせるためである。万吉のひたいの皮が割れ、血が流れた。

「無茶な」

万吉は、苦笑し、両手をさし出した。その手を後ろへねじあげられ、捕縄がかかった。

「万吉、神妙である」

と、同心の一人が、この水ぎわだった小僧に賞《ほ》め言葉を送った。

やがて引っ立てられてゆく。

行くさきは、奉行所である。

「お東だっか、お西だっか」

と、万吉はきいた。東町奉行所なら以前、「近来まれなる孝子」ということで表彰をうけた。その点で「お東」にひっぱられてゆく気はちょっとしない。

「えい、黙って居くされ」

と、同心がいった。

幸いなことに、西町奉行所に連れてゆかれた。場所は本町橋詰である。その日は吟味はなく、いきなり、牢にほうりこまれた。奉行所ではよほどの重大事件の犯人とみているらしい。

二十四

万吉を吟味する掛り与力は、当時、財政通として天下に有名だった内山彦次郎である。

翌日、吟味場にひきすえられた万吉は、吟味のものものしさに目をみはった。

（これは本式やな）

と、妙な感想をおぼえ、以前、たかが町会所で同心や手先きにさんざん痛めつけられたことを思うと、なにやらえらくなったような感じがした。

座敷の正面に端座している面長《おもなが》な中年の武士が、与力内山彦次郎である。麻裃をつけ、拵《こしらえ》のみごとな脇差を帯びて万吉を見おろしている。その左右に羽織袴の書役同心その他が三人居ならび、万吉がすわらされている土間には牢屋同心二人が袴のモモダチをとった姿で立っている。

一人は万吉の縄尻を持ち、一人は拷問用の笞を持っている。

「頭をあげて神妙に申しあげい」

と、書役の老同心が芝居がかりのしぶい声でいった。

（なるほど、これが高名な内山様か）

と、万吉はその掛り与力を見あげた。

（この内山様ぐるみ、江戸の御買米連中とぐるになっているのやな）

そう思ったが、奇妙に内山を憎む気にはなれない。万吉の弱みである。

高名な人物が、好きなのであった。このためついつい、万吉の目差《まなざ》しに、内山への憧憬《どうけい》の色が浮んだ。

その気持が、内山彦次郎にもつたわったらしい。ひどく柔和な表情になって、

「そのほう、北野村うまれ、無宿万吉であるな」

と、ものやわらかにいった。

「へい、北野村うまれ無宿万吉でござります」

「何歳に相成る」

いよいよおだやかな口調である。

ちなみにこの内山彦次郎は、大塩平八郎の乱のときに大塩捕縛に立ちむかったこと

で万吉風情までが名を知っている。

が、内山の本領は、警察官僚としてのそれではない。経済官僚としてのそれである。

余談だがこの当時、もっとも学問的意味での財政に通じた人物は天下にこの内山ぐらいのものであったろうし、その経済官吏としての実務能力も当時比類がなかった。江戸幕府は中期以降、慢性的なインフレーションになやまされつづけ、幕府も末期になっているこの万吉の時代には、物価はいよいよ高騰し、これがために庶人、武士階級だけでなく幕府・大名も大いにくるしんでいる。

その物価抑制策や経済機構の改革という点について内山は上司を通じて幕府に何度か献策し、その卓識は高く買われていた。

大坂の大町人も、この内山がにぎっていたといっていい。幕府は幕府の財政窮迫の切りぬけのために何度か大坂町人に多額の御用金を申しつけたが、そのつど成功したのはこの内山彦次郎の説得が功を奏した、といわれていた。

それほどの人物が吟味方になっているのである。万吉が巻きおこした事件は、よほど重大なものであったにちがいない。

二十五

余談ついでに、与力内山彦次郎についていますこし触れたい。

この徳川時代きっての名経済官吏は、数年後に新選組に暗殺されている。

べつに思想的立場から暗殺されたわけではない。思想的にいえば幕府の大坂与力である内山は当然、佐幕家である。

佐幕家どころではない。徳川幕府は「幕藩体制」といういびつな経済機構の無理がたたってほろびたようなものだが、内山は、そのいびつさをなんとか繕《つくろ》ってゆく上での唯一といっていい学者であり実務家であった。これを殺したのは、幕府にとって損失であったといっていい。

新選組にはそんなことがわからない。

「大坂与力内山彦次郎を殺そう」

と言いだしたのは、近藤勇である。

まだ新選組の初期のころだ。

近藤ら幹部一同が大坂へ金策にゆき、北ノ新地で飲んだ。そのとき大坂角力《ずもう》五六十人と大喧嘩になり、死者が数人出た。死者はむろん、角力側である。

近藤は翌日、西町奉行所にゆき、死体の始末などにつき、「通告」した。

武士の場合、奉行所に対しては通告（届け捨て）でよい。

無礼打ちがゆるされているからである。

ただしこの場合の武士は、浪人ではない。幕府の慣例法にあっては浪人は社会的慣習として侍であることを認めているが、法律的には武士としてあつかわない。

法律上の「武士」は、幕臣、諸藩の臣など、要するに主持ちの者である。そういう「武士」が市中で刃傷沙汰をおこしたとき、それに対する裁判権はその武士の「主家」にあり、町奉行所にはない。

ところが近藤勇は、浪人の身分でありながら届け捨てにしようとした。

「待った」

とこれを制止したのは、応接した内山彦次郎である。

（この連中は浪人ではないか。浪人ならば百姓町人と同様、町奉行所が裁判権をもっている。届け捨てはまかりならぬ）

と内山は思った。

「届け捨てはまかりならぬ」

と、がんとしてゆずらない。第一、内山彦次郎は、京で結成されているという新選組の存在をまだ知らなかった。

近藤は、色をなして怒った。

はなはだしく近藤の自尊心を傷つけた。それに近藤にも、かれなりの解釈がある。

「われわれは京都守護職会津中納言様おあずかり浪士である」

主持ちの武士に準ずるという解釈である。

「されば、御不服ならば守護職のほうへ掛けあわれよ」

と突っぱね、憤然として去った。

それからほどもない元治元年五月二十日の夜、内山が駕籠で与力町の自邸に帰ろうとしたとき、待ち伏せしていた新選組隊士、沖田総司、原田左之助、長倉新八、井上源三郎の四人に斬られ、首を落され、橋畔にさらし首にされた。捨て札には、「この者は灯油を買い占めにして庶人を苦しめた」という意味のことがかかれていた。

二十六

与力内山彦次郎は、刺すような目で万吉を見おろしている。

こんどの「公儀御買米」という相場崩しの非常措置は、内山の計画から出たものなのである。いわば、この与力は元兇《げんきょう》なのだ。

「元兇」

といえば奸悪めかしいが、内山にすればやむを得ない。

かれの独自の経済行政論から出ている。このところ江戸市中の米価が高騰し、士民が困窮しつづけている。このため幕府では大坂城代に指示し、

「江戸の米価をさげる工夫はないか」

といってきた。大坂城代は大坂町奉行をよんでその対策を講じさせた。

結局、与力内山彦次郎がその担当官になり、さまざまに考えぬいたあげく、「御買米」という非常手段をとることになった。

そこで取扱い業者を指定した。江戸商人は五人、用意した資金は十八万両である。地元の大坂関係は五人で、買いつけの予算が大坂が銀相場であるため米の量をワクにした。ワクは六十万石である。

いずれにせよ、十八万両と六十万石という気が遠くなるほどの資金が、堂島にやってきたのだ。それでもって、米を買いまくった。

売り方は、大坂の地元商人である。やがてこれに対抗する資金が尽き、中小業者が

つぎつぎと倒産し、大坂市中の米価はうなぎのぼりにあがった。

（江戸も天下のうちである。江戸の士民を救うためには大坂の犠牲はやむをえぬ）

というのが、大坂与力内山彦次郎の考えであった。

内山の思想は、経済技術者としてはそれなりに正しい。

ただ、零細民の困窮をわすれている、というところがあった。内山は経済学者だけにつねに資本家の利益があたまにあり、その日暮らしの連中のことをあまり考えない。

さらに余談だが、すでに昔話になった大塩平八郎の天保の乱のとき、大塩はまず内山を、

「零細民の敵」

として討つつもりだったという。

大塩も内山とおなじく大坂町奉行所与力である。いずれもすぐれた学者であったが、大塩は陽明学者であった。陽明学は「行動的政治学」とでもいうべきもので、二十世紀における社会主義に似ている。

大塩と内山の対立は、社会主義経済学者と資本主義経済学者のそれに似ていた。当然、仇敵の間柄になったが、大塩は一揆《いっき》をおこして敗れ、偶然、内山によって捕縛さ

れ、処刑された。

その内山も、のちに新選組によって殺されていることを思いあわせると、なにやらめぐりあわせのふしぎさを考えさせられる。

いずれにしてもこの万吉。

（おらあ、細民の味方だ。この奉行所で命を落したところで落し甲斐がある）

と信じきっていた。

尋問は、手きびしい。当然なことながら、

「たれに頼まれた」

という一点にしぼられた。

二十七

「かくすとためにならぬぞ」

と、内山の横にいる吟味方の同心が、鬼瓦のような顔を作って大喝一声した。

「へい」

万吉はにこにこ笑った。その目がいかにも愛嬌があって、つい鬼瓦までが吊りこまれそうになったほどである。

「隠しだては致しまへん」

「されば、たれに頼まれた。名を申せ」

「どなたにも頼まれまへん」

「こいつ」

吟味方同心は、どなった。

「うそを申し立てておる。頼まれもせぬのになぜ堂島の米会所にあばれこんだ」

「あそこに平素、私《わてい》が遺恨をもっている顔役が傭われております。その顔役に意趣を晴らすために喧嘩を持ちこみました」

「うそじゃ」

奉行所には見当がついている。大坂地方《じかた》の米問屋に頼まれたということは、たれがみてもたしかなことであった。

ところが証拠がない。その証拠として万吉に泥さえ吐かせればそれとにらんでいる米問屋三十人ばかりを牢に入れることができるのだ。

「うそやおまへん。この万吉の舌は一枚、二枚は使いまへん」

「体に訊くぞ」

とおどしたが、この点は万吉の得意芸であった。訊くなら訊け、と胸中ほざきつつ、頬をふくらませてだまっている。

吟味方同心は掛り与力の内山彦次郎の耳に口を寄せ、

「いかがいたしましょう。笞で十もたたけば泥を吐くと存じまするが」

というと、内山は無言でうなずいた。

(やれ)

という意味である。

そこで、土間にいる打役の同心が万吉の目の前に笞をのばし、

「この棒で打つ。骨が砕けた者もあれば、眼球が飛び出した者もある。申しあげるものなら、いま申しあげろ」

「結構だす」

と、万吉は、目を閉じた。

すぐ拷問がはじまるかと思ったが、奉行所の大人どものほうがはるかに利口だった。

この土間に、人を呼び入れたのである。

ざっと三十人。

いずれも紋付羽織袴、といった公事姿《くじすがた》の町人どもである。万吉は横目でみた。米問屋の旦那衆である。かれらはかれらで別の場所で取り調べられそのあげくのはて、この拷問を見せつけられる目的で入場させられたらしい。

みな、土下座《どげざ》した。

打役の同心が、笞をあげた。

「申しあげろっ」

叫ぶなり、肉のはじけとぶような音がして万吉の体を打ちすえた。

打撃に、万吉はころがった。

三度、四度と打ちつづけると、皮がやぶけて血が流れた。その血止めのために作法により同心は傷口に砂をかけた。

二十八

「それ吐け」

と叫びながら、打役同心は万吉を打った。

（打て打て）

と、万吉は目を閉じている。気が遠くなるほどの痛さだが、じっと我慢した。同心にすればまるで金仏《かなぶつ》を叩いているようなものだ。

「こいつ、強情な奴や」

と、次第次第に力を入れはじめた。

びしっ
びしっ
と万吉の背が鳴るごとに、しだいに青ざめはじめたのは米問屋の旦那衆のほうである。

ひとごとながら、堪えられなくなった。

ついに年がしらの一人が両手をつき、

「申しあげます、申しあげます」

と泣くように叫んだ。

与力の内山彦次郎は瞼をあげて、その旦那の顔をみた。

「天野屋利兵衛か」

と、いった。天野屋は播州米を一手にあつかっている米商人で、例の赤穂浪士の事件のとき、大石内蔵助にたのまれて武器の買いあつめをした同名の侠商の子孫である。

「へい、天野屋利兵衛でござりまする。手前ども、お疑いのとおりこの万吉に頼み、おそれながら公儀お買米の妨《さまた》げをいたしましてござりまする」

「待った」

万吉は、大声を出した。ここが男を売るか売らぬかの瀬戸ぎわである。

「わいはそんなおっさん知らんでえ」

「これ万吉、お訊ねもなきに口をきくな」

「しかしながら」

万吉は浄瑠璃《じようるり》口調《くちよう》でいった。

「存ぜぬものは存ぜぬと申しあげるしかいたしかたがござりませぬがの」

「存ぜぬか」

「名アも聞かず、顔も見たことがござりません。ましてや」

声に節がついた。

「物を頼まれしことなど思いもよらず」

当日の吟味はこれでおわりになった。与力内山彦次郎は席を立つとき、

「これ万吉、あすは算盤責《そろばんぜ》めにするぞ。この責めはこの世の地獄であるゆえ、一晩牢内でとくと考えよ」

と、さとすようにいった。

万吉おそれ入ったふりで頭をさげ、

「いかようなるお責めを頂戴しましょうとも頼まれもせぬものを頼まれたとは申せませぬ」

と言い、同心に引っ立てられてよろめきながら吟味場を去った。

牢に帰ると、牢内の悪党どもが席をゆずって万吉を迎えた。

「汝《われ》、あれだけの責めに遭うても口イあけなんだそうやな」

と、牢名主がいった。こういう吟味場の情報というのはすぐ牢内にきこえる。

「男やさかいな」

万吉は、そろりとすわった。

翌日、ふたたび吟味場にひきだされた。きのうと同じく旦那衆が後ろに土下座している。

責め道具が出された。

算盤責めである。

二十九

万吉は算盤責めの目にあわされた。

江戸では「石抱き」という。おなじ内容の拷問である。

この拷問は吟味所には設備がないため、牢屋敷内の穿鑿所《せんさくじょ》でおこなわれる。万吉は、それへ呼び出された。

「万吉、この道具をみぃ」

と、内山彦次郎は、品のいい上方ことばでやさしくいった。

「どんな極悪人でもこの責めにかかればみな白状におよぶといわれている道具や。場合によっては命をおとす」

「へい」

万吉は、修行だと思っている。いままでさんざん人になぐられてきたが、いまだかつて話にきく算盤責めの目に遭ったことがない。

「やっとくれやす」

「強情なやつや。ひとこと、誰に頼まれた、と音をあげい。されば楽にしてやる」

「やっとくれやす」

万吉は、むしろ頼むようにいった。

内山は沈黙し、五分ばかり迷っているふうであったが、やがて、

「やれ」

と、掛り同心たちにいった。

やがて大きな算盤がはこばれてきて、万吉は縛られたままその上に正座させられた。算盤玉がすねの肉に食いこみ、骨を圧迫してこの痛みは名状しがたい。

その膝へ、大きな石板を一枚、ずしりとのせるのである。

(ひっ)

とおもわず叫び声が出そうになった。

「申しあげい」

と、その間、何度も同心がわめくが、万吉は歯をくいしばって、うなだれている。

さらに一枚、積みかさねられた。すねの骨が、のこぎり状にしわむようである。顔色がみるみる青くなった。

「万吉、楽になれ楽になれ」

と、同心が耳もとでわめいた。

「へい」

万吉は、涙をこぼしながらいった。

「楽になりようがおまへんがな。なにも申しあげることがおまへんさかい」

「強情を張るか」

と、さらに一枚、その上に加えられた。この激痛で、万吉は失神した。

牢医者が寄ってきて脈をとり、くびをかしげてから、

「まだ命はあるようでごわりますな」

と、内山彦次郎のほうへいった。

この日の吟味はこれでおわった。

万吉は水をかけられて息を吹きかえすとふたたびすわらされ、

「あすはこの程度では済まぬ」

と、内山に宣告された。

「蝦《えび》責めにかける」

これは、拷問の最高のものといっていい。

江戸ではこの拷問にかぎって老中の許可が要ることになっている。自然めったに行われないが、大坂では大坂城代許可という手軽なものであるため、わりあい行われ

た。

三十

「あすは蝦責めであるぞ」

と、与力内山彦次郎はおどしたが、いっこうにその責めがはじまらない。

数日、たった。

相変らず、ただの吟味の繰りかえしであった。ときに例の算盤責めをやられて石も抱かされたが、最初の責めのときのような三枚も抱かされない。

一枚抱かされ、四《し》半刻《はんどき》あとにもう一枚抱かされる。

「どういうわけでございましょう」

と、万吉はむしろ不満気に牢医にきくと、

「お上は下獄人の体を見ていやはる。おまえのような大事なたまを殺してしもうては吟味も無駄になるさかい、殺さぬように気ながに吟味をしなはるのや」

といった。さすがに万吉も、このところめっきり弱っているのである。

「そのかわり、あれだすか。音《ね》えさえあげればわいを殺してもかまわんというわけだすか」

「そや。おまえが音えさえあげれば、お上にとっても御用済みや」

御用済みというのは、おそらく殺してしまうということであろう。

(こら、うかうかできんな)

万吉は、牢にいるあいだはできるだけ体を消耗せぬようにじっとうなだれ、ものもいわず、身動きもしない。

まるで行者《ぎょうじゃ》のような姿だ。このあほうは、入牢も拷問も行のように心得ているのであろう。

「万吉はえらいやっちゃ」

という評判が、牢内に立った。

牢名主というのは、四十がらみのけちな小泥棒だが、この男が感心してしまって、

「万吉に、畳をやれ」

と、四日目にはそんな待遇をした。

牢内には畳はあるが、普通、牢名主が独占してしまって五枚も六枚も積みかさね、その上にいつもすわっている。

六日目の呼び出しがきたとき、牢同心が「行くさきは拷問蔵や」といった。それを

きいて牢内の者のほうがひとごとながら青くなった。拷問蔵でやるのが、蝦責めなのである。

「万吉」

と、牢名主が畳の席から這いおりてきて、

「蝦責めにやられると三つに一つは死ぬというぞ。悪いことは言わんさかい、吐いて命だけは助かれ」

といった。

「ほうかいな」

万吉は、木で鼻をくくったようにいった。

「ほうかいなやないがな。ええかげんに恐れ入ってしまえ。恐れ入ってしまえばなるほど罪はきまる。しかしおまえはまだ年端《としは》も行かんさかいお役人はんも罪を軽うしてくだはるやろ。体を粗末にするな」

「ふん」

万吉は笑った。

「おれは体を粗末にして命を大事にしているのや。吐いて罪がきまればまず死罪。それより体を粗末にして、拷問に堪えたほうがよっぽどましや。ここらのかねあいをおれは見切ってやっている」

三十一

万吉は拷問蔵にひっ立てられた。棟の高い二十坪ほどの建物で、味噌蔵に似ている。

さすがの万吉も、地獄の一丁目に連れてこられたような感じがした。

(陰気くさいな)

「どうや、万吉」

と、吟味方の同心が戸口でいった。

「このなかに釣り責め蝦責めの拷問道具が入れてある。ぶじに黒い目で出られる者は三人にひとりや」

おどすのである。

「わいも家督を継いでから二十五年になるが、そのあいだ、蝦責めの大罪人をあつこうたことは一度しかない。お上も、ハリツケ、火あぶりの極刑にあたる大悪人以外にはこの拷問はおゆるしにならない」

そのとおりであった。江戸の市政に関心のつよかった八代将軍吉宗などはこの蝦責めの拷問をきらい、吉宗一代のあいだはいっさい禁止されていたほどのものである。

「すると、何年前にあったきりでございますか」

「二十二年前や。そいつは余呉《よご》ノ大六という近江うまれの大悪人で、火付け、強盗、人殺しをかさねたあげく御用になり、結局は千日前でさらし首になった」

「わたいはそれ以来でございますか」

「そうや」

そこは小僧で、万吉はおもわずがたがたと慄えてしまった。自分のやった罪がそれほどの大罪だとはついぞ気づかなかったのである。

「すると、わたいにかかっているお疑いがもし本当やとすると、余呉ノ大六いらいの大罪でございまするけ」

「いかにも」

「しかし火も付けておりませず、盗みも致しておりませず、虫いっぴきも殺したことはござりまへんけど」

「しかし罪は余呉ノ大六以上に重い。いわば昔の由井正雪の罪にあたる。大公儀の御買米を一揆でもって潰し奉ったというのは、大公儀への御謀反《ごむほん》にほかならず」

「本当ならば、だすな」

「左様、本当ならばや。その実否をこれからおまえの体にきいてみる」

「へい」

万吉は、無邪気に、好奇心に満ちた表情になってものをきいた。

「すると、あれでございますか、大坂の問屋衆にかかっているお疑いも大公儀への御謀反ということで？」

「そうや」

「すると、もしこれが本当やとすると、米問屋衆は死罪をまぬがれまへんな」

「そこまではわしは知らぬ」

と、同心は役目がら、容疑者とそれ以上の会話をまじえることを避けた。

しかしいずれにしても与力内山彦次郎は、自分の経済政策を破壊したこの「堂島打ちこわし」事件を重視し、「謀反」という国家への犯罪に仕立てあげようとしているようである。

でなければ、こんな小僧をつかまえて二十二年ぶりの「蝦責め」をしようという運びにはならないはずである。

それを思うと、万吉はむしろ、武者慄いをした。

三十二

吟味方同心は戸に手をかけ、がらりとあけて、万吉をなかにほうりこんだ。

「旦那、かびくさい」

万吉が苦情をいうと、

「あたりまえや。二十二年も使うてないこの拷問蔵や、夕涼みの船座敷のようにはいかんわい」

「さよか」

万吉はあきらめ、ころがされるままに縄付きのままで湿気《しつけ》た土間にころがった。

(なるほどここは地獄やな)

やがて別の同心たちに引っ立てられて、三十八人の米問屋衆が入ってきた。かれらの手にも、一応は手錠がはめられている。

この旦那衆は、見物席とでもいうべき土間の西側にすわらされた。

一段あがって畳の席がある。そこに与力内山彦次郎らがすわった。

「万吉、聞け」

内山は懐ろから書類のようなものをとり出していった。おそらく大坂城代の蝦責め差しゆるしの書類であろう。

「そのほうの大罪、城代様のお耳にも入り、大公儀に弓をひき奉る大罪容易ならず、骨をくだき、背に鉛《なまり》を入れても口を割らせよとおおせつけられておる」

「へい」

万吉は、頭をさげた。

「されど、お上にもお慈悲はある。なにぶん年端もゆかぬそのほう、かかる痛き目にあわせるのも酷。たったいま白状におよべば罪を軽くしてやると申されておる。どうやな」

「へい」

万吉は、ぷっとふくれた。

「申しあげることはござりませんので。毎度お吟味のときに申しあげていることしか申しあげられまへん」

「よう考えてみよ」

と、内山は立ち、そとへ出た。

一時間ばかりして戻ってきて、

「どうや万吉、料簡したか」

と、やさしげに小首をかしげた。

「いいえ、おそれながら」

「何や」

「おなじことでござります。こうとなれば万吉も死ぬ覚悟。蝦責めでも釣り責めでも、なんなりともおいたぶりなされませ」

そう言うと、なにやら物悲しくなってきてポロポロ涙がこぼれたが、泣き声だけは立てまいと懸命に唇を噛んだ。

「しぶといやつ。それ、責めにかかれ」

「へっ」

と、同心たちが万吉のまわりにむらがり、まず縄を解き、あたらしい縄をもってしばりあげた。あたらしい同心などは蝦責めをやった経験がないため、古い連中がやる縄の掛け方を、たんねんに見学した。

まず、頸《くび》に縄をかけるのだ。その縄尻をぐっと二人がかりでひいて万吉の体を蝦のように曲げつつ両股の間へさし入れ、さらにその縄を背中へまわし、最後に両手をしばった。そのまま、土間へころがしておくのである。

（なんや、これだけか）

と、万吉ははじめは拍子ぬけしたが、五分もするとそれどころでなくなってきた。

三十三

古今東西、人間は人間を苦しめるためにさまざまな拷問道具や拷問法を考えたが、この蝦責めほど智恵ぶかい拷問法はないだろう。

道具は、一筋の縄だけである。

獄吏の手間もかからない。

ただ容疑者をそこへころがしておけばいいのである。

これをやられる者は、万吉だけでなくたれでも最初は、

（なんだ、これだけのものか）

とひと安心する。が、蝦責めの場合、「時間」がくせものである。時間がたつにつれ、自然自然とくびが垂れてきて、体がまるくなる。

その姿は、ちょうど蝦のようである。

だけでなく、欝血《うつけつ》してきて、全身が茹《う》でたように赤くなるのだ。色あいからみて

も、蝦に似ている。

（こ、これはかなわん）

と、万吉は、地上に生をうけて以来最大といっていい苦痛に遭遇してしまった。

ふしぎな縄である。頸にも両股にも後ろ手にもさほどキリキリとは縛ってないはずだのに、万吉の体じたいが、縄の命ずるままに蝦なりにまがってゆく。

それも、尺取虫がすすむほどの速度でゆるゆるとまがってゆく。にわかにまがるのではないから、脊椎《せきつい》もこれほどの異様な湾曲に堪えられるのであろう。

（人間の体が、あれほどにまがるものか）

と、米相場の旦那衆は、怖れと驚きで真青になっていた。

万吉は、真赤である。

「どうや万吉、苦しいか」

と、吟味方の同心が、声に感情を消していった。この同心も、容疑者が極悪人ならともかく、子供をこんなぐあいにいじめるのはあまりいい気持がしていないのであろう。

「吐け、吐いて楽になれ」

と同心はいった。

万吉は、無言である。声を出そうと思っても、気管だけでなく、血管、内臓がみなぺちゃんこになっている感じで、とても出せないのだ。

「どうや、楽にしてやろうか」

(だまって居くされ)

と、万吉は腹のなかで思った。小うるさく耳そばでいわれるだけでも、それだけで生理的重荷がかかってくる。

「いままでこの蝦責めにかかって吐かなんだやつはない。万吉、吐け」

(吐くかい)

とは、力まない。なるべく力まないでおこうと思った。抵抗すればするほど、体のこたえが苦しくなることを、万吉は多くの経験で知っている。

やがて、万吉は気が遠くなった。

体から次第に赤味が去り、手足が青くなりはじめている。この段階になると、捨てておけば死んでしまう。

「解け」

と、与力の内山は命じた。

掛り同心が万吉の体にとびかかって手ぎわよく縄を解いた。万吉は、死体のようになっている。

白眼をむいていた。

三十四

やがて万吉は息を吹きかえした。すぐ戸板にのせられ、かすかに胸を動かしながら、もとの牢にもどされた。

四日目に、松屋町の牢に移され、五日目に吟味所によび出された。体力がなく、すわっているのがやっとである。

与力内山彦次郎が着座し、扇子《せんす》を立てて、

「小僧、よく辛抱した」

と、この鬼与力も、ほとんど感動せんばかりの表情になっている。

実のところ、内山はもうこれ以上の吟味をあきらめ、この御買米妨害事件の検察を打ち切ることにしたのである。そのためきのう三十八人の容疑者を釈放し、きょう、万吉を放そうとしている。

「命をたすけ、釈《と》き放ってやる。よいか、よく責めに堪えたにつき助けてやるのじや。お上のお慈悲をありがたく思え」

「へい」

「よろこべ」

「へい」

万吉は、無感動にうなずいた。よろこべといわれても、よろこぶだけの体力も残っていないのである。

同心が、縄を解いてくれた。

「立てるか」

「いや、むりなようで」

「おこしてやる」

と、同心が、手をかしてくれた。万吉は、よろめきながら吟味所を出た。

足に力がなく、夢の中で歩いているようである。が、満足感はあった。

この満足感は、ちょうど、絵師や彫刻師が畢生《ひっせい》の大作を仕上げたあとに似ているし、えらい将軍が、籠城戦を戦いぬいてついに敵を追ったあとの心境にも似ていた。

(おれはやった)

と思うと、ひざから急に力が抜けて、がくりと体が崩れた。

「万吉、しっかりせい」

と、同心が、頬《ほっ》ぺたを張り倒してくれた。

「へいっ」

万吉は、目が醒めたような顔をした。拷問に堪えぬいてゆるされた者は、こんなときによく頓死する。

「万吉、まだお吟味がつづいていると思え」

と、老同心が、声をはげましていってくれた。「へいっ」と、万吉は頭のてっぺんから出るような、奇声でこたえた。

（そや）

と思った。

（こんなことでくじけるようでは、明石屋万吉の名折れや）

一歩一歩、目をむき歯をくいしばって歩いた。やがて、牢屋敷を出た。

路上で、わっと声があがった。数百の市民が、万吉をとりまいた。

（なんや）

万吉が目を見はったが、やがてそれが、自分の放免を迎える市民たちだと知っておどろいた。この事件と万吉の吟味は、大坂中の話題になっていたのである。

すさまじい人出である。万吉を拝んでいる老婆まであった。

三十五

「万吉がきょう出る」

ということは、牢内の万吉自身こそ知らなかったが、奉行所同心などの口から大坂市中に知れわたっていた。

米相場で衣食している者が、家族までふくめると大坂で一万や二万はいるだろう。それらが、

「堂島の潰滅を救うてくれた守り神や」

ということで、牢屋敷裏の横堀川へ迎え舟まで出し、舟を造り花や大万灯《おおまんどう》でかざりたて、景気づけに芸妓を乗せ、三味線をひかせながらやってきた。

ほかに貧民もいる。かれらは、

「よくぞ安い米にしてくだされた」

と口々に叫びながらやってきたし、そのほか単にこういう利害とは別に、

「算盤責め、蝦責めに遭うても口を割らなかった小僧」

ということで、いわば庶民のなかに忽然《こつねん》とあらわれた英雄を見ようとしてやってきた。

生来、派手好きな土地である。奉行所の経済政策への反発もある。

「このさい、奉行へあてつけにわっと騒いでしまえ。奉行や与力衆のあたまも冷えよるやろ」

という気もある。江戸とちがい、役人や武士を尊敬する念の薄い土地だ。

とにかくさまざまな市民感情が一つのエネルギーになって、万吉のまわりをかこんだ。

万吉は、一朝にして英雄になった。

横堀川から舟で迎えにきた連中は、万吉を路上でむかえ、

「明石屋はん、どうぞお乗りになっとくなはれ」

と、手を頂くようにして連れ去ろうとしたが、万吉は動かない。

群衆を搔きわけてやってくる一梃の辻駕籠を見ている。駕籠舁《か》きの顔に見覚えがある。

(あれは北野村の駕籠舁きやないか)

やがて駕籠は万吉のそばまでくると、

「万吉っつぁん、えらいご苦労はんやったな。この駕籠は、北野村のお母はんからの差しまわしや。はい、お乗りやす」

「そらありがたい」

万吉はころりと駕籠のなかにころがりこんだ。体中が痛い。

(堂島衆の駕籠には乗れん)

という分別《ふんべつ》がこの小僧にある。それに乗ると、まるで堂島のたのみでやったことのように奉行所や市民に受けとられるのがおもしろくない。

「貴方《あん》さんら、帰ってンか」

と、堂島衆にいい、仏頂面で駕籠の人になり、やがて駈けさせた。

(おれも、大坂でいっぱしの人間になれた)

と、万吉は思った。

やがて太融寺の前の家に帰った。

家の内外に、北野、曾根崎、天満あたりの駄菓子屋の老婆が、一張羅《いっちょうら》の着物にきかえて祝いにきていた。

「お婆ンら、おおきに」

万吉は大声でお婆ンらの祝い言葉を受けながら、家に帰った。

明石屋万吉の名は、この一件で確立した。

三十六

年明けて十六歳。

「明石屋万吉」

といえば、大坂はおろか、堺や京にまでひびく名前となった。

極道屋創業である。

相変わらず太融寺のそばの八両で買った庵寺に住んでいたが、経済力の点ではむかしの万吉の比ではない。

土間に、米俵が天井までびっしりと積みあげられてある。裏の納屋にも米俵が積まれていてまるで米俵と米俵の隙き間に住んでいるような豪勢さだ。

米が貨幣以上の価値をもっていた時代のことだから、万吉はもはやにわか長者といっていい。

気に入った男が来ると、

「おい、米をもってゆけ」

と、一俵ずつ呉れてやる。この当時、その日暮らしの庶人にとってはこれほどの感激はない。

(万吉親方のためには命も要らぬ)

という手合いが、この米のおかげで次第にふえてゆき、それが自然、

「明石屋の子分」

とみずから名乗って歩くようになった。前にもいったとおり、大坂には、江戸や関八州、東海道筋のような生業をもたぬやくざはいない。みなこれらの子分は、大工、左官、手伝い、人足、折助などといった生業をもち、持ったままで万吉を親方として立てた。

この米。

その出所については前述している。

例の堂島の公儀御買米打ちこわしをやる謝礼として「此少《さしよう》ながら月々二千石の合銀をさしあげます」との条件を堂島側が出した。

とほうもない額である。

万吉が松屋町の牢屋敷から出てきたとき、さっそく堂島からお使者がきてこの件を実行しようとすると、

「多すぎらあ」

と、万吉がことわった。「果報が過ぎるとろくなはめにならない」という何事も遠慮ひかえ目というこの時代の庶民哲学のらち外に万吉だけがいるわけではない。

「わいにはもったいなすぎる」

と、手きびしくことわった。

が、堂島のほうでは、左様ですかとひっこむわけにゆかない。

結局、天野屋利兵衛という、例の赤穂浪士のころの子孫だという仲買人が代表でやってきて、すったもんだの交渉のすえ、

「それでは差米《さしまい》を受けとって頂けますか」

ということになった。差米とは、堂島あたりでは諸藩の蔵屋敷に集まってくる諸国の米の検査をする。

検査には簡単な道具をつかう。

竹の尖《さき》を削《そ》いだ一尺半ほどの竹筒である。その竹筒でぐさりと米俵を突き、出てきた米の良否をしらべる。そのコボレ米を「差米」という。一日何千何万俵の検査をするのだから、その差米だけでもぼう大なものだ。

その差米で一年二千俵。

これが明石屋万吉の取り分になる、ということになった。

芋嵐

一

月が、芋畑のむこうに、昇った。

この月を見ている万吉は、二十五歳になっている。相変らず太融寺門前のもとの庵寺に住んでいた。

酒は飲めない。

飲めないが、今夜は陰暦十四日で待宵《まつよい》の月だから、裏の手すり越しに芋畑の月をながめつつ杯をなめている。

(ざわざわ、鳴りやがる)

芋の葉が、である。里芋畑に風が吹きわたって、風が吹くごとに大きな葉が白い裏を見せつつ月光のなかで波立っている。

その上に月が一つ。

満月にほぼ近い。こんな景色をみていると、ふと少年の日を思いだしてしまうものだ。

(妙なものやな)

と、万吉は自分の過去をふりかえらざるをえない。

人間は過去《こしかた》を背負って生きている、と万吉は殊勝らしく思うのだ。いまなお十五歳のとき、あの蝦責めの拷問に堪えぬいたおかげで三度のめしを食っている。

その後もずっと、堂島の米の仲買人なかまから、年に二千俵の差米が入ってくる。小藩の家老ほどの収入である。

かといって、別に贅沢《ぜいたく》もしない。

入ってくる米は、自分の暮らしのためのものをのぞいて全部ひとに呉れてしまうからである。

「無欲」

という評判が、万吉の大きな財産になっている。金銭で狂奔しているような町だけに、この万吉の無欲ということが、ひとびとの目から異様にも映り、物語に登場する人物たとえば九郎判官義経や武蔵坊弁慶などと同格の尊敬をかちとるようになっていた。

「むかんのお奉行」

という評判さえある。

「明石屋万吉は北町奉行や」

という評判もあった。江戸は南北両町奉行だが、大坂は東西両町奉行である。北町奉行というのはない。

その北町奉行は、北野村太融寺門前に住む二十五歳の明石屋万吉である、というのである。

ひょっとすると、町奉行よりも万吉のほうが実力はあるかもしれない。

なぜなら、

「明石屋の親方のためならいつでも命をすてる」

という男が、大坂市中に三千人はいるといわれているからだ。

この男は、江戸や他国の博徒のように直属の子分というものをもたない。ただこまっている連中に米を呉れてやったり、めしを食わせてやったりしているだけのことだ。

そのために隣家を一軒、借りきってそこに飯たき婆を二人やとい、訪ねてくる連中に台所めしを食わせている。こういう連中が、毎日、二三十人はいるだろう。

かれらは、いざというときに万吉の私兵になり、発揮しようと思えば町奉行所以上の武力は十分に出せるのである。

二

女にも、淡泊かもしれない。

まだ独り身で、まわりの者が「もうそろそろ嫁はんを持ったらどうや」とすすめると、この極道屋はあざ笑って、

「嫁はんをもつほど助平やない」

といった。

「えらい道理やな」

と一度すすめた者は、このにべもない態度に閉口して二度とすすめない。

かといって、女嫌いでもない。

ときどき曾根崎や新町の新地にあらわれ、ごくあっさりと遊んでかえることがあ

る。

堂島あたりの旦那衆で、

「明石屋はんはなんで妻をもち子をうみ家をなさはらしまへんねや。まるでえらいかわりもんでごわすな」

ときく者があるが、ちらっと笑うだけで答えたことがない。

万吉の家の飯焚《た》きになっている「大源」のお婆ンには、

「商売の都合や」

と答えたことがある。

ひとにものを頼まれると、出かけて行って命を張るのがこの男の稼業である。妻子があるとつい命を惜しむようになる。そうなれば稼業があがったりになって、明石屋ののれんにかかわる、というわけのようであった。

とにかく、

「怪態《けったい》な男や」

というのが町の評判である。

もっとも、万吉びいきのわけ知りの連中の意見では、

「女が多すぎて、どうにもならんのやろ」

という逆説めかしいことをいう。

まわりに女が多い。

近所の娘や女房たちが、この風変わりな侠客に大さわぎしてしきりと出入りしては、着物の洗い張りをしたり、台所で鍋の底をみがいたり、ご馳走をつくってはもってきてくれたりする。

曾根崎あたりの芸妓にも、万吉に岡惚れをしている女が多いし、それどころか、大坂では鴻池《こうのいけ》に次ぐ富豪といわれる天王寺屋の一人娘が、天神祭で万吉を見染め、大さわぎになったことがある。

そんな、いわば「万吉講中」といったような女連が、もし万吉が嫁でももらったあかつきにはどんなに騒ぐか知れなかった。

講中の頭取は、小左門といっていい。

「変な女につかまるんじゃありませんよ」

といって、まるで小うるさい姉のような目で万吉を見まもっている。

小左門はいまでは芸妓をやめ、万吉の家のむかいの露地奥で小唄と三味線を人に教えて暮らしている。万吉より十歳から年上の三十五になるが、眼に張りをうしなっていないため、ひどく若くみえる。

「小左門はんと、昔から出来ていたのではないか」

といううわさが根づよくあるが、半分は本当で半分は本当ではない。

万吉は十六七のころ、一度だけ小左門とそんなはずみになったことがあるが、その後、どちらも自制しているのか、そういう気配がない。

三

その待宵《まつよい》月の夜、小左門が粋な浴衣すがたでやってきて、

「いる？」

と、階下から声をかけ、どんどんあがってきた。

「話があるの」

膝をちょっと崩して、すわった。そのそばへ、万吉は蚊遣りを運んで行ってやった。

「嫁の話かいな」

縁談だけは小左門の口からきくのがにが手だった。小左門は妙な女で、縁談をもってきても、

「それがちょっと受け口でね、素人のくせに目もとが変に色っぽいし、あれはひょっとしたらとんでもない淫蕩女《すきもの》かもしれないわ。それでよかったら貰いなさい」

といった調子で、品物を買わせようとするのか買わせまいとするのか、そこのところがちっともわからない仲人口《なこうどぐち》をきく。

「いま、なにをしてたの」

「月の出を待っていた」

「ああ今夜は待宵」

小左門は、ちょっと月をのぞく様子をつくって、「おかしなひとね」と笑いだした。

万吉のがらにもない風流心がおかしかったのであろう。がらにもないといえば万吉は素町人にしては読書がすきで、ここ七八年、船場の藤沢東畡《とうがい》先生の塾《じゅく》に通い、詩文のまねごともできるようになっている。

「話とは、なんや」

「じつは、奨めたくないの」

「なんや、また縁談か」

「いや、もっと物騒な話です。ひょっとすると家康《ごんげん》さま以来、こんな物騒な用件はないかもしれない」

「おれは物騒をひきうけるのが稼業や」

「この物騒、命にかかわるわよ」

「いのちにかかわらん物騒てあるかい」

「それにしても」

と、小左門は、考えこんでしまった。この婦人はいつもこうである。

(それほど心配なら、そんな話を持ちこまなんだらええやないか)

と、万吉はおもうのだが、どんなものだろう。

「じゃ、話すだけ話す。そのかわり、それをひきうけるかひきうけないか、万吉さんがお決めなさい」

「あたりまえや」

「どうする?」

「どうする、ちゅうたかて、まだなにも聞いてないやないか」

「そうね」

小左門は考えこんでいる。この用件は、人情からいって万吉にはひきうけさせたくないらしい。そのくせ、のっぴきならぬ人から頼まれて話の橋渡しだけはせねばならぬ、というのが小左門の立場だろう。

「どんなしごとや」

「むかし、堂島の公儀御買米をぶっこわしたよりも百倍もあぶない仕事よ」

「天下のためになることか」

「ええ、むろん。そのかわり来年の待宵の夜にはこの世でお月様が見られないかもしれない」

四

頼みの内容については、小左門もはっきり知らないらしい。

「とにかくその依頼主に会ってほしい」

というのが、万吉への頼みなのである。

「どんな人や」

「偉いひと」

小左門は、妙に要点をぼやかしてしまう。

「町人か」

「お武家さまです」

「お旗本か」

「ええ、お旗本にはちがいないけど、ただのお旗本じゃない。とにかく、あたしに言えるのはこれだけ。だから断わるなら断わる」

「ふむ」

「ひきうけるならひきうける。それだけをここできめて、ひきうけるなら、だまって私についてきてほしいの」

「子供じゃあるまいし」

万吉は、難色を示した。

「それに、むこうが頼むというなら、むこうからやってきたらどうや」

「それがおできにならない御身分なの」

「へーえ」

くすっ、と万吉は笑った。

「なにがおかしいのよ」

「そこが、江戸者やお城下者のわるいところや。ご身分ご身分とやたらとお武家衆を奉りたがるが、お武家がなんじゃ」

「そこが大坂者のわるいところ」

と、小左門はいった。普通、江戸や諸国の城下町というのは、武家と町人の人口がほぼ半々ぐらいにいっている。その点、大坂は例外的に武家の人口のすくない土地で、いわば町人一階級で町を構成しているようなものだ。自然、上への畏《おそ》れというものを知らず、階級的な身分意識が稀薄で、言語動作に丁重さが欠け、身分的節度がなく、そういう意味での人としての封建的美しさがない。

「贅六《ぜいろく》といわれるゆえんよ」

と、小左門はいった。

そのとおりなのである。日本六十余州に封建的美意識がゆきわたっているのに、この極端にいえば「町人共和国」ではそういうものがからっきしない。自然、江戸や諸国の者から異邦人あつかいにされ、

「贅六」

という言葉で毛ぎらいされる。

淀川くだりの乗合船にのっても、大坂者の集団はいっぺんにわかる。京者は京者で御所を中心とする階級社会が組まれているから分《ぶん》をまもってつつましやかであるが、大坂者はあたりかまわず高唱雑談し、隣りの桝《ます》に武家がすわっていようがかまわず、

人の迷惑もかまいつけない。要するに封建美徳である、「遠慮」という習慣がないのである。遠慮というのは「広辞苑」によれば「人に対して控目《ひかえめ》にすること、謙退」とある。そういう習慣がないのは、江戸うまれの小左門にとってはときにやりきれない。

「やってみよう」

と、万吉は答えた。このところ頼まれ稼業は繁昌しているが、勇躍死地に臨むほどの大仕事はない。

ごく気軽に、ひきうけた。

五

翌日の夕方、顔に見覚えのない平侍《ひらざむらい》がたずねてきて、「明石屋万吉殿がお住まいはこちらでござるか」と丁寧に飯たき婆にきいた。

「へい、そうだす。して貴方《あん》さんは？」

「まことに申しわけないが、名は名乗りにくい」

その物腰は、どうやら大身の旗本の用人、といったふうの老人である。

万吉が階下へおりて来意をきくと、

「とにかく、来てはくださらぬか」

という。小左門が話して行ったあの一件らしい。

「小左門はんとのおつながりは？」

「ござる」

「どのような」

「あの婦人は左褄《ひだりづま》をとっておったときから評判の律義者《りちぎ》で俠気もあり口もかたい。手前主人が多少、小左門を存じておりましてな。それでかの女《ひと》に内々の橋渡しを頼みました」

「参じまっさ」

万吉はあっさりうなずいて表へ出た。路上には辻駕籠が待っている。

「どうぞお召しを」

と、侍はいよいよ丁重である。

万吉が駕籠に乗ると、垂れをおろされた。

(暑いがな)

とおもったが、なにやら、万吉を連れてゆくというところを町の者に見られたくないるようだ。

途中、日が暮れた。駕籠は人通りのないさびしい町筋をえらんで走っているらしい。

(鐘の音が耳もとで聞えるところをみると、西寺町かな)

やがて堀川のそばでおろされた。この川は源八渡しから樋上町《ひのかみちょう》のあいだ、天満の西のはしを流れている運河である。

(妙なところへきた)

星が、城のほうに出ている。妙にさびしくなってきた。

「川へ、降りてくだされ」

万吉が石段をおりると、そこに小さな舟が提灯をともして待っている。

それに乗った。

舟が、流れに沿って動きはじめた。櫓《ろ》の漕ぎ手が素人らしく、ひどく揺れた。

(この船頭、ほっかぶりなどをして化けているが、てっきり侍やな)

と、万吉はにらんだ。いよいよあやしげなふんいきだが、どうもできない。この若者は、信条として身に寸鉄も帯びていないのだ。刀や短刀をもっているやつは臆病者の証拠だとつねづね思っている。

橋が、頭上を通ってゆく。

寺町橋、堀川橋、天神小橋、樽屋橋、樋上橋、大平橋と通りすぎて、漫々と水の満ちた大川に出た。

出たところで、一艘の立派な屋形船が近づいてきて、ふなばたを接した。

「どうぞ、お乗り移りを」

と、用人らしい老人がいった。万吉は履物《はきもの》を帯にはさみ、身軽に飛び移った。

ゆらり、と船がゆれた。

六

この屋形船の船頭も素人くさい。

(こいつも、侍か)

万吉は屋形の柱につかまっていると、用人体《てい》の老人がまずなかへ入り、なかでしきりと言上《ごんじょう》している様子である。

(なかに、よほどの貴人がいる)

としか思えない。

やがて障子が左右にひらいて、万吉はなかへ通された。足もとに朱塗りの行灯が一つ、小さなひかりの輪をえがいている。奥は暗くてよくわからないが、人がいる。莨を喫っていた。

「万吉かね」

と、その人物がいった。万吉は入りこぐちに両膝をそろえてすわった。

「へい、太融寺門前に住みまする明石屋万吉でございます」

「足労だったな」

品のいい江戸弁である。どうみても田舎の藩の留守居役ふぜいではない。目が馴れてきて、相手の顔かたちや服装がおぼろげにみえてきた。

中年の武家である。面長色白の上品な顔だちで、脇差のこしらえがみごとだった。袴《はかま》ははかず、着流しの様子である。

絹ざぶとんを用い、その上にごく自然な行儀のよさで膝をだしていた。

「おれさ、知っているかね」

「いや、存じあげまへんが」

「万吉」

と、例の用人体が、背後で半立ちになりつつ万吉にいった。

「お辞儀をしろ。おそれながら、東町奉行久須美《くすみ》佐渡守さまであられる」

(これはこれは)

用件が大きいぞ、と万吉は思った。大坂町奉行といえば雲の上の貴人である。江戸城では芙蓉《ふよう》ノ間詰め、従五位下《じゅごいのげ》の諸大夫で、万吉などが同座して直話《じきわ》できるひとではない。

その久須美佐渡守が、役宅の庭にでもよぶならともかく、このようにあやしげな装置をこしらえて人目を忍びつつ万吉をよぶとはどういうことであろう。

(こらア、こんどは死ぬ)

と覚悟した。この大がかりな装置で町奉行じきじきが物を頼む以上、よほど困難な事件であることはたしかである。しかも万吉に頼むという用は、どうせ殴られ仕事だ。死ぬ、と覚悟したのは、稼業《かぎょう》がら当然なことである。

「酒を飲むか」

「へい、菓子のほうを頂きます」

「ほう」

佐渡守は菓子盆からみずから青竹の箸《はし》をあやつって餅菓子をつまみあげ、万吉のほうにさし出した。

万吉は両掌でそれを受けた。

(羽二重餅《はぶたえ》やな)

そのひやりとした感触で思った。粒あん入りの羽二重餅には万吉は目がない。

「遠慮なく食せよ」

「へい」

どんな運命になるかは知らないが、いまはともかく餅を食うことにした。

七

「じつは万吉、頼みがある」

久須美佐渡守は、小声でいった。小声すぎて聞きとれない。

船は、川上に漕ぎのぼっているようであった。いまごろは京橋のあたりだろうか。

「暑いが、障子はしめておく。いまから申しきかせることは天下の秘事である」

「へい?」

「聞えぬか、こう、ここまで寄れ」

と、佐渡守は鷹揚な手つきで扇子をあげ、トンと薄べりの上をたたいた。万吉は二膝すすめ、さらに半膝すすめた。

「構えて人には洩らすな」

「口のかたいのが、稼業でございます」

「洩らすと、気の毒だが、そちの命はない」

「ご念なこッちゃ」

万吉は笑いだした。こう念を押されると人柄を疑われているようでおもしろくない。

「そちの高名はきいている。そちでなければ出来ぬことを頼むのだが、きいてくれるか」

「ここまで来ましたのや」

万吉は、いよいよおもしろくない。

「きくもきかぬもおまへん。どうぞすらりとおおせ頂きたいもので」

「わかった」

佐渡守は、ことさらに無駄な会話をかわしているのは、万吉が市中の噂どおりの男かどうかをたしかめたかったのだ。

肚《はら》に、納得が行ったらしい。

「わしはこのように裃《かみしも》をぬいでいる。わしの雅号は蘭林《らんりん》というのだが、一介の蘭林が万吉に頼むのだ」

「私事でごわすか」

「いや、公儀お役向きのことである。しかし事が事ゆえ、そちを友人と見こんで頼み入りたい。万吉、こうだ」

と、膝をただし、上体を折って丁重に頭をさげた。町奉行が、である。

万吉は驚いたが、同時に体がふるえてくるほどに感動もした。

「よろしおま。死にまッさ」

と、鮨屋《すしや》が出前にでもゆくような気やすさでいった。むろん答礼もせず、あわてもせずごく態度は自然である。

「それで、御用は？」

「話はながい」

同時に、劇的でもある。「一人の人物をさがせ」というのが用だが、その人物というのが、奉行でさえ顔も知らない。

「名はわかっている。野々山平兵衛という。遠祖は三河国野々山から出た家柄で、家康《げん》《ごん》さまのご先代からの旗本だ。家紋は丸に十の字で薩州様と同じである」

「その野々山平兵衛さまとは、いったいなにをなされたのでございます」

「申しにくいが言おう。江戸から大坂へ差し立てられた公儀の御隠密だ」

（へーえ）

万吉はおどろいた。自分の実父の明井《あけい》采女《うねめ》も同様公儀隠密ではないか。

「シテ、その野々山様が？」

「失踪した。ようとして行方が知れぬ。死んだのか何者かに捕われているのか。それについて実は江戸の老中が」

八

徳川官僚体制では、老中は、こんにちの大臣にあたる。

江戸に常駐している。

大坂における地方官の最大のものは大坂城代である。

大坂城は、将軍が城主になっている。その「城代」といえば幕権の代行者という意味だ。だから中央で任命され、五六万石の譜代《ふだい》大名のなかから人選される。幕府の最高官である老中になるには、この大坂城代をぶじつとめあげなければならぬという慣例になっている。

大坂城代の職責は、城の警備、町の行政を統轄するほかに西国《さいごく》諸侯を統帥するという役目があり、非常事態が突発した場合、即座に幕府命令を出せるために、幕府から朱印だけを押した白紙委任状をもらって赴任してくる。

その指揮下に、大坂定番《じょうばん》、大坂加番、大坂大番という官がある。いずれも中央から赴任してくる官で、定番は大名、加番以下は旗本からえらばれる。

ほかに、大坂城代の指揮下にあるものが、東西両町奉行である。これも中央からやってくる官で、地役人《じやくにん》ではない。

「地役人」

というのがある。

土地生えぬきの役人である。それが、両町奉行の下にいる与力・同心である。

与力は将校。

同心は下士官。

と思えばいい。武士としての待遇でいえば、与力は士格、同心は足軽格である。江戸の場合も同じだが、与力・同心は、幕臣であって厳密には幕臣ではない。妙な存在だ。

現地採用者なのである。

だから、一代かぎりの採用である。しかし実際には、その家の子がふたたび採用されるのが普通だから、世襲とかわらない。

この地役人である与力・同心が大坂の市政や経済の内面にまで食い入って実情にあかるいために富商と結託して悪事をはたらくという場合が多い。

普通、江戸からやってきて数年でかえってしまう町奉行など、かざりものにすぎない場合が多い。城代・定番・加番も、その点では同然である。

大坂をにぎっているのは、定員六十人内外の与力といっていい。

これら老練の与力どもにあやつられて、町奉行は実情を知らぬがままに悪事にまきこまれている、という場合が多いのだ。

ときに、その悪謀のうわさが、江戸の老中の耳に入ることがある。

そういう場合、江戸から隠密が差し立てられてくるのである。

「野々山平兵衛殿が、それだ」

と、東町奉行久須美佐渡守はいった。

殿、と敬称をつけていったのは、野々山がこの町奉行とほぼ同格の三千石の大身の旗本だからである。

隠密などという卑役に、これほどの大身の旗本がえらばれるのはめずらしい。よほど江戸の老中が、大坂の「悪謀」のうわさを重視した証拠であろう。

九

「ちょっとおうかがいいたしますが、その御隠密の野々山平兵衛様が江戸から参られて、大坂へ赴任なされたのはいつごろでございましょう」

「三年前だというな」

久須美佐渡守はいった。

「しかしわしもよく知らない」

知らないのは当然である。老中が在坂の幕府官吏の非曲をしらべるために差し立てた隠密なのだ。町奉行が知るはずがない。

「とにかく、野々山平兵衛は大坂に潜入して大坂役人の行状をこまかくしらべ、江戸に報告しておった」

「それで？」

「任もおわった」

役目も済み、「江戸へ帰ります」という旨の最後の報告を送ってから一年もなるのに、江戸へ帰って来ない。

「消息が絶えた」

と、久須美佐渡守はいう。

そこで江戸の老中があやしみ、久須美佐渡守に連絡して「調べよ」と命じたのである。

「殺されたか、監禁されているか、どちらかだ」

「だれに殺されたり監禁されたりするのでございます」

「町奉行所役人に、だろうな」

「へっ」

万吉はおどろいた。町奉行所役人といえば与力・同心である。与力・同心といえば地役人ながら町奉行の部下ではないか。かれらの長官である久須美佐渡守が、それがわからないとはどういうことだろう。

「お奉行様が、ごぞんじないので」

「わしは奉行だからね」

「奉行様だから？」

「かざりものなのさ。実務はやるが、なにぶん江戸者だ。土地のことはわからないから与力・同心にまかせてある。かれらがなにをしているか、部外の者よりもわからぬことが多い」

「なるほど」

万吉はおのずと昂奮してきた。町奉行もこうなるとからっきしだめで、部下の非曲の検察ができない。それを「町人の奉行」といわれた万吉に依頼しようというのである。

(おどろいたな)

万吉が考えこんだ。

が、まだ事件の本質がわからない。

「お奉行様は、なぜ犯人は与力・同心であるという見込みをおつけになったのでございます」

「はずかしいが、江戸の老中から教えられたのだ。隠密野々山平兵衛が出した最後の報告は砂糖の密輸入《ぬけに》だ。その密輸に与力・同心がひそかに荷担《かたん》し巨利を博しているという。そのおそるべき報告を送ったあと、野々山が消息を絶った。とすれば」

町奉行は言いづらそうに、

「野々山の身分が悪謀一味に発覚したにちがいない。悪謀一味の与力・同心が事が表沙汰になるのをおそれ、職権を利用してこれを幕臣としてではなく浪人と見立ててふんづかまえ、適当に始末してしまったものにちがいない」

十

「砂糖事件」

とは、こうである。

この事件の砂糖とは、棒砂糖のことだ。棒砂糖は、輸入品である。

鎖国を国憲としている幕府では、幕府の長崎奉行の手をへた貿易以外はいっさいゆるさない。棒砂糖も当然、長崎奉行の監督のもとに入ってくるのだが、その量は少い。

需要は多い。

自然、密輸をすればもうかるということになる。大坂の船場《せんば》伏見町の大手砂糖商がこのことに目をつけ、長崎の唐人《とう》(中国人)と結託し、肥前の五島列島沖で上海発の支那船《ジャンク》と沖合取引し、荷を和船につみかえて大坂に直航させ、大坂から諸国へ売りさばき、巨利を博しつつあった。

商人たちはぬけめがない。経済担当の与力・同心を抱きこみ、儲けの何割かをかれらにまわしていたから、たれにも気づかれなかった。

その事実を公儀隠密野々山平兵衛が、江戸帰任まぎわになって嗅ぎつけ、内偵を進めていたところ、不覚にもつかまったらしい。

「らしい？」

「としかいえぬ。くわしくはわからぬのだ」

そこまでは、江戸の老中が知っている。大坂の町奉行久須美佐渡守は、自分の部下の悪謀を、江戸から教えられて知ったのだ。

「薄みっともないはなしだ」

「で野々山平兵衛様が牢に入れられていらっしゃるらしい、ということは、どの程度たしかなのでございます」

「不確かだ。不確かだが江戸の御用部屋（老中の詰め間）ではなにか確証をにぎっておられるようだ」

「牢に入れられていらっしゃるとわかれば、お奉行様がお一言そうおっしゃって出しておしまいになればよいではございませんか」

それに、野々山平兵衛は、名も変えているし、身分も浪人か町人になりすましていることだから、なおわからない。

部下の与力・同心がどこへぶちこんだのか奉行でさえわからない。

牢の数も多い。

「どこの牢だか、わからぬ」

さらに、

「わしは公儀隠密である」

ということはいっさい言えないしきたりになっているし、言ったところで大坂地役人どもは取りあげないだろう。

「わしの権能だけではどうにもならぬ」

と、久須美佐渡守はいった。

「左様なものでございますかなあ」

「町奉行といっても」

江戸の者である。大坂の様子がわからず、わかるようになったころには転任ということになる。自然、実務は地役人である与力・同心にまかせきりだ。

「かれらはかれらで結束している。いわばわしとわしの部下はたがいに異人種のようなものだ」

おだやかに微笑《わら》った。万吉は人柄にうたれて、なにやら全身に粟粒《あわつぶ》が立つような感動を覚え、涙ぐんでしまった。

十一

その夜、万吉はいったん帰宅し、なにごともわすれて眠った。

「夜はものを考えぬ」

というのが、万吉の処世である。深夜ものを考えると来し方行くすえのことがあたまのなかに去来し、考えることが自然萎《しお》れてきて消極的になるからだ。

翌朝、太陽とともに起きた。

「お婆ン、めし」

と裏の井戸端でどなり、五六杯水をかぶってなかへ入った。

台所の土間を通りぬけながら、

「お婆ン、魚を食わせてくれ」

とたのんだ。

「朝からかい」

お婆ンは、いやな顔をした。この土地の朝めしというのは味噌汁もつかない。昨夜の残りのひやめしに茶をかけ漬《つ》けもので食う、ときまったものである。

「ああ、ここ二三日、朝、昼、晩、と魚を食わせてくれ」

「三食、魚かい」

「お婆ン、たのむ」

体力をつけておくためである。久須美佐渡守の一件をひきうけた以上、このさきどんな荒行《あらぎょう》をせぬともかぎらぬのだ。

二階へあがり、夜具を片づけ、さっさと畳の上を掃いてから、自分がすわるためのざぶとんを自分で出してきて、ちょこんとすわった。すこし考えごとをせねばならぬ。

（さて）

万吉がさがさねばならぬ公儀隠密野々山平兵衛の顔がわからない。

万吉にその捜索をたのんだ久須美佐渡守さえ知らないのである。

（こまったさがしものや）

見当もつかないのだ。

さがす場所も、風変わりである。大坂中の牢屋という牢屋をさがしてあるかねばならない。

(牢屋をさがして歩くには)

いちいちぶちこまれないとわからない。東町奉行所の牢屋だけでも十八もあるのだ。

(十八はつらい)

さすがの万吉も、覚悟の臍《ほぞ》がむずがゆくなるような気持である。

普通、この時代の牢というのは、地獄とかわらない。軽罪でほうりこまれても、牢の環境のわるさで、十中七八は病死か、出獄後、衰弱のあまり余病を発して死んでしまう。

(並たいていのコッちゃない)

われながら顔があほうらしさに笑えてくるような心境である。

朝めしの膳がととのった。

「なんじゃい、ちりめんじゃこかい」

膳をのぞきこんで、万吉はいった。

「それでええがな」

お婆ンは、不快そうにいった。お婆ンにすれば贅沢は、不信心、泥棒、間男などといった悪徳と同格のものなのだ。

「万やんも、ちイと銭《ぜぜ》がまわるようになると性根がくさってきたな」

と、捨てぜりふをのこして階下へ去った。

ほどなく来客があった。武士である。

十二

万吉はその武士を、階下の奥座敷に通し、お婆ンに茶をもって来させた。

「わしの名は、聞き知っていような」

武士は、尊大にいった。年ごろは四十二三で、あごがくくれるほどに肥り、服装も、小藩の家老のようである。

(こいつは悪玉やな)

と、不覚にも万吉は早合点《はやがてん》したほどにこの武士はなにやら厭味《いやみ》たらしい男だった。

「へーえ、存じまへんな。おそれながらどちらのどなたでござりましょう」

「東町奉行所与力、大西駒蔵」

といったから、万吉はあっと思った。久須美佐渡守に奉行所の内情をうちあけられて以来、与力といえばてっきり悪人、奸党《かんとう》、とおもうようになっていた。

(この悪玉野郎、はやばやと手を打ちに来やがったか)

そうおもった。

が、この与力は、

「万吉、なにを妙な顔をしておる、久須美佐渡守様のお口からわしの名前はきいたであろう、大西駒蔵やぞ。目付方や」

と、迷惑げにいった。

万吉はやっと思いだした。そういえば、東町奉行久須美佐渡守は、

「地役人である与力衆のなかで、四人だけ信頼できる者がいる。いずれも目付方である。その四人のうちのたれかが、近くそのほうを訪ねてゆくことになろう。念のため名を申すと、八田五郎左衛門、大森隼太《はやた》、吉田勝右衛門、大西駒蔵」

といった。その駒蔵が、いま目の前にすわっている肥大漢である。

「いやこれはおそれ入りました。旦那のお顔をお見上げいたしておりますと、どうみても善人のお顔やない」

「顔で、人の善悪がわかるか」

大西駒蔵は不快そうにそういい、ふくれっ面をしてひたいの汗をぬぐった。そういうしぐさを見ていると何やら愛嬌があって、利口でないにしても悪人ではないらしい。

与力にも、諸役がある。

支配、というのが両町奉行所にそれぞれ四人いて、いわば筆頭である。ほかに、遠《おん》国《ごく》役、寺社役、目付、諸御用調役、同心支配、川役、地役、勘定役、極印役、御普《ふ》請《しん》役、御石役、目安方・証文方、吟味役、兵庫・西宮方、盗賊役、御《お》金《かね》役、鉄砲役、糸《いと》割符《わっぷ》役、定町回役、流人《るにん》役、唐物《からもの》取締定役、御蔵目付、小買物役、見所役、火事役、牢役、御塩味噌役、といったふうな部署があり、ひとりでいくつも兼ねている場合が多い。

とにかく、大西駒蔵は目付方で、同僚の与力の非違を監視する役目である。

この男は、こんどの事件で久須美佐渡守の腹心となり、その探索にうごきまわっているようである。

「万吉、このたびは恥かしながらわれわれ与力仲間で非違をしておる者がいる。それをたださねばならぬのやが、かえってわれわれがやると手に負えなくなる。さればこもとに一肌も二肌もぬいでもらいたい。ひとつ頼むでえ」

さてそのやりかたである。

十三

その翌日、万吉は朝早く起きてめしをさきにし、そのあと井戸端で体をあらった。

「けさは、逆やな」

お婆ンは、あざわらうようにいった。

「ああお婆ン、切り立てのふんどしとさらしを出しておいてくれ」

「ええとも」

「それから、着物をたのむ。いちばんふるい縞をたのむ」

「なんでや」

「しばらく留守をする」

「旅かい」

「めったな人間にはいうな。ゆうべ、人の家にヌシトに入った」

「あほかいな」

お婆ンは相手にしない。きのうはどこにも外出しなかったことを知っているし、第

──この万吉が悪事を働くような男でないことを、お婆ンがいちばんよく知っている。

「それでな」

万吉は体をふきおわっていった。

「自首して出る。おそらくわしが出たあと、御用聞きなんぞが匂いを嗅ぎにくるかもしれんが、そのときはハッキリそういっておいてくれ」

「おまえ」

「なにも聞くな。仔細《しさい》あるんじゃ」

きちんと角帯を締め、手拭いを一すじ、懐紙をたっぷり懐ろに入れて外へ出た。

行くのは、天満の与力町である。

天満の東のはし、淀川の西岸に塀をつらねて与力衆の屋敷がならんでいる。

昼前にその屋敷町に入り、近所の東照宮境内の茶店で腹をこしらえ、やがて目付方の与力大西駒蔵の門前に立ち、くぐり戸をコツコツとたたいた。

「何者じゃ」

と、中間《ちゅうげん》が出てきた。

万吉は、「公事《くじ》でございます」というと、「あほうめ、与力様へじきじき願い出るやつがあるか、公事ならば順序をふめ、まず公事宿へゆけ」と中間はどなった。

「おそれ入ります、しかし」

と適当に辞を構えて門内へ入れて貰った。

庭へまわされた。与力屋敷には、自宅吟味のために奉行所の白洲《しらす》を小さくしたような吟味場がある。土間である。

そこへすわらされると、やがて大西駒蔵が出てきた。

万吉、平伏し、

「太融寺門前の庵寺あとに住む明石屋万吉と申します。昨夜、押し込みを働きましたるにつき、御処刑《おしおき》をねがい出ました」

といった。むろん、きのうに打ちあわせのおわった芝居である。

大西駒蔵はすぐ配下の同心ふたりをよび、腰縄を打たせ、事情を聴取した。押し込みに入ったのは寺町の浄土宗の寺で、人が騒いだために金をとらずに逃げた。寺の名はわすれた、「なにやら山門わきに楠《くすのき》のあった寺のように思えます」というと、とりあえず入牢《じゅろう》ということになり、そのまま東町奉行所の管轄になる牢屋敷までひっ立てられた。

十四

万吉は、縄を打たれたまま牢屋敷の構内に入れられ、身柄を鎰役《かぎやく》(牢屋同心の首席)に渡された。

そのあと、定法《じょうほう》どおり素裸にされ、衣服の検分をうけた。刃物や火つけの道具を忍ばせていないかどうかをあらためるのである。

「よかろう」

と、同心は万吉を連れて牢内の廊下に入ってゆく。

このざまは見られたものではない。縄こそ解かれているが素裸で、着物を頭の上にのせて歩くのだ。

「牢番」

と、同心は呼ぶ。牢番は中間小者の身分で、その職務はこんにちの看守に相当する。

「へい」

牢番が、出てきて、万吉の身柄をうけとった。牢番は万吉を牢にほうりこみ、牢名主に生国《しょうごく》名前を紹介した。

牢内は、囚人の自治になっている。囚人のなかから古参で統率力のある者が「牢名主」にえらばれ、それが頭目になる。

牢名主は牢内の帝王のようなものだ。囚人のなかから自分が指名した諸役の者を従え、独裁権をふるい、時には気に食わぬ者があれば殺すことさえある。

「新入り、年はなんぼや」

と、まず年齢をきき、その齢の数だけ、詰役《つめやく》という役の囚人になぐらせるのだ。樫《かし》の棒で背をびしびしと打つ。

万吉は心得ている。

「帰り新参で」

と、目をすごませていった。前科がある、というのである。前科があればそれに敬意を表して一つしか打たない。

「打つでえ」

と詰役がいい、びしっ、と景気よく打って万吉の体をころがした。

万吉はすばやく起きあがり、新入りのすわる格子に近いほうへすわった。

「こら、頭《ず》が高い」

詰役の者が、万吉に注意し、「まずおかしらに、平伏するのや」といった。

牢名主は、牢の奥で畳を何枚もかさねた上に大あぐらをかいてすわっている。ばかばかしい光景だが、日本人の権威意識が考えついた世界に類のない特殊社会といっていい。

万吉は、膝で進みつつ牢名主のそばに寄り着物の縫い目を解いて小判をとりだし、それを進上した。

牢名主の態度が急にかわり、心掛けのええ奴ッちゃ、と高声で言いながら懐ろへ入れ、

「ところで汝《われ》ア、見たところ達者そうやが、なンでここへ来た」

「へい、悪調べをうけて参りましたンで」

悪調べとは、死刑のことだ。

「おかしいな。悪調べをうけるまでにはながい牢暮らしがあったはずや。それにしては色つやがよすぎる」

ぎくっとしたが、そこをうまくごまかしつつ牢内を見渡した。

例の野々山平兵衛をさがすのである。

十五

（居そうにない）

万吉は思ったが、すぐ出るわけにもいかずじっとうなだれている。

夜に入って牢番に連絡し、「あすはひとつ別の牢に」と頼んだ。

こんなふうに一晩ずつ転々と牢を変えたが、そのつど、どの牢でも新入りとして詰役の囚人から樫の棒でたたかれるのが骨身にこたえた。拷問なら覚悟のまえだから我慢もできるが、牢に入るごとになぐられるこれは、痛みにあほうらしさが伴っている。そのせいか、骨にひびくようにおもわれた。

（またあすも棒か）

と思いながら、夜ごとちがった牢に寝た。しだいに牢やつれがしてきて、いっぱしの囚人づらになった。

十日目のことだ。

この日、ほうりこまれたのは、留置場的な尋常の牢ではなく、本牢であった。

本牢のなかでも、

「中ノ間」

といわれる牢である。死刑囚ばかりが収容されている牢で、さすがの万吉もこの種の牢だけは経験もないし、見たこともない。

九番目の牢から出されたとき、万事意を含んでいる鎰役同心が、

「万吉、つぎはあれや、中ノ間や」

と、歩きながら小声でいった。

「へへえ、中ノ間でごわりますか」

万吉も、気味がわるくなった。

「いやなら、別の牢にするが」

「いえいえ、結構でごわります。中ノ間へ入れていただきましょう」

「ええ度胸や」

やがてその牢にきた。頑丈な格子が組みあげられ、みるからに陰気な牢で、日光はほとんど射さない。

(湿《し》けた、地虫のすみそうな所やな)

牢内は、板も敷かれておらず、びっしりと石畳を敷きつめてある。囚人たちはここに荒むしろを敷いて寝るのだ。この環境だから、虚弱な者は死刑を待たずして死ぬ。

それがこの時代の刑務官のねらいでもあった。

兇暴なやつも入ってくるが、この中ノ間に入れられると、三日目にはおとなしくなる。

その種の囚人には、「汁留《しるどめ》」といって、食物から塩をぬくのである。塩気がなくなると元気が失せ、騒ぐ気力もなくなる。

さらにうるさい囚人には、牢役人がそっと牢名主に言いふくめて囚人同志の手で殺させてしまい、表むきは病死にしてしまう。

そういう牢である。

万吉は、ぶちこまれた。

作法どおり、牢名主にあいさつし、他の役つきの囚人に順次あいさつしてまわって、

(十五人いるな)

と数をかぞえた。

そのなかに、あきらかに他の囚人とは人品骨柄のちがった人物が、板壁にむかってずっとすわっている。面長で大たぶさを結い、浪人体《てい》の人物である。

(これや)

と、万吉は直感した。

十六

(あの人物に相違ない)

とおもったが、それをたしかめる方法がむずかしい。じかに当人をつかまえてきくのが一番だが、牢内では牢名主の許可なしに私語することはできなかった。

牢名主は、石州うまれの勘蔵という火傷《やけど》づらの男である。

「新入りか、退屈していた」

万吉を見るなり勘蔵はよろこんだだけに、いろんなことをききはじめた。「どんな悪事をやった」ということをくわしく語らせるのである。そのあと、娑婆《しゃば》で経験した色ばなしをさせるのだが、万吉は心得たもので適当にかわして勘蔵のそばに寄り、

「お頭、お願いがございます」

といった。

勘蔵はあごをあげ、なんだ、と目だけで見おろしながらいった。

「あそこにいる大たぶさとひとこと物を言わせておくんなはれな」

「ならん」

勘蔵は、一喝した。

「おそれ入ります。しかしひとことでよろしゅうございますさかい、お願い申します」

「ならんといえばならんわい、おれを何様じゃと心得ている」

「牢名主さまで」

「わかっておってなぜしつこくねだる。牢名主さまといえば娑婆の将軍様《くぼうさま》じゃ。ならぬ、とひとことといえばそこで慄えろ。二度と言いかえすな」

「心得ております。しかしお頭に無料《ただ》でお頼み申すわけやおまへんので。あの大たぶさと口をきかせて頂いたら、お頭のお命も助けてさしあげますから」

「汝《われ》、狂人か」

牢名主の勘蔵は、本気で万吉の頭をうたがったらしい。

「中ノ間」の牢名主になるほどの男だから死罪も死罪、その罪は首が十あっても足りないほどだ。

「おれの命がたすかれば、うどんげの花どころか、石に花が咲かあ。あほうを抜かすな」

「おれはな」

万吉は、低声でいった。

「婆婆では、明石屋万吉といわれてすこしは名の通った男や。うそはいわん」

「明石屋万吉」

「聞いたことがなければ、はばかりながら勘蔵はん、おまえはもぐりや」

「堂島の相場を打ちこわした明石屋万吉というのはおまえのことか」

「うそはいわぬことで知られている」

「ふん、心得ちがいやな。いったんこの中ノ間に入った以上、婆婆の名アは通りゃせん」

「疑うと、獄門台の上で後悔するぞ」

万吉はいった。

牢名主は、狼狽の色をうかべた。ひょっとすると、と思ったのだろう。

「しかしあの大たぶさだけは」

と、尻ごみした。なにかこの牢名主だけが知っている事情がありそうだった。

「な、勘蔵、頼んだぜ」

万吉は強引にそういって、問題の大たぶさのそばへにじり寄った。

十七

万吉は大たぶさの前に進み寄り、一礼してじっと顔をのぞきこんだ。

「なにかね」

とも相手はいわない。万吉を見ようともせず、うなだれている。びんに面擦《めんず》れのあとがあるところをみると、侍にはちがいない。

「明石屋万吉と申します。あなた様は、もしかすると江戸からおいでにならはったお方ではごわへんか」

と、丁重な船場言葉でいった。

相手は目をあげて万吉を見たが、なんの表情もうかべずすぐうなだれた。あとはだまったきりである。万吉は間をおいて、

「おわるいようにはいたしまへん」

とひくい声で言い、ついでに、自分はさる御方からたのまれてこの牢にきた者、と明かした。

「でごわりますさかい、どうか、お名前を」

「そのほう」

低い声でいった。

「人ちがいしているように思われる。わしは名を言うほどの者ではない」

「いやいや」

万吉は、少年のように目をかがやかせた。この言葉はどうみても江戸の音《おん》ではないか。

「旦那」

「だまっていてもらいたい。この身、とても助からぬと覚悟し、すでにここを死所と心にきめている。折角の心の落ちつきをみださないでもらいたい」

「いやいや」

と、万吉は勢いを得た。この声調子《こわぢょうし》でよほど心術のすずしげな人物とみた。涼やかさに万吉は感動し、ぽろぽろ涙をこぼしてしまった。

「旦那、救わせておくんなさい。お名前をひとこと」

といったが、大たぶさは石に化けたように身じろぎもせず万吉を黙殺した。

(こうなりゃ、別の手や)

と思い、牢名主の勘蔵のそばにゆき、あの大たぶさはなんという名だ、ときいた。

い。

入牢《じゅろう》するときに鼻薬をきかせてあるから牢名主もこの奇妙な飛び入りを粗略にはしな

「聞いとらんがのう」

名を、である。牢にぶちこまれてくる新牢を受けるとき、牢名主はかならず生国と名を牢番から告げてもらうのがシキタリだが、

「ありゃ、コミ（素姓不明の者）よ。よほどしたたかな男らしく、牢のお役人方もわれわれに名を申されなんだ。コミじゃな」

と、勘蔵は言い、「もっとも」と、あごをしゃくった。

「今夜かぎりで浮世の名の要らぬ男じゃアある」

「じゃアある、と申されますのは？」

「これよ」

勘蔵は、自分の鼻に手をあてた。

牢内で殺すのである。牢名主が指揮し、囚人どもが男の体をおさえつけ、顔に濡れ紙をべったりはりつけるのだ。一時は死にものぐるいでもがくが、ついには窒息死してしまう。あとは病死、ととどけ出るのだ。

――それをせい。

と牢名主の勘蔵は、役人から密命をうけているというのである。

万吉はあわてた。

十八

人間を階級で区分した江戸体制での考え方には、士分以上の者に対するほかは、人権という思想は薄い。

まして囚人に対しては皆無だった。牢名主を選んでそれに強烈な統制権をあたえ、毒をもって毒を制するやり方で行刑行政をやってきた。

「あまり残酷すぎる」

と、徳川三百年のあいだ、そのことに気づいて注意した将軍、老中は何人かあったが、制度が制度であるため、内容があらたまるはずがない。

牢名主は、娑婆のいかなる権力者よりも人間に対してつよい権力をもっていた。牢名主が囚人を指揮して特定の囚人をいじめるやり方は、酷烈そのものといっていい。

かるい制裁では、

「水刑《みずぎょう》」

というのがある。四斗樽に水を満たし、寒中、それへ囚人を浸《つ》けるのだ。血が凍てて顔が真蒼になってきたあたりで樽から出す。むろん、このために死ぬ者が多い。

「お斎《とき》」

という制裁もある。大小便を食わせるのだが、これも制裁というより緩慢な殺人法といっていい。

「阿弥陀」

というのもある。囚人を裸にし、その全身にぬかみそをぬりこめるのである。これをやられて長時間捨ておかれると、皮膚呼吸が不能になって死ぬ。

が、それらの制裁も、濡れ紙を顔にはられる制裁からくらべればはるかにましである。濡れ紙のばあいは時間こそみじかいが、かならず死ぬ。

紙は、あつい駿河半紙がいい。この「中ノ間」の勘蔵は平素その種の紙を懐ろに入れていて、気に食わぬ囚人には、

「これだぞ」

と、取り出してみせる。どんな兇暴な囚人もこの紙をみるといっぺんにおとなしくなる。

古代中国にあっては鼎《かなえ》が帝王の象徴であったが、牢名主の権威の象徴は一枚の紙だ

といっていい。

「そ、そいつは待っておくんなさい」

と、万吉は取りすがるようにいった。

「んにゃ」

勘蔵は、かぶりをふった。

「待つわけにゃならんがのイ。牢番の旦那から頼まれて、やったかまだか、と毎日のようにせっつかれている。今夜こそやらにゃ、わしの牢名主としての面目が立たんようになる」

「命」

万吉はいった。

「あんたのな、助けてやる。疑いなはるな」

万吉の語気には、相手の勘蔵に有無をいわせぬものがある。

「それも大そうな頼みやない。あしたのあさまで、その紙を使わんでいて貰いたい。それだけでええ」

勘蔵は食い入るような目で万吉を見つめていたが、やがてこっくりとうなずいた。

万吉は牢番に合図をした。

ほどなく牢を出、その足で東町奉行所与力大西駒蔵をよび出し、

「まず、見当はつきましたから」

と報告した。

十九

その後、数日経った。

ふたたび万吉は、東町奉行久須美佐渡守にまねかれて船のなかにいる。

「明石屋、かたじけない」

と、佐渡守はまず丁重に頭をさげた。町奉行としては異例の態度といっていい。

「あの大たぶさ、そのほうの眼力どおり、野々山平兵衛であった」

「あっ、それは」

万吉もさすがにうれしかったらしい。われにもなく奇妙な声をあげてしまった。

「よろしゅうござりましたな」

「そのほうのおかげだ。牢暮らしでさぞ体をいためたことであろう」

「馴れておりますので」

「聞けば」

佐渡守はいった。

「そのほうの実父も、大公儀の御隠密として江戸からきた者であるそうな」

「はて、世間がそう申すのみにて、実否はようは存じませぬ」

と、万吉は話題からのがれようとした。父の明井采女に対しては、かならずしもいい思いはもっていない。

（お旗本かどうかは知らないが、大坂くんだりまできて女を作り、子を生み、生みっぱなしで姿をくらますとは男の風上におけぬ）

と、万吉はそうも思っている。母子ぐるみ捨てられたがために、万吉は高麗橋の茨木屋をやめ、少年の身で母と妹を養わねばならぬ境遇に落ちたのだ。幸い、達者だからここまで命はあったものの、脾弱《ひよわ》ければとっくに露ノ天神あたりのカッパばくちの賭場でむくろをさらしているところだ。

「どうも、公儀御隠密には縁のあるほうで」

と、にがにがしく笑った。

「実父《ちち》を憎んでいるか」

「憎んではおりまへんがな。やはり父親でごわりますさかいな、なつかしさもあり、口惜しさもごわす」

「人間の運とは妙なものだ」

佐渡守は、杯を傾けながらいった。

「隠密なんぞに、人間なりたくない。しかし禄を頂戴する侍として、主命によってそれをつかまつれと言われれば断われるものではない。そのほうの実父も、そのようなわけで大坂へきたのであろう。しかし目的《めあて》の事をさぐりきれず、江戸にも復命できず、ついに市井に隠れた。もし公儀がそのほうの父を隠密などにせなんだら、そのほうもこの地上に生をうけては居まい。すなわち、わしとここで一ッ樽の酒を汲みかわしてはいまい。とすれば、明石屋万吉という男は天下の意思でこの世にうまれてきたようなものだ」

「なかなか」

万吉は不満らしい。

「天下の意志ではなく、天の意思でうまれたわけでごわりましょう。そのほうが、気分がひろびろとして結構な味わいに相成ります」

言ううちに、船ばたに別の船が漕ぎ寄ってきた。武士がひとりこちらへ移り、やがて障子をあけて入ってきた。

野々山平兵衛である。

二十

「これは」

と、万吉はおどろいた。

野々山平兵衛は、さすがにまだ牢やつれが回復していなかったが、髪をつややかに結いあげ、絹服を身にまとってみちがえるような容儀である。

「なんとお礼を申してよいか」

と、野々山は膝をただし、じっと万吉を見つめていたが、やがて頭をさげた。

三千石の旗本が、である。これには万吉のほうが恐縮し、

「殿様、そのお手を」

といいながら、下座へ下座へとずりさがってしまった。しかしなおも野々山が頭を垂れているのでやりきれなくなり、そのまま障子のそとにとび出した。

そこは、船のともである。

「なんだ、どうした」

船頭がいった。船頭とはいえ、久須美佐渡守の家来が偽装しているわけだから、侍言葉をつかっている。

「おろしとくなはれ」

と、万吉は言った。幸い、船は中之島の石垣を擦《す》るようにして川下へむかっている。

ひらっ
とその石垣にとびつき、足をばたばたさせていたが、やがて路上へ這いあがった。そのあと、新町へ行って妓楼にあがり、酒も飲めぬのに二本ばかり銚子をあけ、気が遠くなるほどに酔ってしまった。

(おそれ入ったな)

照れくささの風情が、始末しきれないのである。やりきれない気持だ。

「どうおしやしたの」

敵娼《あいかた》が、鏡台を背にして言った。よほど妙な顔を万吉はしていたのだろう。

善行とはつらいものだ。

(妙に、こう、親孝行でもした気持やな)

照れくさくてやりきれない。蔭ならともかく、人前でぬけぬけと親孝行をやってしまったような後味の駄々甘さである。

(当の野々山が出てきやがったのにはまいった)

「もうお酒」

と、妓《おんな》がいった。

「おやめやす。なにやら人でも殺しておいやしたみたい」

「そう見えるかいな」

ごしごしと顔をこすってみた。なるほど人殺しでもしたあとなら、後悔なら後悔でもっと感情がすっきりいくだろう。

「寝まひょ」

と、妓が、万吉の手をとった。

「寝るか」

平素の、天空海濶にもどるにはこのさい、それしかないだろう。

床に入ると、妓は万吉の着物を衣桁《いこう》にかけたりせずきちんと畳み、ついで自分の身じまいをしてからやっと掛けぶとんの端をもちあげ、会釈して身をさし入れてきた。

このしつけのよさは新町の風といっていい。

もっとも床のなかではひとが変わったように燥《はしや》ぐのも、新町の風ではあったが。

月江寺

一

浮世には芝居のようなことがある。

翌年、藤の季節になったころ、見知らぬ中間がきて、手紙を置いて行った。

「あす、四つ、月江寺にして藤をみたし」

というなぞのような手紙である。

「なんや、これは」

お婆ンにみせると、お婆ンは哀しげにわらった。文字が読めない。

「せやけど、女文字やな」

文字が読めないくせに、お婆ンにはそんな洞察眼《どうさつがん》があった。

（なるほど、女文字や）

それもじつに達筆で、万吉の見るところ、こんな文字で恋文《ふみ》でももらった日にはよほどの石部金吉でも妻子家財を捨てて駈けだすだろうと思われた。

「お婆ン、これは月江寺の藤見に来い、という誘い状やろな」

「知らん」

お婆ンは、ふてくさっている。お婆ンも万吉の取り巻き女である以上、この齢になっても多少は嫉けるらしい。

「心あたりがあるねやろ」

「ない」

「へん、どこの尻軽御前かい。男に付け文しさらして。万やん、行くのか」

「行くかい」

万吉はきっぱりいってその日は町を一まわりまわって帰ってきたが、ふとあの手紙で思いあたることがあった。

翌朝、支度をして出かけようとすると、お婆ンが背後で、

「色気づきくさって」

と、あざわらった。

万吉は、とっとと歩いた。太融寺から上町台の月江寺まで二里近くあるだろう。

（意外な人に会うにちがいない）

そんな予感がする。足は自然、小走りになり、ついにたまりかねて淀屋橋から辻駕籠をひろった。

「月江寺」

ゆきさきを命じた。

月江寺は、むかし織田信長が石山本願寺（のちの大坂城）を攻めたとき、その攻城用の陣地としていたところで、小城廓の体《てい》をなしていた。それがその後尼寺になり、いまは桜と藤の名所になっている。

源聖寺《げんしょうじ》坂の下で駕籠をすて、上町台にのぼった。台上の寺町の塀と塀にはさまれた小道を南へゆくと、やがて月江寺である。

門は小ぶりだが、境内はひろい。

境内に山や谷があり、西のはしが崖になって松屋町筋へ削ぎ落ち、その崖の上から西をみると、眼下に大坂の町が見おろせる。

入ってきた万吉の顔をみて、若い尼僧がだまって案内に立ち、やがて丘の上の茶室に連れて行った。

「おたくだすか、あのお手紙は」

まさか、と思ったが、万吉は尼僧の美しさに息さえわすれる思いで、たずねてしまった。

「さあ」

笑うだけで、行ってしまった。

やがて露地の飛び石を踏む庭草履の音がきこえてきた。

二

万吉が茶室でかしこまっていると、踏石を踏む草履の音がいよいよ近づいてきて、やがて意外な人物が身をあらわした。

野々山平兵衛である。

「明石屋殿、しばらくでありましたな」

と、踏石の上に立って笑った。

山茶花《さざんか》の老樹から射しこんでくる陽ざしが野々山の笑顔を、より明るくしていた。

「お見忘れか」

野々山は着流しで羽織も用いていなかったが、その容儀はまるで大名のようにつややかであった。

万吉は、驚いてみせた。

が、この勘のするどい男は、朝、家を出るときから、あの女文字の手紙が、この野々山平兵衛から出たものであることを直感していた。

実は、野々山平兵衛が、こんどにわかに久須美佐渡守と交替して大坂東町奉行に赴任したことを、万吉は早耳できき込んでいる。

世間には芝居のようなこともある、というのはこのことであった。去年、野々山は隠密になって死罪人の牢にいた。奇跡的に救出され、その翌年のこんにち、こんどは天下のお町奉行として大坂の町に君臨することになったのである。

幕府の人事も味なことをする、と万吉はそのとき思った。

もともと、幕閣では、腐敗しきった大坂の経済担当与力の弊風を一掃するには、よほどの非常手段が必要だと思っていたのだろう。

だからこそ、三千石の大身の旗本を隠密という賤役《せんやく》にして大坂に潜入させた。この思いきった手の裏には、老中たちは、（腐敗を剔《えぐ》り出したあかつきには当の野々山平兵衛を町奉行にして大手術をさせる）という肚をきめていたにちがいない。

（江戸の御用部屋にも、大した戯作者《げさくしゃ》がいるらしい）

と万吉はおもっていた。

そこへ女文字である。町奉行が私的に市井《しせい》の者に会おうとするとき、公式の差紙をまわさず、女文字の手紙をもたせてやる、という話は、かつてきいたことがある。

（とすると、野々山様では）

と、万吉は勘を働かせた。

野々山平兵衛は、いまでは讃岐守《さぬきのかみ》という官名を名乗って、数日前江戸から東町奉行所の役宅に入っている。

「町奉行としてではなく、私人としてお礼に参った。どうぞお平《たいら》に」

といい、讃岐守はかるく頭をさげた。

万吉は、ぴしゃっと自分の頬をたたいた。血がついている。

「どうなされた」

「へい、蚊で」

この男は、こういう自分の立場に、どうやら居たたまれないらしい。

「私の茶友達になってくれぬか」

「おそれ入ります」

讃岐守の大坂における仕事は、悪役人退治にある。さぞや小気味いいことだろうと思うと、万吉はこの奉行の身がうらやましくなった。

三

いやまったく芝居のようなものだ。

野々山平兵衛こと讃岐守吉明が、新任の町奉行として奉行所の評定《ひょうじょう》の間にあらわれ、与力衆のあいさつを受けたとき、

(あっ)

と青ざめた与力が三人いる。

田坂百助、松井与市兵衛、牧野猪野右衛門の三人である。いずれも「唐物《からもの》取締定《じょう》役《やく》」という名称の密輸取締官である。

讃岐守も役者だ。

上座で心もちあごをあげ、ねむるがごとき表情をし、いっさい感情を消し殺した顔ですわっていた。

主謀者だった田坂百助は四十年配の古参与力で、隣席にすわっている共謀者の一人

松井与市兵衛に、

「わ、わしは目がわるい」

と、小声でいった。

「お手前のよい目で、あのお奉行様のお顔をよくみてくれ。例の姓名不詳の隠密に似ているとは思わぬか」

「ち、ちがうやろ」

と、松井与市兵衛は、はためにもわかるほど慄えだした。

「他人のそら似じゃ。あの手の顔は江戸うまれの者に多い」

関東の長顔、上方の丸顔という。隠密も新任奉行も長顔だからふと似ているように思いちがいやすいのであろう。

「わ、わしはちがうとみた」

「それならよいが。とにかく今夜、わしの屋敷に集まってくれぬか。善後策のため密議をしよう」

この三人の与力は、例の隠密を入牢《じゅろう》させて牢名主に殺させようとしたが、ついに名をきくことが出来なかった。さらに不覚にも、明石屋万吉が牢に入って隠密を救い出している。

そこまでは知っている。しかしその後、隠密がどうなったかは知らない。

一方、讃岐守も、あれだけの苦難にあっていながら、「当の与力はたれたれか」ということについては知らない。

捕ったのも同心と手先の手だし、牢にぶちこんだのも同心がそれをした。同心は事件のくわしいことは知らず単に与力の命令でそれをやったふしがある。背後の与力を、このさいつきとめて処断しなければならない。

唐物取締定役の与力は六人いるのだ。六人とも棒砂糖密輸に関係したか、それともそのうちの何人かがやっただけなのか。

まだわからない。

讃岐守が、明石屋万吉を藤の花ざかりの月江寺の茶室によんだのは、その一件があったからである。

「奉行所は伏魔殿のようなものでな。他の与力、同心を使うと洩れる。なぜなら、ほとんどが嫁取り、婿取りをして親戚、姻戚関係にあるから、たがいに口をぬぐい、秘密を知らせあい、罪人を出さぬようにしている。いちずに頼みたきは、万吉、そなただけだ」

「わたいが、お奉行所の手入れをいたしますので」

「あくまでも内密に頼む。人をいっさい使ってくれるな」

四

万吉はその足で北野の太融寺門前にもどり、小左門の家に寄った。

「どうも智恵がわかぬ」

万吉は、カマチに腰をおろし小左門が出してくれた濡れ雑巾で足をふきながらいった。

「難題でな」

「まあおあがりなさい」

どうせ智恵を借りにきたのだろう。この若者は、小左門をなにやら文珠菩薩《もんじゆぼさつ》のように思っているふしがある。

もっとも、小左門は女軍師がつとまるほど、「智謀湧くがごとし」といったたぐいの婦人ではない。

要するに、受け答えがうまいのだ。万吉がしゃべる、うなずいてやる、要所要所で的確な反問をしてやる、それだけのことだ。

もっともこれができることが、よほど聡明な証拠なのかもしれない。

万吉は、小左門のうなずきにひき入られるようにして喋り、喋るうちに自分の問題の核心がわかって来、ついには、はっと取るべき手段を思いつく、というわけである。

「智恵を借りにきた」

と小左門はいった。

「そんな気のきいたもの、この家のどの戸棚をあけてもないわよ」

「用がなければこないのね」

「あたりまえや。用もないのにくるほど俺アずうずうしくはない」

どうも万吉には料簡の薄情なところがあって、その点、小左門は気に入らなかった。かつて体の縁が一度あったのだ。万吉はそういうことをけろりと忘れたように、まるで気のいい嫂《あによめ》かなんぞの位置に、小左門を押しあげてしまっている。

そのことについて小左門は一度だけ恨みごとをいったことがあるが、そのとき万吉は、「観音様を信心させてもろうている。まあ信者やと思うてくれ」といった。観音様とは小左門のことだろう。

「観音を抱くばかはない」と、万吉はサラサラいって、この種の生臭い話をきりあげてしまった。妙な仲である。

「聞いてもらうがな、話は門外不出や」

「わかってる」

念を押されたことが、小左門を多少不愉快にしたらしい。その秘密を喋るような女ではないというのが、小左門の心意気のひとつである。

万吉は、新任奉行がいったことについて、いちぶしじゅうを話した。

小左門はききながら驚いてしまった。

(なんと、芝居じみた出来事の多い子なのだろう)

万吉のもってうまれた運命かもしれない。公儀隠密の落しだね、という出生からしてそもそも尋常でないし、その出生の尋常でなさが、長じても数奇な事件につぎつぎと巻きこまれてゆくはめになるのか。

「あなたが、町奉行所の与力衆のお手入れをすることになるわけね」

「妙なぐあいやな」

万吉も、わが立場の珍妙さに思わず失笑してしまっている。

五

小左門と話しているうちに、万吉は自分のとるべき方法が次第にはっきりしてきた。

(ちょっとあぶない手やな)

と思ったが、危険が稼業だ。

「わかった」

そういうと、そとへとび出していた。家へ帰って、すぐ硯箱をとり出し、みじかい手紙をかいた。

「お婆ン、この手紙を頼まれてくれや」

「どこへ」

「天満の与力町や。与力の田坂百助様のお屋敷へ投げこんでもらえばええ」

「捕まるがな」

「あほう、そんな度胸で明石屋万吉の子分といえるか」

この小僧っ面の若者はやはりどこかおかしいところがある。このモト駄菓子屋のお婆ンを、子分だとおもっているらしい。

「捕まったら、明石屋万吉にたのまれた、明石屋万吉をしょっ引いてくれと言え」

「よっしゃ」

お婆ンは衣紋《えもん》をつくろって出かけた。

夜になってから戻ってきて、

「二つ三つ、門番にどつかれた」

と、目の上を腫れさせていた。このお婆ンは門番に誰何《すいか》されると、笑止にも、

「明石屋万吉の子分のお楽や」

とわめいたらしい。門の番をしていた小者はそれを「からかった」と思ったのであろう。お婆ンにとびかかって力まかせになぐりつけた、という。

額に触れてやると、熱がある。万吉はふとんを敷いてやって、寝かしつけた。

(さて、どうなるか)

手紙を読んだ与力田坂百助がどう出てくるかである。

手紙には、

「月江寺の藤がみごとでござりまする。もし御清遊あそばすなら、明日、この万吉が毛氈《もうせん》敷きを相つとめます。明後日でもよろしゅうございます。両日とも、宵まで月江

寺にてお待ち申しあげております」

という文面である。

きわどい手だ。

田坂、松井、牧野の三人の与力は、かつての野々山平兵衛救出の大立者が万吉だということを知っているはずだし、その万吉が新任奉行野々山讃岐守にたのまれて秘密の探査をしているというぐらいのことは知っているだろう。この三人の与力が事実、棒砂糖密輸の犯人だとすれば、証拠湮滅《いんめつ》のために、この手紙を幸い、万吉をだれかに殺させようとするにちがいない。

(殺されても死骸が証拠になる)

そういう手である。

夜中ながら万吉はむかいの小左門の家へゆき、一通の封書を渡した。

「あずかってくれ」

といった。蠟で封をしてある。なかにこの策のいっさいを書きしたため、「もし亡き者になればすぐ田坂百助様をお取り抑えくださいますよう」と、讃岐守を宛名にしている。

「あすかあさって、おれが夜中になっても帰らなんだら、これをお奉行にとどけてくれ」

というのが、万吉の頼みだった。

六

万吉の策はひとつである。

わが身をオトリにすることだ。自分自身を道具にするなど、およそ愚劣な策だが、この男の基本的発想法がつねにそうだからしかたがない。

翌朝、ふところにこの男らしい武器を入れて家を出た。

武器とは、二尺ほどの細竹である。なかに鉄棒のシンを入れてある。

武器ともいえぬ武器だが、この武器でもこの男はかつて使ったことがなかった。

(武器をつかうやつは臆病者だ)

という頭が、この男につねにある。断固たる信念といっていい。

明石屋万吉にいわせれば、大声で咆《ほ》えて人をおどかすやつ、長脇差や短刀《さすが》をもっているやつ、そのいずれもが臆病なあまりの威猛高のあらわれだと思っている。

(おれはちがう)

万吉のやり方はつねに体中を胆にして出かけてゆく。胆に刃物は要らない。

が、こんどは異例といっていい。

とにかく、上町台の月江寺にあらわれ、終日、藤の棚の見物をした。途中、甘酒を飲んだり、餅を食ったりした。

翌日もおなじ姿で出かけてゆき、藤の棚の下で面白くもおかしくもない薄紫色の花をながめて暮らした。

日が落ち、毛氈をかえし、着物のちりをはらって帰ろうとした。縞の着物にすそをからげ、股引を出している。

(来やがらなんだな)

月江寺は東門が正門になっている。門わきの腰掛茶屋で提灯を一つ、蠟燭を一本買った。

「親方」

腰掛茶屋のおやじがいった。万吉が、大坂で名を売った明石屋万吉であることをこのおやじは、うっすら気づいていたのだろう。

「北野村の太融寺までお帰りで」

「そうや」

「そんなら、蠟燭は四五本もないと足りまへんで。銭は要りまへんさかい、差しあげまっさ」

「要らんな」

「そら無理や。今夜は月の出が遅うおますさかい、持って行っとくれやす」

「要らんやろ」

「やろ、とは?」

「この蠟燭一本使いきるまでに命があるかどうかわからんがな」

万吉はそのころには、自分の身辺に妙な気配の遊び人が七八人いるらしいことに気づいている。

この腰掛茶屋の奥にも、おかしな目つきをしたごろつきが三人、根がはえたようにすわっているのだ。

だから、いった。

「亡者《もうじゃ》になって三途《さんず》の川を渡るのに蠟燭は要るまい」

この連中にきかせるためである。

東門を出てしばらくゆくと天王寺寺町筋とよばれている淋しい道路に出る。

それを南に折れ、さらに西へ折れて、蛇坂《くちなわざか》をゆっくりと降りはじめた。

七

ちょっと異趣な坂である。

坂の上を、夕陽ケ丘という。上から見おろすと、坂の両側の寺院の崩れ土塀がうねうねとうねり、不規則な石畳の段が、蛇の腹のようにみえる。

このため、
蛇坂といったものらしい。ちなみに蛇は一見、朽縄《くちなわ》に似ている。そこから出たことばだろうが、この土地では一般にこの万葉いらいの古語を日常つかっている。

(ここで殺《や》られるだろう)

と万吉が覚悟したのは、この坂はむかしから追い剝ぎが出るといわれ、日没後は人通りがない。

(あいつら、ここを選ぶにちがいない)

だから万吉はわざとこの坂を通った。さて坂の中途まで降りたが、相手はどういうわけか、あらわれて来ない。

(稼業《しょうばい》にならんがな)

万吉は坂の中途の石段で腰をおろし、腰に手をまわして、粗末な煙草入れをぬき取った。連中が出るまで待つつもりである。

（鶯《うぐいす》取りに似ている）

オトリの鶯をつかう。鮎つりにもこういうオトリ釣りがあるときいている。この場合すこし事情がちがうのは、捕獲者の万吉自身が鶯であり鮎であることだった。

日は落ちたが、残照は残っている。だから万吉はまだ提灯をつけていない。

「おい」

と背後から声をかけた者がある。万吉はふりむきもせずに、すぱすぱ煙草を吸っていた。

「聞えくさらんかい」

「用事を言え。耳は達者や」

と、万吉は、眼下にひろがる松屋町筋の屋根を見おろしながらいった。

「汝《われ》は、明石屋万吉やな」

「そういうおのれはどこのどいつじゃい」

「頼まれた者《もん》じゃ。ここで何の某《なにがし》と名アを名乗ったところで汝の冥土行きの念仏がわりになるもんでもあるまい。気の毒やが、今夜は汝の命日になる」

「ほう」

「観念しさらせ」

「おいさ、料簡した。そのかわり煙草をもう一服すわせえやい」

そういいながら万吉は煙草をすい、さらに一服すおうとしたとき、ぱっと頸に細引がかかった。

万吉はあおむけざまに倒れ、ずるずると引きあげられた。息もできない。頭の骨が折れそうでもある。

が、万吉は堪え、くるりとひっくりかえって頭に細引をつけたまま、サラサラと石段をのぼりはじめた。

「こいつ」

と長脇差をふりかぶろうとしたやつの腹へ、すさまじい頭突きをくれた。

わっ、と男が倒れた。その長脇差をもぎとり、わが頭の細引を切った。

瞬間、とびかかったやつの顔を長脇差の平打《ひらうち》でたたきのめした。万吉が、他人に危害を加えたのはこれがはじめてである。

八

なるほど万吉はいままで他人様《ひとさま》に危害を加えたことがなかったが、滅法界強い。敵のやいばが降りおちるたびに、ひらっ、ひらっ、と巧みに避けた。

敵のなかに、浪人体の男がいる。

「どけ」

と味方をさがらせ、石段の上で剣をぬいた。上段に構えた。腕の立つ男らしいが、前へ出した右足の毛ずねががたがたふるえている。

(まじめな男や)

と、万吉は心のすみで思った。この浪人も頼まれた以上、金の手前、剣を抜かねばならなかったのであろう。律義といっていい。

慄えているのは、浪人の弱さをあらわすものでないであろう。

(だれでも、はじめはそうや)

万吉は、同情してやる余裕があった。最初剣を構えて慄えないやつは、人柄に信用がおけないほど無神経な男であろう。万吉はどちらかといえば、相手に淡い好意をもった。

相手の剣は、筋目がぴんと立っている。腰の据え方、両ひじと両足の配置が、よほどわざを学んだ男らしく、すらりと美しい。

万吉は数段下の石に乗っているため、剣をやや上段にかまえていた。構えに心得がある。

あるどころではない。

この男は、堂島の米相場をぶちこわしたあと、多少感ずるところがあって、太融寺の寺侍から神道無念流を学んでいた。

寺侍は、吉井又右衛門という江戸から流れてきた浪人あがりで、給金は年に四五両という下女に毛のはえた程度のものらしい。四十五六のやもめで、寝酒だけが楽しみというおだやかな人物である。万吉がもってくる教授料はこの寝酒になったから、又右衛門はひどくよろこんでいた。

万吉はこの寺侍を、

「吉井はん」

とよんでいた。

吉井はんの腕は目録程度らしい。

免許でないため、本来、門人を取り立てるという資格がなかった。だから、

「万吉殿、決して他言なさるなよ。流儀の名も言うてくださるな」

と、かたく口どめしていた。

万吉はめずらしいほど筋のいい男で、わずか二三年でこの師匠を追いぬいてしまった。

追いぬいたが、万吉はこの師匠から離れるにしのびず、

「なあに、剣術使いになるわけやないのに、いまさら吉井はんの弟子をやめられるか」

といって、相変らず、太融寺の裏境内で三日に一度は稽古をつけてもらっている。むろん竹刀《しない》撃ち合いをしても三本のうち三本とも万吉の勝ちで、どっちが師匠だかわからない状態だが、それでも万吉は満足していた。

その万吉が右足を一段上の石段かどにかるくのせ、腰をうんと沈めて剣を構えている。

浪人の顔が、妙に光っていた。

夕闇が濃くなりはじめてさだかにはわからなかったが、汗みずくになっているらしい。

一瞬、浪人が倒れた。

体をえびなりにねじまげ、口をあけて激しく呼吸している。万吉のみね打ちが、浪人の高胴をはげしく撃ったのだ。

九

みな、逃げだした。

万吉はとびかかって背後の男のえりがみをつかんでひき倒し、頭を例の竹棒でなぐった。男は、目をむいて気をうしなった。

「うぬがいっぴき、残ってもらう」

とつぶやき、ずるずるとひきずって坂をおりはじめた。

その背後で、浪人がよろよろと立ちあがったが、万吉は目もくれなかった。証人はひとりでいい。

松屋町まで出ると、辻駕籠に出くわした。

「北野の太融寺門前までたのむ」

というと、駕籠の先き棒があっとあほう声をあげ、「あんさんは、明石屋万吉親方で」と打てば響くような調子のよさでいった。

「そや」

万吉は、この種の渡世人のあさましさで、わるい気持がしない。

「われ、よう知っとるな」

とにここにすると、後棒が背後にまわり、万吉の頭を力まかせになぐった。

「わっ」

とも万吉は叫ばなかったようである。そのまま気をうしなって突んのめり、どっと土に嚙みついた。その拍子に前歯が一本折れ、痛みでわれに返ったが、体を動かさない。気をうしなったようなふりをしていた。

「目エむきくさった。縛りあげえ」

と、駕籠舁きは万吉のふんどしを解いて手足を獣縛《けものしば》りにしばった。

(なんじゃ、こいつらも一味だったのか)

と思ううちに駕籠にほうりこまれ、北にむかって揺られはじめた。

(間アのぬけたはなしや。明石屋万吉ともあろうおれが、おのれのふんどしで縛られてしもうた)

股間に、へんな風が入ってくる。この薄みっともない心境が、

(この頼まれ一件、もうやめた)

とまで駕籠のなかで思いつめてしまった。逃げようと思った。工夫がないわけではない。足首の関節をはずせばいい。

この程度の芸は万吉でももっている。

かくっ、と骨が鳴った。

(聞えなんだか)

ひやりとしたが、さいわい駕籠舁きの耳にはとどかなかったようだ。

ふんどしをゆるめてゆき、やがて右足、左手、左足、右手の順で抜き、抜きおわると、足首の関節をそろりとはめた。この作業が、四半刻ほどもかかった。

(さあ、締めるのや)

ごそごそと手を動かしつつふんどしを締めおわると、万吉は妙に生気がよみがえってきた。

(あくまでやってこます)

と、この駕籠のゆくさきをつきとめようとした。苦労の多いことだ。この間《かん》も万吉は駕籠屋にあやしまれぬよう、獣縛りのままの姿勢で、手足を天井にむけている。

駕籠は、伏見町に入った。

十

(伏見町か)

と万吉が緊張したことについては、理由がある。船場の伏見町には、唐物(貿易商品)をあつかう問屋が密集していた。

由来は、遠く豊臣時代から発祥しているらしい。加賀の人で斎藤某という武士が町人になって加賀屋と号し、伏見町で唐物を専門にあきなうことをゆるされた。

徳川期になって、鎖国になる。

わずかに貿易はしている。幕府は長崎一港をひらき、中国人、オランダ人のみに対して制限貿易を営むことを許していた。

こういう輸入品をあつかう日本人商人は、長崎、堺、大坂、京都、江戸の五都の唐物商人のみにかぎられ、これらが長崎で入札し、落札した唐物はことごとく大坂のこの船場伏見町に運ばれることを原則としている。

自然、このせまい町内は唐物富商が密集し豪壮な建物が軒をならべ、店頭には、

「異国新渡、奇品珍物類」

などという文字看板をかかげて品物を山のように積み、非常な繁華の景色を呈している。

唐物商は、みな、

「加賀屋」

という屋号がつく。幕府の取締まり上の便宜からそうなっているもので、他の例でいうとたとえば酢屋ならばかならず、名前に勘蔵、勘兵衛、勘左衛門などと「勘」の字がつく。

やがて駕籠が、ある店さきについた。店はとっくに閉まり、路上にも人影はない。

（ほう、加賀屋源兵衛の店ではないか）

と、万吉は店構えをみて思った。ふつう、加賀源とよばれている。

唐物屋のなかでも「唐薬《とうやく》問屋」とよばれている業種の家で、主として砂糖を専門にあつかっていた。

（棒砂糖の元兇は加賀源か）

と、なぞの一端が解けた。

さて駕籠昇きである。先棒が加賀源の戸をほたほたとたたき、

「客人をお連れして参じまして」

と、屋内へひそかにいった。

加賀源の番頭らしい男がクグリ戸から出てきて、軒先きに立った。

「その駕籠の中か」

と、小声でいう。

「へい、その駕籠のなかに」

「あほやな、なんでこんな店につれてきた。めだつやないか。なんで木津村の寮のほうへ連れて行かなんだ」

「しかし、大事な客だっさかいに」

「木津村へ連れてゆけ」

「いまからなら、夜なかになりますがな」

「言うとおりにするのや。駕籠のなかの客人は、どないしたはる」

「気を失うてま」

「縛ってあるか」

「へい、ぬかりはおまへん。しかしいまから木津村となりますと、途中でどんなことがおこるやらわかりまへんで」

「ふむ」

番頭は考えこみ、結局、「仕様がない。店の蔵へ入れておけ」といった。

十一

加賀屋の番頭は、おそらく用心のためであったろう、

「駕籠ごと、なかに入れてもらおう」

と、駕籠舁きに命じ、一方、店の戸を二枚ほど繰りあけて入れやすいようにした。

「へい」

駕籠舁きも、手落ちだった。駕籠を入れる前に路上で垂れをあげて中身をしらべれば多少事態はかわったかもしれないが、それを怠った。

怠る、というよりも、人目をおそれるあまりいそいだというほうが正しいだろう。

駕籠は、土間にひきすえられた。

土間を照らしている灯《あ》かりといえば、番頭がもっている手燭《てしょく》と駕籠わきの提灯だけである。

暗い。

その中央に、淡いあかりに浮かびあがって駕籠が一つ、不気味に静まっている。三

人とも、急にこわくなったらしい。

「生きているのか、死んでいるのか」

と、番頭が、にわかに慄え声でいった。

「生きてま」

駕籠舁きはいった。しかし死んだも同然やと大いそぎで付け足した。付け足したあと、「すぐ礼金がほしい」と早口で言いだした。

「こんなものは魚とおなじで浜渡しの取り引きでやってもらいまっさ」

「金はあとや」

「あほらし。生きものの受け渡しに金のあと、さき言われてたまるかいな」

「わかった。ほならこれを駕籠ごと土蔵まで運び入れて貰おうか。土蔵の錠の前で受け渡しをしよう」

番頭が話をきめているあいだに、主人の加賀屋をはじめ、他の番頭、手代も店の間に出てきた。

そのうちの二人が、提灯をもって出て行った。

(どうしてこまそ)

と、万吉は駕籠のなかで思案している。土蔵に入れられてしまってはたまらない。

どうせ、加賀屋は唐薬問屋である。人を殺す薬もあるにちがいない。そんな薬で殺されるか、それとも、「この男、押し込みに入りました」と一味の天満与力に渡し、うやむやのうちに牢内で殺されるのが落ちだ。そういう点は奉行所与力が参謀になっているだけに、ぬかりはなかろうと思われた。

(えい、策などは無用や)

と、あげくのはてに覚悟した。こうなった以上、あれこれと利口ぶった小才を使えば使うほどかえってこっちの自滅になりがちだ。行動は簡単明瞭なほうがいい。

(大あばれにあばれてこまそう)

ごろっと、駕籠の中からころがり出た。

わっと最初にわめいたのは、番頭である。

万吉は、ねずみが走るような勢いで奥へむかって逃げだした。

風を巻くような勢いで裏口まですっ飛び、裏口のぐあいをしらべ、大いそぎで木戸の木錠《きじよう》をはずした。喧嘩のときにはまず退き口を作っておくのが名人の作法というものだ。

万吉はそのままひきかえした。

十二

「火事やーっ」

と、万吉は叫んだ。叫ぶだけでなく、台所に駈けこんで棚の上の鍋釜をほうりだし、大音響を立てさせた。

「火事やーっ」

近所にきこえさせるためだ。火事だときけばみな血相をかえて出てくるだろう。この加賀屋をとりまくにちがいない。

（さればわが身は安全や）

という計算が、この喧嘩出入りで苦労してきた男にはある。

加賀屋のほうは、閉口した。

「早う黙らせい」

と、仏壇の間ですわっている丹斎という老人が店の一統に命じた。

加賀屋丹斎というのは、当家の隠居であった。痩せた色黒の男で、隠居してからも店の実権をにぎっており、こんどの棒砂糖の密輸もすべてこの老人が計画し、数人の業者と与力衆を抱きこんで指揮してきた。

ただの旦那ではない。

丁稚からたたきあげて伏見町第一の大身代を作りあげた男である。若いころ長崎で朝鮮人蔘《にんじん》の抜け買い（密輸入）をして仲間の二三人を五島列島の沖で殺したこともある、と噂されている男だ。

「殺してしまえ」

と、二ノ下知《げち》を出した。

聞いた番頭がおどろいた。

「こ、ころしますので」

「あの男、押し込みに入った。押し込みに入った者を殺すのは当然じゃ」

「し、しかし、われわれは弓矢は習いませぬが、どのようにすれば殺せましょう」

「刀簞笥から長いやつを一本、出して来い。わしが殺ってみせよう」

「しかしご隠居はん」

「罪にはならん。この加賀屋丹斎がうまれてこのかた、罪になるような下手なことをしたことがあるか」

丹斎は、落ちついていった。

「つぎに、みな手分けしてご近所まわりをせい。ただいま火事じゃと申しておりますのはあれは当家にはいった押し込みでございます、いずれ静まりましょうほどにご心配くだはりませぬように、とこう申せ」

「会所に人を走らせせまひょか」

「ああ、走らせておけ」

やがて丹斎は刀をとって立ちあがった。

一方、万吉は台所を根城に、近よるやつに片っぱしから、茶碗、膳、鍋のたぐいをぶち投げて奮闘していた。

むろん、一つ覚えのように、

「火事やーっ、火事やーっ」

とわめいている。

丹斎は、台所の板ノ間に立った。万吉は通路の土間のほうにいる。

「押し込み、成敗してくれる」

スラリと刀を抜き、それを構えず、だらりとさげたまま万吉に近よりはじめた。

その落ちつきぶりは、とても町人の隠居のようではない。

十三

万吉はどこか、阿呆なのだろう。この場合も、白刃をきらめかせてやってきた隠居に、さほどの関心をはらわなかった。

「勝手にさらせ」

と叫ぶと、鍋釜を取って投げるという自分の作業に没頭しはじめた。

とにかく、大音響を連続的に立てて世間の注意をひくというのが、この男がとった戦闘方式なのである。

それに専念するのだ。あたまがそのようになっているのであろう。無我夢中でものを取っては叩きつけた。手もとに物がなくなるとへっついの上にあがって三宝荒神のおみき徳利まで投げた。

丹斎隠居は、気組みを殺《そ》がれたような顔をしてそれ以上踏み出す気がしない。

事実、踏み出せもしなかった。万吉のまわりは欠け茶碗が無数にちらばっていて、とても近づくことはできない。

「雪駄《せった》ア、持ってこい」

と、隠居は店の者にいった。雪駄でもはかなければ万吉を斬ることはできなかった。

万吉は雪駄をはいている。

へっついから飛びおり、がりっ、と茶碗を踏みくだいて、隠居には目もくれずに裏のほうへ歩きだした。

「万吉」

「隠居、まだそこにいたか」

「叩っ斬るぞ」

「えらい見幕《けんまく》やな」

万吉は、横っ面でせせら笑いながらどんどん裏へ歩き、そのまま裏木戸をあけて出てしまった。

(追うて来くさらんかい)

と、裏露地の湿った土の上でしゃがみ、次の事態を待った。

隠居が飛び出してきた。

万吉はその首っ玉にとびつき、利き腕を逆手《ぎゃくて》にひねりあげて刀を奪い、

「物をいうな。言うと殺すぞ」

くなった。

と、隠居の耳もとでささやいた。変にどすのきいた声だから、隠居は一瞬おとなし

万吉はすばやく隠居の刀をひろってその首筋に刃を当て、

「加賀の衆」

と、裏口にひしめいている番頭、手代たちによびかけた。

「足を動かすな、動かすとこの隠居の蔕首《へたくび》を削《そ》ぎおとすぞ」

そのまま隠居の手をねじあげたまま路上に出た。人が軒下にぎっしりと出ている。

「ご近所衆に申しあげます。お騒がせしてえらいご迷惑でござりましたやろが、このことは後日、あらためて手拭いの一筋でももっておわびに参ります。わてえは、太融寺門前に住む極道屋の明石屋万吉で」

と名乗り、

「ご大家《たいけ》のご隠居に大層無礼を働いているように見えますが、これはそやおまへん。いずれ、後日相わかりましょう」

と悠々人質をつれたまま船場伏見町の町内をひきあげ、町木戸をひらかせて出てしまった。

十四

事件は、片付いた。

唐物取締定役の与力田坂百助、松井与市兵衛、牧野猪野右衛門と五人の同心が罪を問われ、それぞれ改易《かいえき》になった。

加賀屋は、追放のうえ闕所《けっしょ》である。地所、財物を公儀に没収される刑だ。

「江戸なら加賀屋は死罪、三人の与力は切腹、五人の同心は打首ということになるが」

と、野々山讃岐守が、事件後、大川の船のなかで万吉に語った。

「大坂は刑がゆるい」

とくに経済犯については、おかみの手心がゆるやかなようである。

万吉はくびをひねった。

「妙な土地でござりますな」

わが住処《ところ》ながらもそう思った。

野々山讃岐守は、犯人の三人の与力の罪目を、単に「取締不行届《とりしまりふゆきとどき》」というだけにした。

野々山がしたのではない。

部下の与力衆がこぞってそう主張し、野々山もそれに従わざるを得なかったのだ。奉行は大坂の長官とはいえ、江戸から単身赴任してくる。部下はみな地役人である。かれらが結束して主張すればそれに従わざるをえない空気になる。

（阿呆かいな）

と、まったく万吉はこの野々山讃岐守に同情した。野々山はこれ以前、隠密として江戸からやってきて大坂で仕事中、かれらに捕えられた。

隠密だから身分も名も明かせぬのを幸い、三人の与力は死罪人の牢にほうりこみ、コミ（素姓不明の者）にしようとしたのである。これほどたちのわるい犯罪はないだろう。

その当の被害者の野々山がこんどは奉行の座について糾明処断をするとなれば、どのような復讐をしても感情的にはゆるされていいことになるだろう。

それを、こんな寛典でのぞんだ。

「それが、公儀の政治《しおき》というものだ」

と、野々山はむしろ昂然といった。

「職権を利用して復讐してはならぬ、ということは当然なことだ」

野々山は、おだやかにいった。

万吉はむしろ驚嘆する思いだった。こういう人物を、半生のあいだで見たことがない。

杯をふくみながら、だまりこくってしまった。

「どうした、明石屋《あかし》」

「いや、ちょっと考えごとをしておりますのでお言葉はご容赦ねがいます」

これが儒教というものだろうと思った。徳川幕府は民治にあたってはこすっ辛いこともずいぶんやるが、その統治精神の表看板はあくまでも儒教主義である。

江戸の旗本は数百年来、この儒教をもって教養の根本としてきた。自然、儒教的人間という者が出てくる。幕府が地方官をえらぶばあい、とくにそういう人物のなかから厳選するようである。

野々山讃岐守がそうらしい。

（恐れ入ったな）

と、万吉は、しんそこから思った。この人物が幕府を守ろうという気持を多少でももったのは、この野々山の人柄に触れてからである。

風　雲

一

右の騒動が文久三年の春である。

万延元年、江戸の桜田門外で大老の井伊直弼《なおすけ》が水戸・薩摩浪士に斬られてから三年目である。

時勢はいよいよ暗い。

京でも大坂でも攘夷派の浪士が横行し、佐幕主義者を斬ったり、「攘夷御用金を申しつける」と称して富商の屋敷に押しこみを働いたりして、町人が夜歩きもできないような事態になっている。

「たいへんなご時勢になったねえ」

と言いながら向いの小左門が入ってきたのは、八月の半ばすぎの朝だった。

「聞いたかい?」

と、小左門はすわった。

昨夜、船場の富豪天王寺屋に御用盗が入って手代が一人斬られたという。

「ほう」

万吉は小左門のために お茶を淹《い》れてやっている。

「おとといの夜は、京から西宮《にしのみや》にかけての街道が長州様の軍勢でごったがえしだったそうだよ」

「そうらしいな」

話はきいている。京でにわかな政変がありそれまで京の宮廷を牛耳《ぎゅうじ》っていた長州藩の位置が一夜でくつがえり、薩摩と会津が幕府と朝廷をたすけて長州勢を京から追い出した、という。

長州派の七人の公卿も、降りしきる雨のなかを落ちて行ったといわれ、そのうわさでいま大坂中がもちきりだった。

それに、公卿一人を擁した土州浪士らが大和に集結し、大和五条の幕府の代官所を襲って代官の鈴木源内を血祭りにあげたといううわさも入っている。

「こういっちゃなんだが、異人と取り引きをはじめてから御公儀の屋台骨もゆるみはじめたようだよ」

「そうかなあ」

万吉にはこんな話はにが手だった。幕府や天朝がどうであれ、この大坂の地でその日が暮らせている万吉にはどっちでもいいことだった。

「みな、さむらいのやるこっちゃ」

「というと？」

「どうでもええがな」

万吉はそう言いつつ、小左門をのぞきこんで笑った。

「なによ」

「いや、感心なものやと思うている」

万吉のみるところ、この小左門は芸者あがりの遊芸師匠のくせに、変にこういう時勢のことに敏感なのである。

(なんぞ、あるのかいな)

裏が、と万吉は思った。小左門は曾根崎に出ていたころから、江戸うまれをめずらしがられて幕府役人の席によくよばれていた。自然、時勢にあかるくなっている。

「そんなのんきなことをいっていて、いいの？」

と、小左門は指で輪をつくり、その輪のなかから万吉の顔をのぞきこむまねをした。天眼鏡で人相を見ているつもりだろう。

「近く、変事があるな、この人相は」

と言って、それっきりなにもいわず小左門は帰ってしまった。

二

（なに言ってやがる）

と思って、自然とそのことは忘れた。

この当時の万吉の勢力は、ほとんど大坂中の遊び人の半数をその影響下におさめているほどに巨大になっていた。

「明石屋は奉行所に顔がきく」

という評判が、この男の名をひどく高騰させたようである。

大坂の堀江で大きな勢力をもっていた博徒で「堀江の大吉」という中年男がいる。

この男が、仲間から密告されて人殺しの兇状で投獄された。

「おそらく、コミ（素姓不明の者）で殺されて牢死、ということになりますやろ。なんとかお助け願わしゅう存じます」

と大吉の女房が泣きいってきたので、「無実か」と万吉は一言でうなずき、奉行所にたのんで出してやった。堀江の大吉は大よろこびで子分百人をひきいて万吉の傘下に入った。

磯野の小右衛門もそうである。

この男は遊び人だが、サイコロ博奕のほうではなく、雑穀の投機のほうで、その世界では非常な勢力があった。

もともと長州屋敷出入りで、大坂城代屋敷などにも顔があり、城代屋敷に出入りをかさねているうちに捕縛された。

「長州の密偵をはたらいた」

というのが、ひそかな罪目である。

むろん、証拠はない。証拠がなかったため奉行所の掛り与力は牢名主に命じて「病死」させるつもりで手配していた。

万吉はこの磯野の小右衛門も助けた。このため小右衛門も子分になった。

もっとも万吉自身、自分が親方であるとはまったく思ってもいないし、他国にあるような親分子分のサカズキなどはいっさいしなかった。

「子分にしてくれ」

と頼みこんでくる古い顔役連中にも、

「そっちがそのつもりでいたいのなら、そうおし。わいは独り者《もん》の万吉でいる」

と言ってやった。

だから万吉は親方のつもりでなくても、万吉を親方と仰いでいる連中は、枝葉まで入れると大坂で千人以上をかぞえた。

当の万吉は、相変らずの女っ気なしで、ときどき色町に出かけるほかは、膝っ小僧をかかえて独り眼をむいている。

(怪態《けったい》な奴や)

というのが炊事のお婆ンの感想だった。

(なんのために生きてやがるのか)

お婆ンは、正直なところそう思っている。

女は持たず、ばくちはへたくそで、酒もさほど飲めなかった。およそ人の世の楽しみというものには、この男は疎遠だった。

まあ、そんな暮らしである。

さて小左門が気になることを言い残して帰ってから三日ほど経った。

朝、太融寺門前の万吉の家に、草履取りをつれた立派な装束の武家がやってきて、

「こちらでございますか、明石屋万吉殿のおすまいは」

と、ひどく丁重な物腰でいったのである。

三

この朝、万吉は前夜来の歯痛がいよいよひどくなって、機嫌があまりよくなかった。

「どんなお人や」

と二階に注進にきたお婆ンにきくと、お婆ンはやはりあほうな所があって、

「古漬けの沢庵《こうこ》を干しあげたようなお人や」

といった。

(こりゃ、やっぱり嫁をもらわんとあかんかいな)

と、万吉は、一文菓子屋からこの家《や》の家政担当者にのしあがったお婆ンをながめながら、そう思った。

「お婆ン、利口な娘をさがしておいてくれ」

「決心がついたかいな」

「いやになった」

お婆ンが、である。

「ところで、どんなお人や」

「いま言うたがな」

「つらが古漬けであろうとなんであろうとかまわん。どこのどなたや」

「名アは、お会い申してからと言いなはる。格好はお武家やがな」

「供は連れているか」

「一人、な」

「身なりはどうや」

「さあ、絹を着たはるな。絹を着ているところをみると、空臑《からずね》振りのお徒士《かち》やないやろ。お奉行所の与力の旦那かもしれへんな」

「与力の旦那ならみな懇意や、名アぐらいは名乗らはるがな」

「それもそやな。そうそう、お腰のものの鍔《つば》が金象嵌《きんぞうがん》の透かし彫りで、だいぶと金目《かねめ》のものやな」

（卑しいやつや）

と、万吉はお婆ンのこういうところがやりきれない。

「ご母堂でござるか、と言わはった」

「お婆ンはどう答えた」

「だまっていた。むこうがそう見るのが当然や。まさか情婦《いろ》とは見まい」

「上へおあげせい」

万吉は押し入れからざぶとんを一枚出して上座に置いた。

武士があがってきた。

「むさいところで」

と、万吉は下座で頭をさげた。武士はいやいやと手を振り、わざとざぶとんは敷かず、いんぎんにあいさつした。

上品な初老の人物である。なるほどしわだらけの顔だが、両眼が大きく、それがおだやかに澄んでいた。武士らしい気概はなさそうだが、酒の席の取り持ちでもさせればなかなかうまそうである。

播州のなまりがあった。

「はじめてお目もじを得ます。それがし、播州小野（兵庫県小野市）の一柳《ひとつやなぎ》家の大坂留守居役建部小藤治と申す者でござる」

(きいたこともない大名だな)

と思ったが、あとで大武鑑《だいぶかん》をしらべると、なるほど播州小野でわずか一万石、江戸城では柳ノ間詰めで定紋は丸に釘抜《くぎぬき》である。

「して、御用件は?」

「武士になっていただけますまいか」

四

(武士に?)

万吉はうまれてこのかた、このときほど驚いたことはない。

が、表情をけちけちする男で、わずかに瞼をぱちぱち上下させた程度が驚きの表現だつた。

「いかがでござろうな」

と、一柳藩留守居役建部小藤治は、もう哀願するような口調になっていた。

「武士といっても決して軽格軽輩の待遇はいたしませせぬ。馬一頭を曳かせ、槍一筋を立てさせてゆく歴《れつき》とした身分にお取り立てするつもりでござる」

「藪から棒だんな」

と、万吉は小さな声でいった。

「こんなやくざ者をお武家にしようというような驚き入ったお話は、三百年来、あったというためしをきいたことがごわりまへん。なんぞ御事情がおありで」

「その藩情をまずお明かししてお願いするのが順序でござるが、なにぶん、藩の名誉でもないことであり、まず、お請けいただけるかどうかをお確めしたあとでゆるりと事情を申しあげるつもりでござる」

「すると」

万吉は、ちょっと馬鹿らしくなった。

「わたいが、武士になるかならぬかをまず返答せねばなりまへんので」

「左様」

「やめときまっさ」

こんな人を愚弄した話はないだろうというのが万吉の肚の中である。事情もあかさずに他人の運命を変えさせようなどとは、思いあがりも甚《はなは》だしいではないか。

(武士にしてやる、といえばこっち側は闇雲にとびつくと思ってやがるのか)

「おそれながらいまのままで結構だす。士農工商の差別があるのは江戸や諸国のお城下でのこと。大坂は町人だけが気楽に暮らしている町だっさかい、別に武士にしてやるといわれて雀躍《こおど》りするようなあほうは居まへん」

「ごもっとも、ごもっとも」

建部小藤治は汗をかいている。

「されば、事情を申しあげると致します。京に京都守護職が置かれたことはご存じでござりまするか」

「へい」

聞いている。去年つまり文久二年閏《うるう》八月、幕府は奥州の雄藩会津松平家をもって京都の守護たらしめようとし、藩主松平容保《かたもり》に「京都守護職」を命じた。

それまで京都を警衛する幕府機関としては京都所司代と京都町奉行があったが、その程度の警備力ではとうてい攘夷・討幕を呼号して暗殺をくりかえしている浮浪浪士を鎮圧することはできなくなったのである。

このため三百年来の慣例を破り、京都守護職を設け、会津藩兵千人に京の治安を担当させることにした。

いわば軍事警察軍といっていい。この警察軍の一環を受けもつものが、大坂までうわさが聞えてきている会津藩御預《おあずかり》の新選組である。

「それと同様のものが、大坂にもできますので」と、建部はいった。

五

「それで？」

万吉はあとを続けさせた。なにしろ風雲動乱の時代である。大坂で町人暮らしをしているぶんには一向に鈍感だが、それでもこういうぐあいに身近に時勢の話をきくと、血の湧くようなおもしろさである。

「土州様の住吉陣営のことはご存じでありましょうな」

と、建部小藤治は、話を一転させてわきのほうに持って行った。なかなかの話術家といっていい。

万吉は知っている。

土佐藩は大坂湾警備のために幕府から命ぜられて、住吉の漁村である中在家・今在家村の付近に一万七千坪を敷地として壮大な兵営を作ったのである。

その工事のために万吉の息のかかっている連中もずいぶん土運びに行った。だから知らぬというわけではない。

「存じておりますが」

「あれは摂海警備でござる」

摂海とは大坂湾のことだ。要するに住吉陣営とは外国の艦船が侵略の意図をもって大坂湾に侵入してきたとき、この住吉陣営の土佐藩兵をもって海岸で迎え討つための軍事施設である。この種の軍事施設は土佐藩のこの住吉陣営だけではない。大坂湾だけでも大和川尻は柳川藩に、尻無川の川口一帯は備前岡山藩と因州鳥取藩に、兵庫は長州藩に、といったぐあいに海岸地方に点在している。

いずれも、純然たる対外国用の軍事施設である。

「ああいったものではなく」

と、建部小藤治は話をひきもどした。

ああいう軍事機関ではないというのだ、建部が持ってきた話の輪廓というのは。

つまり、警察機関だというのだ。

それも非常警察軍というべきものだから、奉行所とは関係なしに怪しい者を捕殺することができる。

「捕殺、なあ」

万吉は、あごをなでて無感動な表情できいている。
要するに幕府は大坂の市中の治安が、平時用の奉行所ではとてもやってゆけないために、市中を分割して担当諸藩にまかせようというのだ。
この非常処置の先例は京都だけではない。江戸もそうである。江戸は庄内の酒井家が担当し、その預り浪士団である新徴組に市中警備をさせている。
「大坂は？」
「左様、大坂は」
建部小藤治はふところから「摂津大坂図」と銘うった地図をとりだしてひろげた。地図は、赤、黄、青、鼠に塗りわけられている。四藩というわけだろう。
四藩とは、
紀州和歌山五十五万五千石徳川家
越前福井三十二万石松平家
肥前平戸六万一千石松浦家
播州小野一万石一柳家
「えらい段落がおますなあ、五十五万石とたった一万石の貴藩《おたく》とは」
「まことに」

建部はぼう然とした面持でいる。

六

「さあごらんくだされ」

建部小藤治は色分けされた地図を示し、

「この赤の部分がわが一柳藩でござる。なんと広いことか」

と、万吉の同情をひくようにいった。

なるほど、見れば哀れなことだ。

船場の横堀が南北の境界線になっていて、紀州藩は大藩だけにその横堀以東の繁華な市街地を一手にうけもつ。つまり現今《いま》の東区、天王寺区の一部である。

現今の北区は越前福井の松平。

道頓堀から南地区、つまり現今の南区、浪速区の一部は肥前平戸の松浦の殿様。

一柳藩のうけもちはひどい。

横堀から以西ぜんぶである。つまり、いまの西区、大正区、港区という広大な地域をたった一万石の大名が担当するのだ。

おまけにこの西大坂は川筋が多く、いわゆる天誅《てんちゅう》浪士や御用盗と称するにせ志士、さらに本格的な討幕志士は、みな海から大坂に入りこの川筋をのぼって潜入するのだ。

そのために、川口の要所要所に、従来船番所が置かれている。その船番所も警備力不足で、あってなきような存在なのだ。その船番所も一柳藩の担当になる。

「とてもとても一万石の小所帯ではなんともなりませぬ」

と、建部小藤治は無気力に笑った。

一万石の大名といえば士分の侍は三十人も居ればいいほうで、足軽をふくめてせいぜい百人そこそこである。

国許では城も持たない。

陣屋があるだけである。

そのくせこんな小藩でも幕府の慣例によって江戸に大半の侍が詰めねばならない（この江戸定府についてはこの年、幕令がゆるんで強制的ではなくなったが）。さらに京都屋敷にも藩士を置いている。

大坂は蔵屋敷でこれは藩の経済上必要だから藩士が詰めている。

むろん国許が藩の本拠である以上、殿様もおり、国許の諸役人もおり、これにともなう多くの人員を置いておらねばならない。

要するに、小人数の藩士が各地に分散しているのである。

「大坂のお屋敷詰めは何人だす」

「士分が五人でござる」

「へっへへへ」

万吉は失敬と思ったが思わず笑い出してしまった。この五人で、広大な西大坂をまもり、川口から潜入してくる不逞浪士を取締まろうというのは気違い沙汰である。

「足軽衆は？」

「左様、七人おります。あわせて十二人でござる」

「なるほど」

万吉は笑いを噛み殺すのにこまっている。

「しかし幕府《こうぎ》の御命令をことわるわけにも参りませず、ついにお受けせざるをえぬはめになりました。そこで一藩の重役が額をあつめて凝議つかまつりましたところ、京には新選組という例もあり、ここで明石屋万吉殿に武士になって頂き、この危難をお救いねがおうということになったわけでござる」

七

「ひっひっ」

と、万吉がわれにもあらず妙な笑い声を立てたのは、やはり昂奮してきたせいらしい。

あたりまえのことだ。人間、自分が自分で自分を評価している以上に思わぬ評価をうけたとき、しんねりむっつりと澄ましているなどはできぬものだし、それが出来る男はよほどつきあいにくい種類の人物にちがいない。

所詮、万吉も尋常一様の男だ。

「武士になれ」

といわれて陰々滅々とうなだれる心境にはなれない。

が、

(いまさら、あほらしもない)

ともおもった。こうして気随気儘にくらしておれば脛《すね》一本で天下に立ちはだかっている明石屋万吉だが、武士になれば階級社会のなかに入る。上には上がいて、わずかな禄のために地に頭を擦りつけて暮らさねばならない。

（ここは考えものやな）

とおもった。

「殿様になるならべつやが」

とつぶやいたから、頼み入りにきた建部小藤治のほうがおどろいた。

「いやさ、殿様でも将軍様《くぼうさま》には頭があがらぬというそうや。男いっぴき、そういう社会に入るからには将軍様になりたいものや」

建部小藤治にいっているのではない。横っ面をむけて物干し台を見ながらひとりごとをいっているのである。

「なれぬとあれば」

と、万吉はおもった。

「この境涯がええ」

つまり男なら、階級社会に踏み入れるとすれば天下をとるべきであり、そうでないとすれば空《から》っ脛《つね》で天地の空気をぞんぶんに呼吸しているいる遠慮会釈のないいまの境涯がいい。

「人間、そういうものだっせ」

と、万吉は笑いもせずにいった。

「しかし、あれや」

万吉はいう。

「知己の恩というものがある」

むずかしい漢語をつかった。なにしろ遊俠の徒ながらへたな漢詩もつくれるという能力がある。一柳藩も、万吉の市井の勢力にあわせてそういう教養を勘考したればこそ、こうして頼みにきたのだろう。

「士はおのれを知る者のために死す、ということがごわります。この言葉一つでわたいは生きてきたし、このさきも生きてゆく。お請けしたい」

「ご承知くださるか」

「四日、待ってくだはりまするか。四日目にお蔵屋敷に出むいて確《しか》としたご返事をつかまつります。お請けする以上、明石屋万吉の命は一柳様の御自由におなしくだはれ」

そう返事して、その日の夕方の船で、天満八軒家の川港から、京へのぼった。

新選組を訪ねるためである。

大坂で新選組を興す以上、京の新選組の内情、やり方を知りたい、というのが、この存外に緻密《ちみつ》な男の思惑である。

京に入ると、洛西壬生《みぶ》村にゆき、新選組屯所の門前に立った。

八

妙な男だ。

門番に、近藤勇先生に御目にかかりたい、といきなり言い、名刺を渡した。短冊《たんざく》に「摂州大坂・明石屋万吉」と書かれている。

取り次ぎの若い隊士が出てきて、万吉の風体をじろじろと見たが、やがて、

「どのような用件か」

といった。

新選組といえば京で鬼のようにいわれている非常警察軍である。普通なら壬生界隈に足を踏み入れることさえ恐れるほどの存在だ。

(この町人、よほどの度胸がありそうだ)

隊士はむしろ気味わるそうに見た。

万吉はニコリともせず、こわい顔で突っ立っている。

(ここは一喧嘩せねば会わせて貰えぬな)

と、万吉は思った。ぺこぺこ低腰で会釈していては追っぱらわれるだけだ。むしろ喧嘩してひきずり込まれたほうがいい。

「なんだ、汝《うぬ》ア」

と、若い隊士は、傲岸《ごうがん》すぎる万吉の態度に腹が立ってきたらしい。

「汝とは何だす」

と、万吉は詰め寄った。

「近藤先生に面晤《めんご》を得たいと申しておりますのに汝《うぬ》呼ばわりは恐れ入る。それが、皇城鎮護を目的とする新選組の作法だっか」

(妙なやつだな)

若い隊士は気味わるくなり、

「この門前に控えていろ」

といってなかに入った。隊には、大坂の町人あがりで監察をつとめている山崎烝《すすむ》という人物がいる。それに通じようとした。

折りよく山崎はいた。

「会ってみよう」

と、山崎烝はいった。

玄関わきの小部屋に通させた。

「私が、山崎だが」

と、この新選組では、近藤・土方《ひじかた》の信頼のもっともあつい男はいった。

もとは大坂の高麗橋筋の鍼医《はりい》のせがれである。少年のころから家業がきらいで、天満の与力町にある剣術道場に通い、抜群の腕前になった。ほかに香取流の棒術の皆伝もうけ、新選組の第一期募集のときに加盟した。

この人物がほどなく副長助勤に抜擢されたのはその武術のためではなかった。一つは大坂の富豪に顔がきく。隊費調達の先導役がつとまるという点。

いま一つは上方の町人言葉が使える。このため密偵になりうる。その才覚もあった。そういう点で、この結社のなかでは独特の位置をもつにいたっている。

「明石屋万吉と申します」

「聞いたことがあるな」

と、山崎は首をひねった。

やがて思いだした。十四五のころ、二百人の油搾職人《あぶらじめ》をひきいて堂島の米相場をぶちこわしたという男と同一人物ではあるまいか？

「その明石屋万吉か」

ときくと、万吉はうなずいた。

「これは浪華の名士だ」

山崎は笑い出し、副長の土方歳三にまで通じた。

九

新選組副長土方歳三と明石屋万吉との対面というのは、ちょっと珍奇なものだった。

土方というのは、口もとに苦味が走り、色白で二重《ふたえ》瞼のくっきりした男で、これほど絹の黒紋服の似合う男もめずらしい。

が、生来の無口なのだ。それになにがきらいといってもこの男は、遊侠という類《たぐ》いの人種ほどきらいなものはない。

明石屋万吉をも、それと見た。いや、現に万吉は遊侠である。

「土方先生、この明石屋はおもしろい男でありましてな」

と、山崎烝がさかんに座談の糸口をほぐそうとするが、土方はぶすっとだまったきりで万吉を見つめている。

(この野郎)

という意識は、万吉にもある。対座している客の顔をだまってこれほど見つめる相手に出遭ったのは、万吉もはじめてだった。

当然、不愉快である。

「明石屋、用件を申しあげろ」

と山崎烝がはらはらして取りなそうとするが、万吉はそっぽをむいてだまっていた。

「明石屋、無礼だぞ」

山崎はついそう叫ばざるをえなかった。

「へい」

万吉は、山崎のほうをむいた。

「相手がお偉すぎてはものが言えまへんのでな。こうしてだまっております」

「そのほう、一柳藩からたのまれて大坂の西部の警備に任ずるというが、そのことについて何か頼みにきたのであろう」

と、山崎が、万吉のかわりに用のあらましを言ってやった。

「武士になるのか」

土方が、くそおもしろくもない、という顔つきでいった。いかに世が乱れているとはいえ、こういう遊侠を武士にするというのは何事だという意識が土方にある。

「べつによろこんでは居りまへんので」

と、万吉はいった。

「わしはもともと四民（士農工商）の外にいるものでござりましてな、これが好きでなった以上、いまさらうろたえて一柳家で武士に取りたてていただく、というような悪ふざけはしたくござりまへん」

「ふむ」

土方は、意外な顔をした。

「ただな、引きうける以上は、新選組の真似はしたくないと思いましてな」

「どういう意味《わけ》だ」

土方の目が底光りに光った。万吉はその視線を真正面から浴びながら、

「訳はべつに」

といった。

「真似をした、といわれては業《ごう》っ腹でごわりますさかいな。一劃一点も同じところが

ないように、念のために屯所を拝見させて頂いたわけでごわります」

「度胸のある男だ」

土方は、はじめてわずかながらも顔の造作を崩した。

対面はそれだけでおわった。

万吉は大坂へもどった。

十

大坂へもどると、万吉はそのままの衣装で土佐堀の方角に出かけた。

(たしか土佐堀二丁目ときいたが)

と、万吉は歩いてゆく。

中之島の箱前橋を南へ渡り、川筋にある諸藩の屋敷をさんざんさがしまわったが、一柳藩の藩屋敷などはない。

ひとにきいても、

「さあ、存じまへんな」

と、どの男も知らなかった。万吉はそろそろ疑問に感じてきた。

(だいたい一柳家などは一万石の小世帯や。大坂に屋敷などをもっているはずがない)

とまで思えてきた。ひょっとすると、わるい狐にばかされているのではあるまいか。

陽が傾くし、腹も減ってきた。やむなく常安橋《じょうあん》のそばの茶店に入り、めしと汁を注文した。

そこへ、妙な大男が入ってきた。

顔中、血だらけである。右袖も千《ち》ぎれ、雪駄は片っぽうしかはいていない。その足がとほうもなく大きかった。

(こいつ、博奕うちやな)

と、万吉は奥の暗がりから目を据えて見つめた。どうせ、喧嘩の帰りだろう。

「めし。――」

男は、亭主に命じ、ずしっと腰をおろした。亭主はふるえあがってしまった。

(変わった男や)

と万吉がおかしく思ったのは、男は顔の血を拭こうともしないのである。よほど無頓着な男らしい。

表情も目鼻立ちが大きくて堂々とした風格がある。喧嘩帰りの昂奮もなく、けろりとしている。

めしが運ばれてくると、男はざぶりと汁をかけ、うまそうに食いはじめた。

(おもしろそうな男や)

万吉はこいつを家来にしようと思った。面構えを見たところでは、侍大将ぐらいは十分につとまりそうである。

「もうし」

と、万吉は奥の暗がりから声をかけた。男は大きな頭をあげた。

「なんや」

不愛想な声である。

「私は北野村太融寺門前に住む明石屋万吉という者やが」

というと、男の顔に驚きと畏敬の色があらわれた。万吉の名はこのころには市中無頼の徒によほど慕われるようになっている。

「顔の傷はどうしやはった」

「へい」

男は苦笑した。そのむこうの河岸からあがってきた御用盗らしい浪人が、やにわにこの男の懐ろに手を入れたので、大喧嘩をしたという。

「勝ったかね」

「負けた。財布もとられた」

と、落ちついて言った。この負けっぷりのよさから見ると、万吉の鑑定ではよほど頼もしい男と思われた。

「申しおくれました。わてぃは堀江に住む帯権《おびごん》という人間だす」

と、茶碗を置いて名乗った。

十一

「ああ、お前《ま》はんが堀江の帯権か」

と、万吉は声を立てて笑った。いかにも好意に満ちた笑い声だったから、帯権はすっかりうれしくなったらしい。

「親方、ご存じだったので」

「ああ高名な名や。知ってるがな」

「ありがたや」

帯権は掌をたたいてよろこんだ。

「明石屋万吉っつぁんほどの親方にわが名を知られていたとは、こら法楽や」

万吉のきいているところでは、帯権は堀江の帯屋の息子で、家を弟にくれてやって町に飛びだした。痛快な男で悪い奴とみると喧嘩を売り、三度に一度は負ける。負けると毎日のようにその男の家に押しかけて行って勝つまで喧嘩を売りやめないから、つい相手も酒を買って仲なおりしてしまう。

「どないして食うてるのや」

と万吉がきくと、

「銭が無《の》うなったら、帯をかつぎま、

色町にいい得意をもっていて、帯権でなければ帯を買わない、という妓《おんな》たちが多い。

（こいつはいよいよ使える）

と万吉は思った。単なる遊び人というのは社会的な生存能力の点でうまれつきの欠陥者が多く、またばくち打ちというのも一見爽快にみえて強慾な者が多い。性格上の破綻者《はたんしゃ》が意外に多く、いずれも共に大事を語るに足りない。

その点、自前で食って自前で乱暴しているやつがいい。そういう手合いは、要するに精気をもてあましているだけのことで、堅気の連中よりも使い方によっては大いに能力を発揮するものだ。戦国の武将などもみなこの種の型で身を起した連中である。

とにかく、身分と階級、職業の固定しきっている封建社会のなかで、最下層にうまれた者が自分の可能性を表現しようとすれば、帯権のような姿になるしか仕方がないのである。その証拠にこの男は、

「親方」

と身を乗り出してきた。

「なんぞおもろいことおまへんか。ぱっ、と照りのあるようなおもろいことないかいな。命、ほうりだしまっせ」

「お前はんがいまやったこと、あら、どうやおもろそうやがな」

「いまやったこと、ちゅうのは、御用盗浪人との喧嘩だっかいな」

「そや」

浪人、といっても、攘夷浪人を自称している盗賊が多く、ほとんどが百姓か町人あがりで武士の出などは一人もいないといっていい。その諸国から上方にあつまってきて、大坂をかせぎ場にしているのである。海からきて海へ逃げてゆく。

（いっぺん、やったろ）

と帯権がかねて思っていたところ、川岸からあがってきたかれらにぶつかった。さっそく喧嘩を売ったところ、このていたらくで惨敗したというわけである。

「それを、わいと一緒にやらんか」

と、万吉はいった。

「大坂の市中の者が枕を高うして寝られるようにするんや。おもろいやないか」

十二

「つまりわいは事情あって侍になるわけや」

と、万吉はその事情のあらましを語ると、帯権は人の世によっぽど退屈しきっていたところらしく、

「そら、えらいこっちゃ。おもろそうだすな」

目をかがやかせた。

「是非《ぜっひ》、お頼《たの》申します」

「なにを頼むのや」

「家来にしとくなはれ」

「心得た」

万吉はあっさりうなずいた。

「ところで帯権、このあたりに一柳様のお屋敷があるそうやが、知ってるか」

「案内しまっさ」

帯権は銭を置いて勢いよく立ちあがった。二人はからみあうようにして夕闇の路上に出た。

「しかし親方、わいは剣術があきまへんのやが」

「結構」

「よろしのか」

「剣術ちゅうようなもんは、おのれが斬られる覚悟さえすわっておれば、たいていのやつに勝てる」

「斬られたらどないしまンねん」

「死ぬだけや」

「なるほど」

帯権はかんのいいやつだ。「死ぬだけや」という万吉のひと言だけでなにやら極意めかしいものを会得してしまった。

一柳屋敷の門前にきた。

「ここか」

なるほど小ぶりな屋敷で、この程度なら北野村の庄屋大西弥右衛門の屋敷のほうがよっぽど立派なようにおもわれた。

「この門前で待っていてくれ」

と万吉は帯権に言い、門番に名札を渡して御留守居役建部小藤治まで取りついでくれとたのんだ。

待つほどもなく万吉は邸内の小書院に案内された。やがて建部小藤治が出てきた。

「ご決心、なしくだされたか」

と、小藤治はすわるなりいった。

「へい」

万吉は、うなずいた。

「ありがたい」

建部小藤治は深く頭をさげた。

そのあと、万吉に処遇についての希望をきいた。万吉は「まかせる」といった。

「されば足軽頭という格でいかがでありましょう」

上士の身分である。戦国時代なら足軽大将といわれる役目で、この下に足軽小頭があり小頭を通じて足軽衆を指揮監督する立場にある。わるい処遇ではない。

「お扶持は、なにぶん小藩のことでございますから、十人扶持でいかがでござろう」

これはひどくすくない。実収《みいり》は上士の待遇ではなくお徒士なみである。

「どうぞ」

かまわない、と万吉はいった。承諾した以上銭金で働くのではないという覚悟がある。

ただ一つ、難問題があった。

十三

万吉は家に帰ってから考えた。

(やっぱり侍はずるい)

ということである。

武家に取り立てる、ということで十人扶持を頂戴する。それはいい。広い西大坂の警備を万吉一人ではやれるものか。

百人は要る。

(その百人をどうして食わせてゆくか)

というのが、万吉の思案であった。むろん一柳藩から頂戴するたったの十人扶持では小者ひとりもやとえやしない。

それに近ごろでは、堂島の米の取引所から来ねばならぬはずの例の差米《さしまい》が、世話人の改選などで来なくなっているのである。

「なあ、お婆ンよ」

と、相談する相手もないままに万吉は、家事を手伝っている「大源」のお婆ンに相談した。

「わいはちかぢか侍になるが、どう思う」

「阿呆かいな」

お婆ンは一笑に付してしまった。士農工商のそとにいる遊び人ふぜいがどうころんでも武士になるはずがない。

「そこがお婆ン、乱世や」

「乱世ちゅうと、元亀天正《げんきてんしょう》の世かいな」

お婆ンは町内の講釈場で、太閤記や三国志の連続講釈を欠かさずにきいているから、日本や中国の戦国時代にはあかるい。

「そや、例の墨夷《メリケン》の船大将《ふなだいしょう》が浦賀にきてからというものは、この京・大坂に諸国の浪士が潜入して白昼人殺し、押し込みをやるようになった。大公儀の威権は地に墜ち、諸藩の侍は三百年の泰平に馴れてもやし同然の人間になっている。京・大坂の奉行所役人も、浪士とみればさわらぬ神に祟りなしというわけで手もつけぬ」

「乱世やな」

お婆ンは神妙にうなずいた。

「大和もえらいこっちゃったそうな」

お婆ンの実家《さと》は、生駒山一つへだてたむこうの大和の箸尾《はしお》という村だ。その大和へ近ごろ、京の公卿の子を推戴した「天誅組」という浪士団があらわれ、刀槍をきらめかせて河内・大平の野を横行した。

「あれで大名の値うちも落ちたな」

「落ちた。やたけたもがな」

と、お婆ンもうなずいた。

河内狭山《さやま》一万石の北条相模守氏恭の藩などは浪士団がきて、

「武器を貸せ」

というと、おっかなびっくりで鉄砲、槍などをさし出したという。

大和郡山、ここは柳沢甲斐守の藩で、少禄ではなく十五万石の大藩であり、しかも郡山城という巨城もある。その柳沢藩が、浪士団が城下を通過するとき、無事に立ち去ってほしい一心で、湯茶の接待から昼食の供応までした。

その浪士団も、幕府が、近畿地方の諸藩を動員するにおよんで潰《つい》え去ったが、なににしても大名はだらしない。

諸藩の武士もそうだ。

結局は大坂の治安を万吉にまかせざるをえなくなったこと自体が、すでに封建制の亡びの一現象といっていい。

十四

「人間、一寸さきは闇やな」

と、お婆ンは溜め息まじりに妙な詠嘆をのべた。この時代の庶民というのは警句がすきで、大なり小なり一種の哲学者だった。もっともその哲学というのは、「楽あれば苦あり」といったたぐいのいろは加留多《かるた》が発想のモトであったり、心学の先生からきいた請け売りであったりするのだが、要するに哲学的詠嘆、といったようなものが、この一文菓子屋あがりのお婆ンでさえ好きなのである。

「なにが闇や」

「わからんものやと言うのや。お前《ま》はんが侍になろうとは夢にもうつゝつにも思うたことがなかった」

「よろこんでくれているのかいな」

「嘆いているのや」

お婆ンの表情は、事実、真底《しんそこ》から悲しげであった。

「えらい世の中になったものや。つくづく長生きはしとうはない」

「ふむ?」

「お前はんは、ばくち打ちやないか。つまり人の屑《くず》やないか」

「これはあいさつや」

「そのお前はんを、四民の上に立つ侍にさせてやろうという御時勢がなさけない」

お婆ンにすれば、音を立てて崩潰してゆくこの世の秩序が、見るに忍びないのであろう。

「わてはな、大和の在でうまれた」

「聞いている」

「家は水呑み百姓や。子供のとき大坂に子守りにやられた。娘になって、源という大工のもとに片づいた。その連れ添いも死んだ。結構な一生や」

「へーえ、それが結構かいな」

万吉はお婆ンの頭のぐあいを疑った。

「結構やないか。いっぺんも雨戸を破られて泥棒に襲われたこともないし、道を歩いていて悪いやつに刺されたこともない」

「なるほど」

ものは考えようらしい。

「わからんかい」

この市井の哲学者はいった。

「小家《こやけ》の貧乏たれの家にうまれたのはこれは業《ごう》、子守りにやられたのはこれは達者で働ける体にうまれついたおかげや。亭主に死に別れたのもこれは業、やむをえぬこっちゃ。しかし一度も御政道がわるうてえらい目に遭うたことはなかった」

お婆ンのいうことは、政治のよき時代に半生を送った。しかしいまは政治が乱れ、世が不安に墜ち、盗賊がはびこり、しかもその盗賊は攘夷という正義の美名において人を殺したり蔵を破ったりする。こんなひどい世に際会して「長生きがいやになった」というのである。

「おまけにばくち打ちが侍や」

「いやなことを言やがる」

「お上は、毒をもって毒を制するつもりやろ」

「おれが毒か」

万吉はもう、目が吊りあがるほど腹が立ってしまった。

もっともこのお婆ンとの間にはときどきこんなことがあって、半日もすれば互いにけろりとするのだが。

十五

高津《こうず》の宮の坂をのぼったところに、豆腐料理の店がある。

万吉はその家の二階に、自分の影響下にある遊び人の頭分を、二十人集めた。

帯権もいる。

そのほか、万吉が死罪人の牢から救い出してやった堀江ノ大吉、磯野ノ小右衛門の二人をはじめ、難波《なんば》ノゴテ政、鰻谷ノ安、六道ノ権八、老松町ノヒラヒラ、長町ノ乞食松、曾根崎ノ神主助五郎、横堀ノ横助、無明《むみよう》の庄六、高津ノ逆松《さかまつ》、それに浪人の子で剣術は無類につよいという役者松というのもいる。

みな、大坂市中ではそれぞれ、余計者で通っている連中である。

(よくまあ、こんな物騒な顔ばかりが集まったものや)

と、万吉はわが徒党ながら感心する思いでかれらをながめた。

「あとで酒と豆腐が出る」

と、万吉はあいさつした。その前に話をきいて貰いたい、といった。

「親方、ええ話だっか」

と、老松町ノヒラヒラという男が一同を代表して訊いた。この男の顔は顔というようなしろものではない。骨のないうちわのように薄っぺらく、事実かどうかはべつだが風がくるとひらひらと動くとさえいわれている異相のもちぬしである。

「ふん、おれの持ってくる話にええ話があったためしがあるか」

「どんな話だす」

と、万吉は笑いもせずにいった。

「ここに刀がある」

と、万吉はギラリと抜き、それを虚空《こくう》にかざした。

「どや、この刀で、無意味に死ねるやつがあるか。意味もなく平気で殺され、成仏もできず、無縁仏になってもかまわんというやつがあるか」

万吉の顔には、凄味がある。

「真の勇者とはそんなものや。たったいまでも座興で死ねる男や。そんな男がいるか」

みな、押しだまっている。

「いるなら、おれの仲間になってもらいたいがどうや」

「親方、なんの話だす」

「阿呆め」

と、万吉は一喝した。

「話をきいてから、ほなら死ぬ、ほなら死ねぬというのは漢《おとこ》ではない。だまって無意味に死ねるか、ということをおれはきいている」

「しかし」

ヒラヒラが異存を述べようとすると、万吉はおっかぶせていった。

「わいらは世間の毒虫や。その毒虫でも使いようによっては役に立つ。そんな話がいまおこっている。毒虫なら毒虫らしく、死ねるか死ねぬかという音《ね》をまず吐け。それから話をする」

「やめや」

と、曾根崎ノ神主助五郎が立ちあがると、横堀ノ横助らもそれにつづいた。

残ったのは、二人である。

帯権と、役者松であった。

「わいらは、死ねま」

と、にこにこ笑っていった。

十六

結局、帯権と役者松だけが、

「死ねま」

と、性根をすえてくれた。

万吉はうなずき、しばらくだまった。情けないもんや、と思った。

(平素、大坂で、侠客やたら、命知らずやたら言うてくさるやつらも、いざとなった

らあんなものや)

と思った。ふだん他人を斬ったり殴ったりして暮らしている連中ほど、自分が死ぬのがこわい。

(まあ、この道のやつらは一種の病人なんや)

と、万吉は平素から思っている。異常にこわがりな連中が多い。自分の病的な臆病心をひとにみせまいと思ってめったやたらと虚勢を張り、他人に攻撃的に出る。

(思うたとおりや、やくざ者というのはいざというとき使いものにならん)

余談だが、後年、新選組の末路を万吉は大坂で聞き、

「むりもない」

とひとにもいった。

新選組の近藤、土方は江戸城明け渡しの寸前、徳川家回復のために甲州方面へ押しだそうとした。甲州百万石は幕府領である。官軍が来る前にこれをおさえようとした。

そこでまず甲州へ人をやり、土地の博徒を多数徴募した。ところが甲州勝沼で官軍と一戦したとき、博徒どもは砲声をきくとともに慄《ふる》えあがり、四方八方に逃げ散った。このため惨澹たる敗北になった。

「やくざを傭うたのがわるかったのや」

と、そのとき万吉は、近藤・土方のためにその失策を惜しんだ。

(やくざは病人や)

と、万吉は見ている。

それを知っていればこそ、万吉はこの高津の豆腐料理屋の二階でまず、

「だまって斬られて死ねる者がいるか」

とたずねたのである。万吉によれば、真の勇者とはそういうものであった。そういう者がやくざの世界ではすくないことを万吉はこの道の男だけによく知っている。残った帯権と役者松は、さすがにこの肚構えが出来ている男だった。

「親方、怒ンなはんなや」

と、帯権はいった。

「平素、から威張りをしているやつほど、あんなもんだす」

「別に怒ってへんがな」

「せやけど、あいつらみな、大なり小なり親方の恩になり世話になったやつらばかりやおまへんか。堀江ノ大吉や磯野のおっさんも」

「磯野のおっさんは無理はない。あのおっさんは一時、ほんまかうそか、長州様の間

者をしていたというわさがあって牢へほうりこまれた。まあ、おっさんは長州びいきや」

「それにしても情けない」

「なんの、そんなもんや。あれだけの人数から二人残ったというのはええ歩留《ぶどまり》や」

「せやけど、三人では西大坂は警備でけまへんで」

「いや、子方《こかた》はなんぼでもあつまる」

要は指揮官だ、と万吉はいうのであろう。

十七

事実、子方を集めるのに苦労はなかった。

万吉が、大坂の市中のその世界の者に指令を発すると、たちどころに二百人を得た。

「お前《ま》はんは、たいしたもんや」

と、お婆ンが感心してくれた。なんの取り柄もないが人が集まってくるのが感心や、といった。

その人も、ただの人ではない。まかりまちがえば命をおとす、という覚悟でやってきた連中である。

万吉は日を選んで、かれらを近所の太融寺本堂に集めた。

事のあらましは、帯権と役者松が、かわるがわる説明した。

そのあと、しばらくたって万吉があらわれ、

「わいは人間の屑や」

と、いきなり大声でいった。

「屑が死のうと生きようと、天道様にはなんのかかわりもあらへん。せやろ」

妙な演説である。

「そこでわいは死ぬことに決めた。その次第はいま帯権や役者松からきいたとおりや」

さらに万吉はいった。

「京では、天朝様方と大公儀方とが、えらいあらそいをしておるそうな」

万吉は、その京の情勢を、足で歩いて見てきている。いまの京都情勢を説明したあと、

「わいはどっちゃでもない」

といった。

「平素、わいらは、大坂三郷の旦那衆以下町の衆から世話になっている。その恩を返さにゃならん。この町の衆が、雨戸も立てんとねむれるよう、わいらが守らなあかん」

「なるほどなあ。ようわかりましてござります。つまりそれがために命を投《ほ》りだすわけでござりまンな」

と騒がしくいったのは、「天満の軽口屋」といわれている無妻男《やもめ》だった。この男は、もう五六年前から万吉の家にきてはめしを食っているやつである。

「他人《ひと》の話を食うな」

万吉は一喝した。

「たれがそれが為めに死ねというた。なんの為め、かんの為め、その為めに死ぬ、というのは真の勇者にあらず。わいは何の為めもなく死ね、とみなに頼んでいる」

「なるほど、すると何だっか、町の衆の為めというのは何だす」

「こんどの仕事の目的や」

「すると」

「あほめ。死ぬのに為めが要るか」

これが、万吉の遊侠哲学らしい。それをみんなに要求しているのである。

この前、高津の豆腐料理屋にあつまった連中は各町内の顔役で齢も中年者が多かったが、きょうの集まりはみな若い。若いだけに、万吉のその無意味に死ねる者こそ頼りになる、という哲学が感覚的にわかるらしい。

「軽口屋、だまって居くされ」

と、怒号する声があちこちに聞えた。みなが万吉のいうことを理解し賛同した証拠であった。

ただ万吉にとってこまった問題が残っている。この連中をどこに住まわせ、どう食わせてゆくかということである。

十八

「天満の軽口屋」

といわれている男の本名は、万吉もよく知らない。なんでも勘左衛門とかというような大層な名だとはおぼろげにきいている。しかしたれも本名をいわない。

「カルクッチャ」

で通っている。当人もここまでこのあまり名誉でもない名前が通ってしまえばみずから認めざるをえなくなるものらしく、万吉の家にくるときも、勝手口から、

「えー、軽口屋でござります」

と入ってくる。

軽口というのは人の秘密をべらべらしゃべるという意味ではないらしい。むしろ秘密にはわりあい堅いほうだ。

ただ際限もなく喋り立てる男なのである。ときに利口なことも喋るが、ときに安物の三味線のようにただ鳴っているだけのときもある。むろんそのときのほうが多い。

（だまっていられないやつや）

と、万吉はそれはそれで、この軽口屋をおもしろく見てやっている。喋るのが病気のようなものだろう。

いや、病気ではないかもしれない。口の形がなんともいえず薄手でそのくせ張りがあって筋肉も丈夫そうで、いかにも喋りやすそうなぐあいにできているのである。

「軽口屋よ」

と、寄り合いがおわってから、声をかけてやり、自分の家につれて行ってやった。

その道中、わずか百米《メートル》ほどの距離だが、もう喋りづめにしゃべっていた。

天気のこと、天神橋の橋普請のこと、このごろ雀がふえていること、その雀は曾根崎では減って日本橋《にっぽん》の南あたりにふえていることなどを喋った。

「日本橋の南にふえているのかね」

「人が多うなりましたのやろ」

と、この軽口屋はなかなかすぐれた洞察眼ももっている。日本橋の南は、長町といい、この当時における貧民街であった。その貧民街に雀がふえているのは人口がふえている証拠だとこの男はいうのである。

「なるほど長町に人がふえているかね」

「ふえてマンがな」

と、この男はいった。

「えらい諸式高だすよってになあ」

物価高だというのだ。たしかに幕末の騒乱がはじまってから物価高になった。人によっては異人と通商して国内の物資がどんどん海外へ流れるからだといい、人によっては連年の米不作のせいだともいう。また人によっては、幕府をはじめ諸藩が京大坂に駐留して物をどんどん買いあげるからだといい、いやいや幕府がやった貨幣の改鋳《かいちゅう》のせいだともいう。

「みなほんまだっしゃろ、せやが」

と軽口屋はいった。

西国の雄藩が軍費にこまって藩内でこっそり二分銀や天保銭などを偽造し、それをさかんに京大坂で使いはじめているからだといった。

いずれにしても大坂に貧民の数がふえたことは事実であった。

やがて家についた。

十九

「親方」

と、軽口屋は、万吉の家で茶漬けを馳走になりながらいった。嚙みながらしゃべるために、音声《こうせき》がききとれない。

「知ってまっせ」

「なにを」

「親方の悩みをだす。銭も兵糧もない、というわけだっしゃろ」

と、箸の先きで万吉の顔を指した。

万吉が仕方なくうなずくと、軽口屋はうれしそうに、

「どや、ぴたりや」

と言い、とめどもなく喋りだした。

「一柳藩は播州小野でわずか一万石。それが西大坂の警備をせい、となると、人数もなければ金もない。米もない。そこで明石屋万吉なる頼まれ屋に頼みこみ、なんとかしてくれと泣きつく。泣きついても一万石では無い袖は振れん。しかし人を侍にする権利だけはもっている。一万石でも大名は大名やさかい。そこが明石屋の親方を侍にした。それだけで明石屋の親方はよろこんで」

「阿呆っ」

万吉はぴしゃっと軽口屋の頬げたをぶったたいた。軽口屋は閉口し、すんまへん、とあやまって一椀《わん》たべおわると、

「そこでや、親方」

と、また上機嫌でしゃべりはじめた。

「賭場をひらいたらよろしがな」

「ふむ?」

万吉は耳を傾けた。軽口屋は無駄口こそ多いが、ときに妙なことも言う。聴きよう

によっては智恵にもなりうるのだ。

「賭場をかい」

「一柳家の大坂藩邸を賭場にしてしまいますのや。門に釘抜の御定紋の高張提灯を出しなかで客をあつめて連日開帳する。こら、受けまっせ」

幕法では諸藩の藩邸といえば治外法権になっている。こんにちでいえば、諸外国の大使館、公使館に相当する。その内部でどういう違法がおこなわれていようとも、町奉行の力は及ばない。

「それでどんどん寺銭をかせいで、その寺銭で人数を養う。こら、どうだすやろ」

「ふむ」

「親方は、ばくちはきらいだしたな。そら弱いさかいや」

と、軽口屋は急所をついた。万吉は賭場のふんいきはすきだが、ばくちそのものにさほどの興味はもっていない。

「弱いさかいや」

というのは適評であろう。ばくちをやって勝ったためしがすくない。むしろ負けっぷりがいいというのでこの男は、男稼業の世界で人気を得た、ともいえる。

「きらいでもやりなはれ」

「わかった」

万吉はすぐその足で一柳藩の藩邸に出むき御留守居役の建部小藤治に会い、その案をいった。

建部は最初閉口したようだが、それしか妙案はない。ただ藩邸はこまる、といった。番所でやっていただきたい、と言い、それで一決した。

二十

尻無川の洲に、番所がある。

「御番所」

と通称されていた幕府の船舶関所で、これを一柳藩が警衛することになる。

その翌日、万吉は、一柳藩の大坂留守居役の建部小藤治とともに番所の検分に出かけた。

みちみち、

「明石屋殿、どうであろう、よいかげんに武士の風をなされては」

と、建部は思いあまったようにいった。万吉は建部の立場からいえばもっともだとおもったが、万吉には万吉の気持というものがある。

「そら、無理だすわ」

と、不機嫌そうにいった。

「人間ちゅうものは掌かえしたようなことがなかなか出来ンものだす。そんなことができるやつは、よっぽどえらいやつか、よっぽど厭らしいやつだすな」

「掌をな」

建部は自分の掌をみた。この男も鈍感な男だ。

「まあ、ぼつぼつ、やりまっさ」

「せめて氏名でもお考えくださっておりますかな」

「氏名をなあ」

万吉は西国橋を渡りながら、西の方の空をあおいだ。

この男も、人の子である。人間にうまれた以上、姓と名をもちたいと思う心は多少はある。町人や百姓には姓はない。嘉吉とか文左衛門とかいう呼び名だけのものだ。武士には姓がある。

「ええ姓はおまへんか」

と、万吉はきいた。

「いや、お手前の姓ゆえ、お手前がお考えになるのが一番でござろう。一体に姓とは」

と、建部はいった。

遠い源平時代は、住んでいる村の名を苗字として名乗ったものだ。熊谷ノ次郎とか、江戸ノ太郎とか、豊島《としま》ノ次郎とか、そういうぐあいである。戦国期ぐらいになるとだいぶみだれたが、それでも地方地方の筋目のある地侍は、その村名を名乗っていた。たとえば家康の家は、三河の松平郷の出だから、松平である。

「にわかに姓をつけねばならぬ場合、その近親者に武家がある場合はそれを貰い、また先祖が何某だったという場合はそれをつける、というのがふつうでござるな」

「わしの父は、明井采女と申しましたかな」

と、万吉はあまりひとにはいわぬ父の名をいった。建部は事情をきき、驚いた。

「これはこれは、幕臣のお血統《ちすじ》でござるか」

といい、それならば明井姓を名乗るがいいとすすめたが、万吉はあまり感心しない。

「父は父、わしはわし。こいつをはっきりしてわしは生きている」

父の姓を名乗ってこの点をあいまいにしたくないと思い、急に、

「小林にしまっさ」

といった。この姓がいちばんありふれていて発音もしやすい。

「名は佐兵衛」

橋を渡りながらひょいと考えた姓と名である。

御番所

一

万吉はまず、尻無川の御番所の裏の空地に、安普請を三棟建てることにした。安普請といっても一棟に七八十人は収容できる建物だから、金は相当にかかる。

「なあに、松板、松柱の安普請で行きまひょ」

と万吉が気勢《きお》いこんでいうと、

「じつはその金もござらん」

と一柳藩留守居役建部小藤治は現場に立ちながら、なさけなさそうにいった。

これには万吉も閉口した。気勢いこんでいただけに、すねから力が一時ぬけたような気がした。

（大公儀もこまったもんやな）

幕府というものが、ひどく安っぽくみえてきた。幕府ともあろうものが、なぜ西大坂の警備を一万石そこそこの一柳藩などに命じたのであろう。警備の人数を収容する小屋さえできぬというのでは、これは藩ではない。

（もう、この徳川の天下もお武家の世も、どうやら将来《さき》がみえてきたな）

と、万吉は万吉なりに、皮膚から時勢を感じとった。

「よろしおま」

と、万吉はいった。

「わてえが建てましょう」

「そうして頂けるか」

建部小藤治は恐縮してしまった。

「なにからなにまで世話になって申しわけござらん」

まったく一柳藩にすれば安いものだ。万吉を武士に取りたて足軽頭格という上士待遇にし、禄だけは十人扶持という武士としては最低にちかい俸米をあたえただけで、数百人の兵員の給与とその兵舎の建設費までただになるというわけである。

（これはうまい手であった）

と、建部はそこは藩外駐在の官僚だけに、国もとに対する自分の手腕のほどをみせることができたと内心よろこんだ。

その表情を、機敏に万吉はよみとった。

もともと万吉は、わが身のおっちょこちょいぶりを、

(ばかばかしい)

と思っていたやさきなのだ。建部の表情の微細なひだを読みとるにはそれだけの感情の下地があったのである。

「建部はん、頼まれた以上はやりますが、これはなにもよろこんでやっているわけではない。そこを心得てもらわぬと」

「いやいや、それはむろんのこと」

と、建部はあわてていった。

万吉は活動を開始した。知りあいの米の仲買人十軒をまわって返済日と金利の明確な金を借りて歩き、ついで大工の棟梁三人をあつめ、

「十日で仕あげてくれ。三棟が競争や。勝った者には請負い代を一割増す」

といった。

棟梁たちは欲と名誉がかかった仕事だけに大きに気勢いたった。

やがて十日前後で仕事がおわったが、まだ壁が濡れている。

が、万吉はその御番所に入った。

二

万吉が御番所小屋に入ったのは、臘月《ろうげつ》の寒いころであった。百数十人の子方どもを一棟にあつめ、

「きょうからおれの名は小林佐兵衛や」

と、気はずかしそうに宣言した。

小屋には、火の用心のため、手炙《てあぶ》りひとつ入れてない。そのせいか、前のほうの連中は万吉の目にはっきりとみえるほど慄えていた。

「寒いか」

「へい、寒うおま」

といったのは、天満の軽口屋であった。

「辛抱せい」

「へい、寒がりは私《わてえ》の性分だっさかい」

「お前の性分をきいているわけやない」

万吉はにがにがしそうにいった。

「ところで明石屋の親方」

と、軽口屋はいった。

「なんや」

「親方はお名前がお変わりやしたんで」

「それはいま言うた」

「すると、何だっか、これからは親方と呼べぬわけだすか」

「侍に親方はないやろ」

「あってもよろしがな。にわかに小林様というのはちょっと親しみを殺《そ》ぎまンな」

「それもそや」

万吉もその点が、頭痛のたねである。

「わかった」

断平といった。

「みな、親方とお呼び」

「そうしま」

「いずれ、四五年で天定《てん》まるやろ」

と、万吉はいった。

天定まる、とは万吉が藤沢塾でならった漢語である。秩序が回復するという意味だ。その秩序が、徳川体制のままのこの姿か、それとも長州系浪士がさかんに唱えている京の天朝様中心の姿か、それはわからない。

「そのときは、わいはもとの明石屋万吉になるつもりや。いつまでも侍をつづけているつもりはない」

「なるほど、そら、いつまでだす」

「四五年やな」

「すると、私《わてえ》らも四五年だっか」

「まあ、そや」

万吉はうなずいてから、

「四年と区切りをつけよう。四年間、命をあずからせてくれるか」

「へい」

みなうなずいた。

「四年以上かかったときは、もういっぺん集まって貰うて、みなに相談する」

四年の契約で命を万吉にあずける、ということであった。

「手当は、なにぶんの事情ですくない。白米を一日に五合や」

「よろしおま」

軽口屋が、代表してうなずいてくれた。

万吉は、賭場をひらく件も話した。その賭場の収益が西大坂の警備費になることも話した。

「みなの身は、一柳藩の御小者ということになる。まあ、捕手《とって》やな」

さらに、心得と法度《はっと》をのべた。

「ばくちの外の悪事は禁ずる」ということであった。

三

いよいよ、万吉の御番所が店開きしたのは文久四年（元治元年）正月である。

御番所は川が分岐する洲の剣先《けんざき》にあり、北にむかって左手が安治《あじ》川になり、右手が尻無川になる。

番所には常時二十人の人数が詰め、上下する船にいちいち声をかけて藩、姓名をきくが、この役は正規の幕府役人がやる。

万吉の仕事は、まず、第一にその通過する船に不都合があったときに出動するのである。第二に、川筋数里と、西大坂の新田《しんでん》方面を巡察し、大坂に潜入する不審の浪士を捕殺することであった。

だから、毎日、時刻をきめて万吉は巡察隊をつれて出発せねばならない。最初の日は、やはり照れくさかった。

九曜の定紋の黒羽織に馬乗袴、それに大小を帯び、黒塗り定紋入りの陣笠をかぶり、馬上、悠然と出てゆかねばならないのである。

ひきつれる子方はざっと百人で、みな尻をからげた股引姿で、それぞれ六尺棒をもっている。

小頭、といった格の帯権、役者松、軽口屋たちは、足軽並みという資格で、黒羽織、大小、それに袴ははかず、浅黄の股引姿で、尻をうんとからげている。

まげは、万吉と小頭たちは、侍まげである。しかし流行の大たぶさをきらい、糸のようにほそい。

隊旗は、

「柳」

の一字を染めたもので、一柳藩の略称のつもりであった。提灯にも同様の文字が書かれている。

「りっぱなもんや」

と、帯権は、最初の巡察の日、御番所の黒門から馬にとびのった万吉をながめて、感嘆しきってしまった。

どうみても、侍である。それも諸藩の蔵屋敷にいるような勘定侍でなく、屈強の藩の番頭《ばんがしら》といった威光堂々としたものがあった。

「お旗本の血はあらそえん」

という者もあったが、万吉はばかばかしくて横っ面で聞き流していた。

(なにが血かい)

と思うこころがある。人間に血すじなどはない、と信じていた。

万吉のこの警備隊でやはり小頭をつとめている者に、百 負《ひやくまけ》という男がいる。この男には、武装はさせず、素町人のなりで番所小屋に常駐させている。役目は、賭場の世話であった。

最初、百負を小頭に抜擢するとき、

「おまえはばくちが弱い」

という点をとくにほめて小頭にした。百負というのは百遍やっても百遍負けるという異名らしいが、なによりも負けっぷりがすがすがしいことで、仲間の人気がある。小男で、口入《くにゅう》の手代のように才覚のきく男だ。

この賭場は朝から公開した。むろん門前に一柳家の高張提灯がかかげられている。

四

尻無川が河口にむかう両岸は、一望みわたすかぎりの新田地帯である。

大坂夏ノ陣のころはこのあたりは海で、ところどころに洲があったにすぎないが、淀川が押し流す土砂で次第にうずまり、葦のはえる低湿地になって放置されていた。それを元禄年間以降、幕府がしきりと新田造作を奨励し、このため多くの新田が出現し、いまは大坂市中に米や野菜を提供する重要な農業地帯になっている。

万吉の隊は、この農業地帯の川岸を視察してゆくのである。

三日目の夕、陽も落ちて対岸の市岡新田のあたりの松が夕闇に煙りはじめたころ、原尾新田の川っぷちについた万吉は、

「伏せろ」

といって、手下どもを枯葦のなかに伏せさせ、自分のみは堤防にあがり、馬を立てた。

河口のほうから、一艘の川舟が漕ぎのぼってくるのである。

(浪人やな)

と、万吉は、判断した。川舟には五六人は乗っているだろう。

やがてかれらは舟を葦の茂みに入れて古杭《ふるくい》につなぎ、瀬にとびおり、すねで川を蹴りながらあがってきた。

「どこの衆や」

と、陣笠姿の万吉は馬上から時候のあいさつでもするように問うた。

浪人たちは、そこに騎乗の武士がただ一騎だけでいることに驚いたらしい。

「うぬは何者ぞ」

と、一人が播州なまりらしい言葉でいった。

「番をしているのよ」

万吉が自然に言い、一柳藩の者で、公儀御用でこのあたりを警備している小林佐兵衛というものだ、といった。

「ここから上陸することはまかりならぬ。この川上に、船番所がある。大坂に入る者はそこで手形をみせたり、藩名、姓名を名乗って入ってゆくことになっている。御法度をやぶってはこまる」

「うぬが一人か」

と、浪人が馬のそばにせまってきた。

「一人でこんな淋しいところに来るかい」

万吉は笑い、人数はそのへんの葦の茂みにかくしてある、と正直にいった。

「茂みに？」

浪人どもは、その万吉の言葉を虚勢とみてとったらしい。それぞれ目くばせすると、一人が突進してきて抜き打ちざまに万吉の馬を斬った。

馬が竿立ちになり、万吉は鞍の上からころげ落ちた。

その万吉へ、一人が斬りかかった。万吉は堤をころげ落ち、川瀬に落ちた。

頭上に浪人たちがいる。

「やめとけ」

と、万吉は頭上に声をかけ、堤を這いのぼろうとした。

そのとき万吉の手下がむらがり立って浪人たちを包囲した。

「浪人衆、引きあげるか、御番所を通れ」

と万吉は声をかけるが、動転している浪人には聞えないらしい。

五

余談ながら、この時代の人間というのは意気地《いくじ》のないものだ。

去年の四月十三日、江戸の赤羽橋畔で白昼浪士の大物清河八郎が暗殺されたときもそうである。

暗殺され、死体が放置された。その現場を付近に藩邸をもつ有馬家と松平山城守の足軽が五十人ばかり出て警備した。

そこへ清河の古い同志だった石坂周造がやってきた。石坂にすれば清河の懐中に横浜焼き打ちを企画している同志五百人の連判状があり、それが幕府の手に入ると途方もない事態になる。石坂はわざと駈けこみざま、

「かしこに斃《たお》れておるは清河八郎であろう。かれはわが父の仇である。死体といえども一太刀酬いねばならぬ」

とわめくと、足軽どもが棒をもって制止した。石坂は大剣をぬき、

「わが仇討ちのさまたげをするとなれば、うぬらも道連れにするぞ」

というと、みな狼狽して左右に道をひらいた。石坂はゆうゆうと中央に進み、死体の衣服をさぐって連判状をみつけ出し、さらに首を打って事もなくその場を去ってしまった。

土佐の坂本龍馬が伏見の寺田屋で幕吏におそわれたときもそうである。伏見奉行所では百人を動員して寺田屋を包囲した。午前三時ごろであった。

まず戸をたたいて寺田屋のおかみをよびだし、二階の客（龍馬）は寝たかどうかとききだした。

「まだ起きていらっしゃいます」

とおかみがいうと、捕り方たちはもうそれだけで動揺し、「どうしよう」と路上で相談し、たれからゆけとか、何組から押しこめとか言うばかりで衆議は容易にまとまらなかった。

結局、おっかなびっくりで押しかこんだが、坂本と長州の三吉慎蔵のたった二人に押しまくられ、ついに取りにがしてしまった。

みな、命を落すことがこわい。

かすり傷も負わずにその日その日を暮らしてゆきたいという生活人としての当然なねがいが、幕吏や足軽にすらある。

まして、万吉の手下どもは、市井《しせい》のやくざ者である。

堤の上で、五人の浪人を前後から押しかこんでいるが、みな棒を前へ突き出し、腰を出来るだけうしろへ退《さ》げて、見られた図ではなかった。

浪人たちは、いずれも剣をぬいている。傲然《ごうぜん》としている。この時代の流行語でいえば、

「虚喝《きょかつ》」

の態度だ。こけおどし、という意味であろう。虚喝漢という言葉もはやった。いわゆる尊王攘夷浪士のなかには虚喝漢が多く、これが一種のポーズとして流行している。世間に弱腰の者が多いため、こういう虚喝の態度が結構、通ってゆくのであろう。

「妨げをする者は、斬るぞ」

大兵の浪士が、叫んだ。その一声で、万吉の手下どもはどっと崩れた。

万吉は、堤の下にいる。

(意気地のないやつらや)

と、しみじみ情けなくなった。

六

万吉は羽織をぬぎ、大小を鞘ぐるみ抜きすて、丸腰になって堤の上におどりあがるなり、背後からその大兵の浪士の首っ玉にとびついた。

「こ、こいつ」

と、首領らしい浪士はのけぞりつつ刀を宙にふりまわしたが、万吉は利腕《ききうで》を相手の頸《くび》にまきつけたまま、ぴったりとしがみついている。

他の同志どもも、刀をふるえない様子だ。万吉を斬ろうとすると、味方の首領を傷つけてしまう。

万吉はそこは心得たものだ。体のむきをくるりと変えつつ、足を懸命に掻き泳がせた。やがて二人はぴったりとくっついたまま堤からころげ落ち、河中へ落ちこんでしまった。

万吉はこの男らしい妙な戦法を思いついたものだ。河童のように深みへ深みへとひきずりこもうというのである。

水練には自信がある。なによりも特技なのは、水中で長時間がまんできることだった。

ふたりは、浮きつ沈みつ争った。浪士の手にはすでに刀がない。刀どころではなかった。無我夢中で浮かびあがっては二息ばかり呼吸するのがやっとで、あとは水中の万吉から足や腰をひっぱられて沈んでしまう。ついに息絶えだえになったところを万吉は捕縄《ほじよう》をとりだして頸と右手足をしばり、自由をうばってから悠然と岸へ泳ぎはじめた。

そのころには勢いを得た万吉の手下どもが他の浪士たちをどんどん川下へ追いおとしている。

万吉が、葦のなかへ首領らしい浪士をひきずりあげたときは、頭上の堤の上にはたれもいなかった。

「水を吐け」

万吉は、馬乗りになって、浪士の胃から胸へさすりあげると、男はどっと水を吐いた。

「苦しいか」

男は返事もできぬほどに、ぐったりとうなだれた。

「縄は解いてやる。すこし横になれ」

万吉は、友人に対するようなやさしさで浪人を遇してやった。

（こいつ百姓やな）

本物の侍ではあるまい、と万吉は見た。両びんに面擦《めんず》れのあとなどなく、手に鍬《くわ》だこがある。やはり尊王攘夷を騙《かた》る御用盗であるらしい。

「わるいようにはせん。わいは一柳藩足軽頭小林佐兵衛ということになっているが、じつのところは明石屋万吉という侠稼業《おとこ》の者や」

「聞いている」

と、浪士はかぼそい声でいった。万吉の名をどこかできいたのであろう。

「大坂へ入るときに用心せよ、といわれていた。わるい者に出遭った」

「そうか」

万吉はそこは侠稼業の軽薄さで、自分の名が知られているというだけですっかりうれしくなり、男に好意をもった。

「ぬしゃ、何者や」

「播州竜野の脱藩四方田《よもだ》仙五郎という」

七

他のやつは逃げた。

ひっとらえたのは、万吉に河へひきずりこまれたために戦闘力を喪失した自称播州竜野脱藩の四方田仙五郎だけである。

万吉は四方田を番小屋へつれて帰って、めしを食わせてやった。

「沢山《たんと》、食え」

そう言って、万吉も膳をとりよせ、四方田とさしむかいでめしを食った。両刀は取りあげてあるし、出入り口には手下がごろごろしているから、逃げられる心配はない。

四方田はめしを食いおわると、

「早く殺せ」

と言い、万吉の出方を窺った。万吉はだまってめしを食っている。やがて四杯目を食いおえて箸を置くと、四方田に、

「なんのために大坂に潜入したのや」

とやわらかく質問した。

「言うにゃ及ぶ」

尊王攘夷のためだ、と四方田仙五郎は言い、その思想と主義について熱弁をふるった。

「わいにはわからんな」

万吉は、にべもなくいった。

「いや、大和男児《やまとおのこ》の血さえあれば、おわかりになるはずじゃ」

「大和男児はまあええとして」

万吉はいった。

「なぜ強盗《おしこみ》を働こうとしたのかいな」

「強盗などを働くつもりはない」

「うそはならん」

西大坂の、海から川を伝って入りこんでくる自称攘夷志士のほとんどが富家へ押しこんで強盗を働く、というのは先例が示している。

「すぱっ、と斬れといわれている」

と、万吉はいった。

四方田はさすがに首をすくめた。

「せやが、わしは人を殺さぬということでいままで市中で立てられてきた男や。いまさらお前《ま》はんを殺すつもりはない」

「牢へ送るか」

と、四方田は真剣な目つきをした。

万吉は手下に膳を片づけさせてから、

「わしの子分になれ」

といった。

この男の場合、放逐するわけにいかないしこのままなら奉行所に送らねばならない。送れば吟味もせずに死罪人の牢に入れられ、例の「コミ」という目に遭って病死させられてしまうだろう。

「子分にするほかない」

それ以外に、この四方田仙五郎という尊攘浪士を保護する方法はなかった。

四方田も、万吉という、一見不機嫌そうなとっつきの悪い小男の人柄がなんとなくわかってきたらしい。

「なれ」

という言葉の意味もわかってきた。

四方田はしばらく考えていたが、急に膝をただすと、

「子分にしていただく」

といった。万吉はうなずき、「そのかわり例の尊王攘夷論はぶつな。そとで仲間とつきあってもこまる。一年は居てもらう。一年たてば、どこへともなく消えてくれ」

八

ひと月ほど万吉は、この男なりに夢中ですごしたが、次第にいまの自分に首をかしげるようになってきた。

番所の小庭に、若梅が植わっている。それが二三輪ほころびた午後、北野の太融寺門前から小左門が見舞にやってきてくれた。

「女房《かかあ》の勧めかね」

と、万吉がいった。正直なところ、こんな川っぷちで男どもと雑居していると、むしょうに女気がほしくなってきている。

「欲しいの」

小左門は、ひどく年増じみた声できかえした。万吉は、ちょっと真剣な顔でうなずき、

「たれでもええ」

と、照れくさそうにいった。相変らず新町の遊里に出かけてはいるが、それだけでもどうも日常の汚れがとれそうにない。やはり女房がいい、と思うようになっていた。

「こんな暮らしをしていると、体中が脂《やに》っこくなって、毛穴までが薄よごれてくる」

「あたしでよかったら?」

と、小左門が冗談めかしくいうと、万吉はあわててかぶりを振って、

「いまさら」

といった。こう洗いざらいに親しくなってしまっては、まるで姉弟のようで小左門に女臭さが感じられない。

「じゃ、さがしたげる」

「とにかく妙な稼業や。女をやたらとほしゅうなる」

危険な夜の巡察などをして番小屋にもどると、精気が変にたぎってしまって、寝られないことがある。

「新町へでも行けばいいじゃないの」

「疲れている」

遊びにゆくほどの気力は残っていない。結局行かずに寝てしまうと、翌日、万吉のいう脂が溜まったような感じになる。それが毎日ということになると、いらいらしてくだらぬことにでも腹を立て、あとで後悔することが多い。

「世間に、なぜ嫁というものがあるかということを、やっとわかった」

そんなことを話しているうちに、万吉は自分の或ることに気づいた。

「わかった」

遊びが跡絶えている理由が、である。この侍装束だった。

「これが邪魔でおれは行かなんだのやな」

「お侍でも新町に遊びにゆくじゃありませんか。むしろ新町ならお侍のほうが多いわよ」

「いや、おれは別や」

まさか、なじみの新町の妓《おんな》のもとにこの野暮ったい姿で「小林佐兵衛」などと名乗って行けるものではない。やはり、性に合った明石屋万吉の風体《なり》がいちばんいい。

「おれは、もとのなりにかえる」

「小林佐兵衛はどうするのよ」

「そりゃ、そいつは厳然としてこの一柳家足軽頭としてこの世に居る。居ることとして、明石屋万吉はそいつに仕えるのや。巡視も、万吉のなりでゆく」

そんなことで、一柳家足軽頭小林佐兵衛は名義だけとし、日常の暮らしは明石屋万吉にもどることにした。

九

そうきめると、万吉は翌日から町人の姿にもどった。

巡察も、その姿でゆく。尻端折《しっぱしょ》って、股引を出し、色足袋に草履という、まるで左官の下職のような姿である。

まさかこの姿で一隊をひきいて歩くわけにはいかなかったから、巡察隊は、侍姿の帯権か役者松にひきいさせた。

万吉はつねに隊列を離れ、一見、見物人のようなかっこうで歩いてゆく。

「こまりまんな」

と、最初、帯権は閉口した。大将が町人姿でぶらぶらついて来られては、やりにくくてしかたがないのである。

「まあ、そのうち馴れるがな」

と、万吉は帯権をなだめた。

捕物があるとむろん万吉がすーっと出てきて一隊を掌握し、適切に指揮し、相手の顔つきによって逃がすかつかまえるか、どっちかにきめる。

そんなふうに十日もすごしていると、万吉はだんだん巡察にも出なくなった。

「帯権、たのむでえ」

とか、

「役者松、しっかりやって来《き》いな」

とひとごとのようにいって送り出す。あとは番小屋で書物を読んだり、探索人を出し入れしたり、賭場をのぞいたりしている。

賭場は大繁昌していた。

「なにしろ天下御免の大ばくち場はここだけやさかいな。得意はふえる一方や」

と万吉は大よろこびだった。寺銭の収入も日に日にあがり、巡察隊をまかなって余りがあるようになっている。

それらの余剰金を、万吉は、情報活動につかった。

万吉自身の探索人を三人ばかり京に常駐させる一方、大坂町奉行所の与力に金を出して京都情報をきいたり、京都・伏見間の川船による交通の基点である天満八軒家の船宿の番頭にも金をつかませて、京都における諸藩の動きを知ろうとした。

こんなことで金をつかっているために万吉自身はつねにすっからかんで、新町へ遊びにゆく金をひねり出すにも大苦労をした。

そんな矢さき、尻無川の右岸の市岡新田を巡察中の役者松の一隊で大事故があった。

日没後ほどもない時刻だったらしい、この時刻がもっとも危険な時刻であった。大坂に潜入する浪士や偽装浪士の強盗団は夕暮れ時分に海上にあらわれ、日の落ちるのを待って川筋に入ってくるのが普通である。

その一隊は十人ほどらしい。

市岡新田に上陸した。

上陸しようとしていたところを役者松がいちはやく見つけ、一隊を展開させ、みずから土手の下に立って誰何《すいか》した。

「何者や」

というと、浪士群は答えず、答えぬまにそのうちの二人が物音を忍ばせて左右から土手の上へはいあがり、抜き打ちで役者松を斬って捨てたのである。

役者松は三太刀くらって絶命した。

十

所詮、やくざなどは意気地のないものだ。

巡察隊長の役者松が、偽《にせ》浪士どもにかこまれて斬りきざまれているあいだ、捕り方の連中は棒をかまえたままで打ちかかろうともしない。

同勢は五十人もいるのである。みなひしめきあって人垣をつくっているにすぎない。

浪士のほうも心得たものだ。

「寄るなよ」

と、血刀をさげたまま、恫喝《どうかつ》した。浪士のなかで二十一二の色白丸顔の若いのが、ひどく腕が立つようで、度胸もすわっている。

「行こう」

と、仲間に声をかけ、すぐさま捕り方の群れにとびこんで行って、またたくまに二

人を斬った。血路をひらくためである。シラクモも
斬られたのは、シラクモの与三郎、ヤケドの八、というふたりである。シラクモもヤケドも、一刀で絶命してしまった。

みなその勢いをおそれ、ぱっと土手の両側に散って浪士たちのために通路をつくった。

かれらは東へ走り去った。東とは、町の方角である。

捕り方連中は、役者松、シラクモ、ヤケドの三人の骸《なきがら》を戸板にのせて番小屋にかえってきた。

万吉は玄関まで出て、その事情を半分までききおわると、

「あほんだらあっ」

ととびあがり、兄哥《あにい》株の権という男の頰げたを力まかせになぐった。

「三人も殺されやがって、おめおめと帰ってきたか。日頃、遊び人とか俠稼業などと言いくさって、大きな顔で歩いているそのつらはどうした。それが男のつらか」

と片っぱしからなぐってまわった。五十人をなぐりおわったときは、さすがの万吉ももぐったりした。

「天満ノ軽口屋」

と、武士姿の軽口屋をよび、それに二人の介添をつけて奉行所へ走らせた。用というのは、浪人潜入の事実をつげ、下手人探索に全大坂の御用聞や手先を動員してもらうつもりであった。

さらに隊からも市中探索の人間を出した。

「仇を討ってやる」

と、万吉は殺には殺をもってむくいる決意をした。

その後は、通夜《つや》をした。

通夜の席上、万吉は考えごとをしている風情《ふぜい》で終始だまっていたが、やがて、

「今夜あたり、船場のどこかの家で押し込みが入るだろう」

といった。

あの連中はすでに人を殺している。だから次の犯罪をいそいでいる。今夜、どこかの富商の家に押し込み、金をうばった上、そのまま大坂を逃亡するだろうとみていた。

船場の警備は、越前福井の松平家が担当している。万吉はそこへも使いを出し、

「できれば町々の木戸を閉じてもらいたい」

と依頼した。

十一

果然、この夜の子《ね》の刻さがり、北船場の近江屋忠兵衛という富商の家に押し込みが入った。

万吉は寝ていた。暁け方、東町奉行所からの急報でそれを知ったのである。

「あいつらにちがいない」

と、手下どもをたたきおこし、軽口屋を大将に二十人の者をえらび、

「西宮へ走れ」

と意外な方向を指示した。

「おれもあとでゆく。西宮の御番所に詰めておけ。きっとあいつらは西宮を通る」

万吉の勘である。

軽口屋の一隊を飛び出させてから、万吉は奉行所の急報者にゆっくり事情をきいた。

急報者は、東町奉行の同心渡辺十左衛門の御用をつとめている男で、鰻の芳松というきびきびした若者だった。

「芳松っつぁん、事情を話してんか」

「へい」

芳松が要領よく語ったところによると、押しこんだ人数は十人内外で、ことごとく黒い布で顔をおおい、おさだまりの、

「攘夷御用金を献上せい」

と、刀をぬきつれておどしたという。

近江屋の老番頭はおかしな男で、名は嘉平というのだが、平素、

「御用盗がきたら、なにをいうてもどうにもならん。金は出さんならん」

と主人にも説き、手代以下にもそうさとしていた。怪我をしたり殺されたりするだけむだや、と嘉平はいっていた。

そのため嘉平は御丁寧にも蔵のなかに千両箱を二つ出しておき、

「これはいざ御用盗、というときに、へいへい御用つかまつります。とおとなしゅう献上するための用意や」

と、そこまで支度をしていた。

ところが御用盗が、なかなか近江屋忠兵衛方に入って来ない。船場の富商は軒なみにあらされているのだが、用意万端とととのえている近江屋には入って来ないのであ

る。

——ばかにしくさったか。

嘉平番頭は、妙に腹をたてていた。自分の店が二流とみられることに、不満だったのである。

その御用盗が、ついに入った。

このとき御用盗はまず、主人以下をたたきおこして台所にあつめ、縛りあげてサルグツワをはめた。男女をふくめて十九人いた。

ところが嘉平のみはいない。嘉平は平素寝つきのわるい男で、納戸《なんど》の二階にひとり寝るのがくせだった。

「番頭の寝部屋へ案内しろ」

と御用盗はいった。女中が手燭をかざして案内し、納戸の二階にハシゴをかけた。

「たたきおこして来い」

と御用盗が命じた。女中はあがった。

起された嘉平は狼狽し、ものぐるいしたように叫び、二階からころげて落ちてから も土間でわめきまわった。「御用盗がきたらだまって金をわたす」と言いつづけてきたのが、どういう神経の狂いからか、逆になった。

嘉平は殺された。

十二

御用盗の連中は、番頭の嘉平を殺《や》ったあと蔵を破って千両箱二つをもち出した。皮肉なことに、

——御用盗がきたときに。

と万事取り越し苦労な嘉平が蔵に用意してあったあの金だった。

それを奪い、さらに十六になる娘のお千賀を人質に連れ出した。

「届けるな」

と御用盗は近江屋の者にいった。届けるとこの娘を殺す、とさらにいった。

そのまま彼らは去った。

そのあと、物音をききつけた近所のものがさわぎ、町会所に報告した。

「あの野郎」

と、すべてをきいたとき、万吉は顔からどっと汗が噴き出た。

「木戸は締めたか」

町々に木戸がある。夜陰は閉まるはずだがすでに御用盗が現場をひきあげたときは夜があけていたため、木戸を閉じる余裕はなかった。だから御用盗はそのままたれにも気づかれずに大坂を去ったかに思われる。

「天満の八軒家は？」

「へい」

と、芳松はうなずいた。

「張ってま」

ところが、天満のどの船宿にも入った形跡はいまのところない。

「まだ大坂の市中にいるか、そのまま西国へ逃げたかどちらかやな」

西国に逃げたとすれば、万吉の最初の予感どおり西宮を通過する。

(いずれにしても西宮や)

と万吉はおもった。河内にも大和、和泉にも逃げる口はあるのに、この男はどうあっても西国やと確信した。

(きっと長州を頼ってにげやがるはずや)

御用盗といわゆる志士とはちがう。が、御用盗がにわか志士に変じて、犯罪をおかしたあと長州へ逃げた例は多い。

「おらア、西宮へ出かける」

と、万吉の家老ともいうべき帯権にそういった。帯権は、わかりの早い男だ。

「よろしおま」

うなずいた。この番所の指揮は帯権がとることになる。

万吉は、縞の着物に股引といったかっこうで長脇差《ながどす》を一本ぶちこんだ。

「駕籠辰《かごたつ》」

と、どなると、番所の玄関に駕籠がまわった。粗末な辻駕籠だが、万吉は平素、足達者の者をえらんで三梃の駕籠を番所に詰めさせてある。

そのなかでも辰と芳というのが大坂一の肩自慢、足自慢で通っていた。

「たのむでえ、西宮や」

と乗ると、辰と芳は息杖をポンと突き、飛ぶように駆け出した。

十三

右の次第で、万吉は西宮へ駆けた。わざわざ「右の次第」といったのは、万吉はさほど思慮の足った男ではない、ということだ。

利口な男なら、尻無川の番小屋で悠然とすわっていたであろう。そのほうが身に危険はないし、一集団の頭目として居るべき場所にすわっているほうが、はるかに指揮統率上賢明でもある。大将がうろうろ現場に駆けまわっていては事が混乱するばかりだ。

ところが、根がどこか素っ頓狂に出来ている。西宮に走るにしても、思慮分別をかさねた上で走っているわけではない。西宮を賊が通過する、などは、たしかな公算があるわけではない。

（きっと西宮だ）

という勘だけである。

それだけで走っている。そういう頭の仕組みにうまれついた男らしい。

役者松が殺され、数人の手下が殺された。それだけで万吉はめしが食えなくなるほど体じゅうの血が哀しみで酸っぱくなるような思いがした。

その上、賊は、北船場の近江屋忠兵衛の番頭を殺し、お千賀という十六歳の娘を人質として連れ去っている。

（餓鬼ども。――）

と憎々しくおもう感情よりは、この男の場合、役者松や近江屋の番頭、お千賀などが哀れでたまらない。攻撃的な性格よりも、受身のむしろ女性的な感情がつよいたちなのであろう。

そのくせ、激動する駕籠のなかに乗っている万吉のつらつきは両眼が深沈とひかって、女性的というような表現からよほど遠い。

途中、駕籠舁きが疲れはじめると、

「死ぬ気で走れ」

と、容赦なくどなった。

摂津西宮は、大坂から五里である。東海道に連接する西国街道（山陽道）の名駅で、戸数三千、殷賑《いんしん》の地である。

海港でもある。

西宮は、付近の灘や池田、伊丹とともに酒どころとしても知られ、巨大な酒造業所が密集し、西宮港の回船問屋がこの酒を諸国に輸送する。酒の港として高名である。

余談だが、毎年春二月に新酒ができると、この新酒を関東方面に輸送する出船は、品川につくまでの太平洋岸を競争で航走する。

万吉の手下で「胴六」という妙な名前をもった男がこの酒船の水夫《かこ》くずれで、

「そら、みごとな景色だっせ」

と、酒に酔うと万吉に語った。

新酒積み出しの一番船は、七艘ということにきまっている。出発の合図は、浜で船切手を渡すところからはじまる。

七艘の千石船は胴六の表現でいうと「酒樽を呑みこんでずっしりと船腹《ふなばら》を沈めて沖合で待っている」そこへ陸地で船切手を受けとった各船のハシケは梃櫓《ちょうろ》でそれぞれ本船へ漕ぎつき、碇《いかり》をあげてどっと出航するのだ。品川ではその船の到着をまち、最初に到着した酒は、

「一番酒」

として江戸での値段がとくべつ高価になるのである。

十四

西国街道といえば天下の官道であるのに、道路がひどくわるかった。

途中、川が多いが、大半は橋がかかってない。徳川幕府というのはふしぎなほど橋をきらった。橋をかけると、万一西国大名が反乱した場合、すらすらと西国街道をのぼって京大坂を占領されるという防衛観念から、三百年来、官道での架橋を最小限に

とどめてきている。

大坂から西宮までのたった五里のあいだで野里の中津、佃《つくだ》の神崎川、辰巳の左門殿川がいずれも橋がない。

「飛びこめ」

と、万吉はそのつど駕籠辰に号令した。駕籠舁きはしぶきをあげてとびこみ、水底の砂を蹴りつつ駕籠をわたしてゆく。

西宮につくと、万吉はこの町の司法権をにぎっている大坂町奉行所支配による御番所の門前で駕籠からおりた。

（ええ屋敷やな）

万吉は感心した。長屋門のりっぱな屋敷で、大名の藩邸ほどもある大きさである。門は南面し、西と南には堀をもうけ、土手には松並木がうわっている。

門番が万吉の人体《にんてい》をみて、

「うぬらの来るところではない」

と制止した。

「これかい」

万吉はわが風体を見た。なるほど、樽屋の職人頭のような服装である。

「わいは侍や」

と、万吉はしずかにいった。

門番は、信用しない。

そこをすったもんだの問答のすえ、やっと一柳《ひとつやなぎ》藩の足軽頭格で大坂の尻無川筋の警備をうけもっている小林佐兵衛だということをなっとくさせ、なかへ入った。

長屋門を入ると、栗石を敷きつめた庭になっている。正面が、玄関である。

玄関には弓矢、鉄棒、刺股《さすまた》、槍などの罪人捕獲道具がならべられているが、べつだんこれが実用に供せられるというわけではない。

警察権の象徴のようなものだ。

この御番所には、大坂町奉行から与力が一人ずつ交替で詰めて、この与力がいわば長官になっている。

その下僚である同心は土地に居付の者で、その役宅が構内にある。それがわずか三人である。

要するに西宮の行政、司法などをとる幕吏は、わずかに与力一人同心三人ということである。その下に十手をあずかるいわゆる目明しのような男は何人かいる。この町では、猿などといった通称でよばれていた。

万吉は、その西宮詰めの与力堀久右衛門に面会し、事情をうちあけた。

「きっと、その御用盗が当地に来ると申されますのかな」

「まあ、来ますやろな」

万吉がいうと、与力は狼狽した。このわずかな人数で、十人の御用盗を召しとれるはずがない。

「わてがやりまっさ」

と、万吉は言い、そのかわり捕殺に必要な便宜をはからってくれと頼んだ。

十五

万吉は、坂東屋に宿をとった。この時代の習慣として、希望すれば女がつく。酌婦である。

小春といった。

まだ初心《うぶ》っけのぬけぬ娘々した女で、摂津有馬村のうまれだという。

「まだ半年か」

と、万吉は小春のえりもとの清々《すがすが》しさにおどろきながらいった。

「お前のような者が、なんと荒い稼業に入ったことかい」

「運命《さだめ》だっさかい」

そのわりに明るい表情でいった。小作りで目鼻立ちもちまちまと小さく、顔がやや浅黒いわりには手がひどく白かった。

（こいつを、嫁にするか）

万吉は、初対面の瞬間からそう思った。例によって勘でものごとを決めてしまう。そう思いこんでしまうと、どことなく情が声音《こわね》にもにじむらしく、小春も用もないのに、部屋を立たず、袂をいじくっている。

「小春」

万吉はくそまじめな顔でいった。

「この真っ昼間からなにをするわけにもいくまい。日暮れまで往来へ出ていてくれるか」

「客引きを？」

せよというのか、と小春はそんな顔をしてみせた。客引きは酌婦のしごとである。さまざまなことを口やかましく言い立てては、往来の旅人の袖をひくのだ。

「そら、どっちゃでもええが、こういう旅の者が通ったら知らせてくれ」

と、例の十人組の御用盗のざっとした人相風体を話した。

「それはなにをするお人だす」

「天朝方の浪人や、人を斬った」

「怖わ」

本気で怖わそうな身ぶりをした。万吉はそんな所作まで可愛くなってきた。

「怖いことはない。どうせ偽浪士や。本物ならいざとなったら死ぬまで闘うかもしれんが偽者はゆらい臆病なものや」

「それを旦那さんはどうおしやすのです」

「これや」

長脇差のつかをたたいた。

「斬る」

「おひとりで?」

「まあ場合によってはそうなるかいな」

「ふうん」

小春は、まつ毛をいそがしく動かして万吉の顔を見つめた。

（なんのご商売やろ）

と問いたげな顔であったが、なにもきかずに、「心得ました」と指をついた。こういう稼業の女にしてはつつしみがある。

(気に入った)

と思ったが、万吉は思うと同時にあごをしゃくった。

「早う行け」

そのあと万吉は、街道に面した手すりに身をもたせかけ、下をゆく旅人をながめた。

(きっとくる)

連中は大坂で荒稼ぎをし、西宮へきて船を待ち、西国へ高飛びをする。そうにちがいないと万吉は思っている。

十六

(まるで祭りのようやな)

とおもうほど、往来する旅人が多い。さすがに西国へ行く唯一の官道という感がふかいが、それにしてもこの旅人の多さは、時代相のせいであろう。

（ご時勢のせいや）

万吉もおもった。こうして二階から往還を見おろしていても、ひしひしと時勢というものを感ずるのである。

はやりの韮山笠《にらやまがさ》にブッサキ羽織、軽衫《カルサン》をはいて肩ひじを張りながらゆくのは、胸中《うち》に欝勃《うつぼつ》たる尊王攘夷の志を秘めた西国の浪士か、下級藩士かなにかであろう。細い棒のさきっ、ちょに小さな荷物を結びつけてかるがると西へ走ってゆくのは、おそらく京の情勢を西国の本藩に報らせる飛脚であろう。

ボテ飛脚もいる。

この種類の飛脚は手紙飛脚でなく物品をはこぶ飛脚だった。一本の棒の前後に大きな籠をぶらさげ、それに物品を盛りあげ、ボテ振りのようにして腰調子をとりながら、やってきては去ってゆく。

洋式鉄砲をかつぎ、筒袖、股引、わらじといった姿でやってくる一隊もある。西宮警備を担当している伊予大洲《おおず》藩の足軽たちに相違なかった。

もっともそういう物騒な連中でなく、駘蕩《たいとう》とした旅姿の者たちもいた。

（あれは大坂あたりの富商の御寮人《ごりよん》の里帰りすがたか）

とおもわれる婦人もゆく。笠は、上からみても色気のある照降笠《てりふりがさ》である。紅緒に白足袋という足ごしらえで、鼠色に白の小模様などを染めぬいた木綿の合羽をはおっている。

「アレさ」

とさわぎながら来るのは、いま舟着場から出てきたばかりの金比羅《こんぴら》船の連中だろう。金比羅船はこの西宮から発着している。みな七八人で組んだ団体で、それぞれ四尺ばかりの金比羅大権現のお札を背負っている。この連中は、金比羅信者が関東に多いせいか、江戸者が多い。

木遣歌《きやりうた》を合唱しながらやってくる若者の一団もある。そろいの菅笠《すげがさ》、そろいの手拭い、一様に竹杖をついてはしゃぎながら進んでくる様子は、ひと目みてお伊勢詣りの若者たちであることがわかる。

（にぎやかなことや）

万吉は、倦《あ》かずにながめた。この時代、娯楽のすくないころだから、

――街道見物

というあそびまであったほどだ。それほど街道というのは終日ながめていてもあきがこない。

（ところが）

かんじんの御用盗らしきやつはいっこうにやってこないのである。

そのうち、日が暮れてしまった。

「あの、御膳は？」

と、小春が、むこうの廊下からきいた。そういえば腹がすききっている。

「頼むでえ」

万吉は、立ちあがってわざと伸びをした。なにやら小春をみるのが気はずかしい。

十七

夕食の給仕は、小春がした。

(さすがは坂東屋や)

と万吉がおもったのは、酌婦がつきっきりで客の世話をしてくれることである。普通の宿場の酌婦なら、ばたばたといそがしそうに立ち居ふるまいをして、客のそばなどはほとんど居ないのが常例だった。

「それ、おあがりにならしまへんの？」

と、小春は膳の上の盛り皿の減りぐあいまで気をつけてくれる。

海魚が二種類ついている。ひとつの皿はいわしの煮つけだった。いわしは下魚《げうお》だが、この西宮の浜でとれるいわしは名物で、美味は大坂にまで知られている。

「この土地の名物ですけど」

「食わんな」

万吉は不愛想にこたえた。

その不愛想さにひどく愛嬌があって、これが万吉の人徳のひとつになっている。小春もおもしろがって、

「おきらい？」

と語尾をあげてしつこくきいてやった。万吉は面倒くさげに、

「いわしという字がきらいや」

「字？」

小春は、いわしの字を思い出そうとした。やっと思いだした。

「魚ヘンに弱いと書く、あれ？」

「そういうこッちゃな」

「それで？」

「弱いと商売があがったりになるさかいな」

万吉は注がれるままに酒をのんでやがて一合徳利があくころには真赤になってきた。それが小春にはおかしい。

「弱おすやないか」

酒が、である。

そのとおりであった。万吉はもともと酒ののめるたちではない。

「弱い」

万吉はうなずき、小春をみてにやりとわらった。歯ならびが、皓《しろ》かった。小春は、この客の笑顔をはじめてみた。

(坊やみたい)

と目をみはる思いがした。それほどあどけない笑顔を万吉はもっている。

万吉も万吉で、小春の笑顔や、ちょっと小首をかしげるしぐさ、照れると舌を出しかけたりする様子などを、どれもこれも気に入ってしまった。

「おいおい」

万吉はたしなめねばならぬこともある。小指の爪などを噛もうとしているからだ。

それに万吉の気に入ったところは、こういう種類の女はなにかといえば身の上ばなしをしたがるものだが、小春はいっさい自分のことを語ろうとしない。

（自分への愛がすくないのや）

万吉はそう解釈した。自己愛が過剰ではないというのは、それだけでもきわだった美徳である。

不意に、

「わいの嫁はんにならんか」

と万吉はいってしまった。それも香の物を噛みながらである。

十八

嫁になれといわれて、小春は一瞬目をみはったが、すぐばかばかしくなった。

（このひと、あほやろか）

とおもった。としか思えないではないか。

酌婦といえば女郎である。その女郎に嫁になれという話は世間にはよくある。しかし昼に顔を合わせたばかりの、しかも一度も寝たこともない女郎にむかっていきなり「嫁はんにならんか」というあわて者は、そうざらにいないであろう。

そのうえ、小春にとって当惑なことに、言いだした当人は大まじめであることだった。

「どや」

と、茶碗を置いて返答をせまった。

「そんなことより」

小春は、泣き出しそうになった。

「御用盗はみつかったんですか」

「見つかるやろ」

万吉は、泰然といった。御用盗は御用盗、嫁は嫁である。

「なんで、また、私のような者を」

「理由《わけ》かい」

万吉は鼻の頭を小指で掻いた。

「はい、理由」

「理由みたいもん、言えるかい。なんでうまれてきた、というようなもんや」

「なんで」

「も、くそもあるか。人間、なんでうまれてきたかということもわからぬ生きものであるのに、思慮分別で嫁がもらえるか」

妙なことをいう男だ。

「本来、わが身そのものが謎である。そのわが身のやることなすことに、いちいち思慮分別の行きとどいた理由はつかんもんや」

「あんた、禅坊主《ぜんぼん》はんどすか」

と、小春は本気できいた。

「まげ、ついたある」

万吉は月代《さかやき》をたたいた。坊主なもんかというつもりなのだろう。

「なんや知らん、嫁にしとうなっただけで、この言葉に他意はない」

(けったいなお人や)

小春の年頃では、こんな男の真意を捕捉できる能力はなかった。

ただうつむいている手しかない。冗談でまぎらすほどには稼業にすれていないのである。

「あの、ちょっと」

と階下に用がある風情をつくって立とうとした。

「あかんど」

万吉は、釘の頭をたたくような断固とした口調でいった。

「返事するまで、立たさん」

「そんな」

小春は袂で顔をおおって泣き出してしまった。そんな理不尽な、と叫びたかったのである。

にわかに泣かれてしまって、あわてたのは万吉だった。

「いけいけ、いけ」

と連呼して階下に追いやった。ひとりになってから万吉もわれとわが身に興ざめし、(わいも、こまったもんやな)

ツルリと顔をなでた。

十九

やがて夜具が敷かれた。

「小春、寝るか」

と、万吉が帯を解きはじめたとき、小春は体じゅうが赤くなる思いがした。

(奇態な)

とわれながらおもわざるをえない。客と寝るのが酌婦のつとめなのである。げんにここ半年のあいだ、幾人の客の枕席《ちんせき》に侍《はべ》ってきたかわからない。だのに、この男と寝ることが、なぜこうもはずかしいのだろう。

小春は寝支度をととのえ、枕頭の行灯のそばにうずくまった。

「消すのか」

万吉は、妙な顔でそれをきいた。西宮では油が高いのかとそんなふうに思ったのである。

「ええ」

「始末のええこッちゃな」

節約が行きとどいている、という意味だ。

「でも、月がありますやろ？」

そのとおりだった。行灯がきえると、青い光りが室内にみちた。

「なあ、小春」

万吉は、小春を体の下に抱きこみながらいった。

「わいにはこまったところが一つある」

「どんな？」

「これだけはどうにもならん」

婦人とのことである。万吉は血気ざかりにしては女遊びがすくなすぎるほうだが、いざ抱いたとなると、どうにもならぬくらい激越な様相になる。

「驚くな」

万吉は、まじめにいった。

さらに、「驚いたあげく助平じゃと思うてくれるな」とことわった。

そのあと小春の体がこなごなになるかと思われるような時間が一刻ばかりつづいた。

おわると、寝床からはねおきて、

「ちょっと町を一廻りして番所をのぞいてくる」

と言いすて、すっと出てしまった。

万吉は坂東屋を出、ぶらぶらと歩いた。まだ往還には人通りが多かった。

どの旅籠にも、西宮御番所から差紙がいっているはずで、例の御用盗らしい人物が投宿すればすぐ連絡があるはずだった。

万吉は一軒一軒の軒下をひろい歩いて、倉開地の番所へ行った。

構内の与力役宅に堀久右衛門をたずね、諸事うちあわせをしたあと、この町にある二軒の町会所をも訪ねた。

「いまのところ、影のかけらも見えまへんな」

ということだった。源吉という番所の番人が、

「ほんまに来まンのかいな」

とうたがわしそうにいった。万吉は、おれが念力でもこの西宮へ来させてみせる、
といった。

「かならず来る。ぬかるな」

そう念を押し、酒でも買え、と銀の粒をひとつ置いて出た。

そのあと坂東屋に帰り、もう一度小春を抱いたあと、

「なあ、小春」

と、例の話をむしかえした。嫁にならぬかということである。

二十

小春の目からみれば、まったくおかしな男である。

「旦《だん》那さんは、何をして居やはるおひとですか」

と、思いきってきいてみた。

「極道屋や」

万吉は、濁りなく答えた。極道屋とは、京大坂で、遊侠の徒のことを指していう。

「せやけどいまは侍や」

とも、万吉はいった。このへんが、ひどくややこしい。

「播州小野の一柳藩の物頭《ものがしら》で小林佐兵衛とはわいのこッちゃ」

物頭といえば足軽頭などの職名をもつ高級藩士であることは小春でもうっすら知っている。しかしこの同衾《どうきん》している男がそんな大層な身分の男とはとても思えない。

「もっとも侍は頼まれてなっているだけのことで、一生やろうとは思わんがな」

(わけがわからない)

小春は、身を縮めた。この侍が、また手をのばしてきたからである。

「そうそう」

侍は急に辞色をあらためた。

「わいの嫁はんになってくれるな」

「わからへん」

と、小春ははずかしそうにふとんのはしで顔をうずめた。

「嫁はんが、はずかしいか」

「うん」

「けったいな奴っちゃ」

万吉は笑い出した。酌婦をしていて客と寝ているのに、嫁ばなしで羞《はずか》しがるとはどういう頭の仕組みであろう。

「おまえ、変わり者《もん》らしいな」

「旦那さんこそ」

と、小春は小春で笑い出した。どちらもどこか、常人とくらべてとんちんかんなところがあるようだった。

「変わったはりますな」

「そうかいな」

万吉は、小首をひねった。自分のどこが変わっているのか、自分ではよくわからない。

「いずれにせよ、その返事をきかんかぎりは落ちつかんがな」

「あしたも、居やはる?」

「さあ、御用盗の都合次第やな。あいつらがあらわれれば、わいの身イがどうなるかわからん」

「死ぬの？」

びっくりして顔を出した。

「人間、生きていることがそもそもふしぎやのに、死ぬことがわかるかい」

と、またまたこの男は、禅坊主めいたことをいった。

「あしたのわが身は、わからん。せやさかい、こうして今夜のいま、約束をとりつけておこうといそいでいる」

「旦那さん、悪いお人やおまへんやろな」

「善《え》え人間でもないやろな」

「難儀な」

と小春がため息をついたのは、こんな妙な男にどんな返答をしてよいか、途方に暮れてしまったのである。

二十一

翌日、万吉の宿に軽口屋が武士の格好でたずねてきて、張り込みの現状を報告した。

「安心しとくれやす」

大坂から西宮までの街道の要所要所には人を植えこんでぬかりはない、という。

「あやしいやつはいたか」

「いまのところ、それらしいやつは影もかたちも見せまへんな」

「ああそうか」

万吉は鷹揚にうなずいた。

「ほなら、しっかり頼むでえ」

「よろしおま」

その応対を小春はきいていて、小春はなんとなくおかしくてたまらない。町人姿の万吉に、侍姿の軽口屋という男がぺこぺこしているのも珍風景だが、その軽口屋が侍のくせに、「よろしおま」などという大坂の地下《じげ》言葉をつかっているのは、紋服大小の手前、なんとも奇妙だった。

(どうもけったいやな)

こんな人種を、小春はみたことがない。

「ほンで、親方」

と、侍の軽口屋が呼びかけの言葉には小春もおどろいた。一柳藩物頭小林佐兵衛に、親方はないであろう。

「なんやいな」

「こちらは、この坂東屋の酌婦《こどもし》だっか」

「いかにも」

「親方の」

「ああゆうべから馴染や。名アは小春というのや」

そんな話があったあと、万吉は軽口屋をつれて倉開地の御番所に行ってみた。

与力の堀久右衛門がちょうど出仕していて万吉の顔をみるなり、

「もし、御用盗が乗りこんできたとき、手が足りるだろうか」

と心配そうにいった。この与力にすれば、そういう面倒な集団が乗りこんで来ないことを願っているらしい。与力一人同心三人の幕吏しかおらぬこの手不足で、どうにもならぬではないか。

「わしの手の者が、二十人います。まずこれで足りますやろ」

「素人やな」

と、堀久右衛門はいった。

「捕り方は、相手の人数の五倍は必要、というのがこの道の通念や。曲者《くせもの》が一人なら五人でかかる。曲者が十人なら五十人でかかる、これが、ぎりぎりの人数や」

「いや、なんとかなりますやろ」

と万吉がいったが、堀久右衛門はこの市井の遊侠あがりの一柳藩士などをまるで信用していない。

「多少心もとないによって、浜の警備についている藤堂藩に頼みに行った」

「へえ」

西宮警備を、通常二つの藩が幕令によって担当している。いまは伊予大洲藩と伊勢の津の藤堂家の担当になっていた。ただし、この警備は異国軍艦来襲にそなえた海上のもので、国内治安のためではない。

「筋ちがいのことを、よう引きうけてくれましたな」

と万吉は疑わしそうにいった。このことが大騒動のもとになった。

二十二

騒動というのは、この夜、西宮の北西部で起った。

北西部の広大な地に、摂河泉《せつかせん》三州でもっとも賑わう神といわれる西宮の戎《えびす》神社がある。

　その境内の北が田んぼになっていて、田んぼのむこうに「浦之町」といわれる四五十軒の零細な町家が密集している。その町内に西安寺《さいあんじ》という寺がある。

　この寺が、伊勢の津の藤堂藩の宿陣になっていた。人数は五十人である。

　いうまでもなく、大坂湾に外国艦隊が侵入してきてこの西宮の浜に陸戦隊を上陸させたときに迎え撃つべき兵であった。この五十人の藤堂兵と、それと同数の伊予大洲藩兵が海防上、近畿におけるもっとも重要な拠点であるこの西宮を防備している。

　この小勢で、児戯《じぎ》に類する、といってしまえば実もふたもない。時勢のふんいきがそれを要求し、幕府が諸大名に、国防上の至上命令として命じた処置なのである。

　藤堂藩兵の隊長は、中村祐右衛門《すけえもん》という頭の禿げた小男だった。

　話がもどるが、西宮の与力堀久右衛門が、

（あの一柳藩の妙な男だけでは心細い）

　とおもい、この藤堂藩宿陣にたのみに行ったのは、きのうのことだった。

「ほう、御用盗が徒党を組んで大坂からくだってくると？」

　小男の祐右衛門はいった。藤堂藩はゆらい藩風のゆるんだ藩として有名である。藩

吏の伝統的体臭として巧言令色で実のない風がつよく、そのせいかこのときも中村祐右衛門は、

「よろしゅうござるとも。わが家の勇武をあらわす好機というべきでありましょう」

と色よい返事をして堀与力を帰した。

(安堵した)

と堀はおもい、万吉にもその旨を告げたのである。

むろん、当の中村祐右衛門は愛想よくそういっただけで、いざ御用盗というとき本気で戦うつもりなどなかった。

が、その話だけは、藩兵につたえた。藩兵に恐怖がおこったのはそのときからである。

陽のあるうちこそ、みな柄頭《つかがしら》をたたいて、

「おれが一刀のもとに」

などと高言していたが、陽が落ちると、いまにも御用盗の襲撃があるような、ぶきみな緊張が支配した。

が、緊張のしっぱなしでもいられない。結局は総員、寝《しん》についた。

寝しずまったころ、藩兵のひとりが、夢でうなされたのか、

「ひえーッ」

と、とほうもない叫びをあげた。全員が飛び起きたのはその瞬間である。

みな、寝巻きのまま、雨戸を蹴やぶってそとへ飛び出した。わめく者、夢中で逃げだす者、もっとも遠くへ逃げた者は五里さきの兵庫まで走ったといわれた。

この喧《けたたま》しい騒動で町内はみな起きたが、事情がわかるにつれて町人でさえ藤堂藩のなさけなさをにがにがしく思った。

万吉の耳にも入った。

二十三

「そうか、雨戸を蹴破って出くさったか」

と、万吉は、その直後、藤堂藩宿陣のさわぎをきき、舌打ちをした。

実のところ、この騒ぎで万吉はたたきおこされたのだ。西宮中がたたきおこされたといっていい。

最初、御用盗が藤堂様へ斬りこんだ、といううわさだった。このため万吉は枕もとの長脇差をひっさらって階下へおりた。

路上に飛びだしたとき、小春が駈けてきて褌《まわし》を巻かせ、着物を着せてくれた。それまで万吉は素っ裸であった。

「そのままで藤堂様へ駈けつけようとおしやしたのですか」

と小春があきれてきくと、万吉は不機嫌そうに「ふむ」とうなずいた。

その直後、軽口屋が飛んできて、路上で事件の実相をつたえたとき、万吉はいよいよ不愉快になってしまった。

「軽口屋、藤堂の宿陣まで見舞いにゆこう。場合によっては藤堂のやつらを叩っ斬ってやる」

「叩っ斬る?」

軽口屋もさすがにおどろいた。この明石屋万吉が人を斬るなどといったことはめったにない。

「恥を思い知らせてやるんじゃ」

万吉は歩きだした。

藤堂家三十二万三千石は、藩祖藤堂高虎の武功によるものというよりも、高虎が、秀吉に取り立てられた士でありながら、秀吉の死の前後から家康に接近し、家康のために間諜《かんちょう》となって豊臣家の殿中での情報をさんざんに流しつづけた功によるものとされる。藩祖の人格、風姿、思想が藩風の伝統をつくるといわれているから、藤堂家の家風が骨のない団扇《うちわ》のような印象を三百年間あたえつづけてしまったのも当然であるかもしれない。

「それにしても、ひどすぎる」

と、万吉はいった。

「えらい阿呆や」

暗い軒下の道を歩きながら、万吉のぼやきがつづいた。

「去年までのわいなら、怒りゃせん。嗤《わろ》うたるだけや。ところがいまはなりはこんな極道屋でも、表向きは一《ひとつ》柳《やなぎ》家の物頭や。つまりわいも歴とした侍やがな」

「いかにもそうだす」

「お前も侍や。その侍の身であることが小っぱずかしゅうて、表通りも歩けん気持や」

「まあ、そう怒りなはるな」

「三百諸侯のなかで、侍が古儀のとおり恥を知り武勇を尚《とうと》び、事あるときには敢然と死ぬという藩は、薩摩、長州、土州、会津のわずか四藩であるというな」

「なるほど」

「この四藩が、天下の権を争いよるときが来るやろう。こんどの藤堂侍の腰ぬけぶりをみていよいよそう思うた」

「そのとき、どっちが勝ちますやろ」

「土佐は老公が頑固なためにずっと中立をまもってゆきおるやろ。とすると薩と長が、会津と闘うようになる。多勢に無勢、おそらく薩長の天下が来る」

一葉落ちて天下の秋を知るというが、万吉は藤堂兵のすさまじいほどの臆病ぶりをみてその感がにわかにおこったらしい。

御用盗

一

万吉がつけねらっている御用盗の首領は、安岡鳩平《きゅうへい》という若者である。

悪い人相の男ではない。

だから大坂新町の妓楼長柄屋《ながらや》でも、安心してこの若者とその一党に登楼させた。

「どこかの大藩の国家老あたりの次男坊ではないか」

という見込みを、客の鑑定《めきき》に熟達した長柄屋善兵衛でさえつけたほどであった。

「二三日、流連《いつづけ》させせい」

と、保証の金を二十五両、帳場にあずけたほどである。金さえあずかれば、相手が何者であれ、娼家の主人としては知ったことではない。

「きゅうさま、きゅうさま」

などといって、敵娼《あいかた》の錦木の熱のあげようも異様なくらいだった。

鳩平は、河豚《ふぐ》の腹のように色白でまるい顔をもっている。いかにも坊ちゃん坊ちゃん顔つきで、舌が長く、ものをいうとき、いったん口腔のなかでもぐもぐ動かしてからやっと口をきく。それがいかにも甘ったるく、まだ乳くさいにおいを女に感じさせた。

（可愛いひと）

と錦木が思ったのはむりもない。錦木は、安岡鳩平のたばこのつけかえまでいちいち世話をやいてやるという熱の入れようだった。

安岡鳩平はじつのところ、武士階級の出身ではない。

西国筋の姫路城下のはずれの大きな網元の家の子である。

年少のころから家業をきらい、縁戚にあたる姫路藩士の家に寄寓し、そこから城下の町道場にかよって神道無念流をまなび、十八歳で目録になった。

そのころから、この西国の要都にもしばしば思想的遊説者《ゆうぜいしゃ》があらわれた。道場にもつてをたよってよくくる。

「いまこそ草莽《そうもう》の立ちあがるときだ」

といって蹶起《けつき》をうながしにくるのである。古くは文久二年のころ、有名な清河八郎が九州遊説の帰途、道場に立ちよったということも鳩平はきいている。その後、有名無名の遊説者が足をとどめた数は、いちいち指を折ることもできないほどに多い。

生野の乱をおこした平野国臣《くにおみ》もきたことがあり、その熱弁に浮かされて国臣に従って道場をとび出して行った先輩もある。

京の新選組から、前後二回にわたって道場に勧誘にきたこともあった。討幕派にしろ佐幕派にしろ、いうところは一つである。

「尊王攘夷のため」

ということであった。

そのうち天下の騒動がいよいよ大きくなり若い安岡鳩平もじっとしていられなくなった。

が、この若者に思想があるわけでもなく、読書能力があるわけでもない。ただ、若いだけに血の気がある。

「ひとつ大坂の奸商をいためつけてやろうではないか」

と、たったそれだけのことで道場で同志をつのったところ九人の仲間を得た。そこで近江屋忠兵衛方を襲ったのである。近江屋が奸商であるかどうかなどは、この種の亜流志士にとってどうでもよい。

二

といって御用盗首領の安岡鳩平には罪悪感はなかった。

「奸商を槍玉にあげてやった」

という昂然たる気持があるだけである。思考力のとぼしい、それだけに乱世の感化がこの若者には強烈だった。思考力がとぼしいといえば、安岡鳩平は近江屋忠兵衛がなぜ奸商であるかという点でも明確でない。

「この国難のご時勢に、天朝の御苦悩、民の窮迫をもかえりみず、ただ射利《しやり》（営利）をこととし、莫大な利益をあげている」

だから奸商なのであった。もっとも文久二年三年の天誅ばやりの時勢では、しばしばそういう理由だけで商家がおそわれた。新選組の初期、初代局長の芹沢鴨も京都の富商をその理由でおそい、大砲まで持ち出している。

鳩平は、大坂をおそうためにまず兵庫に入って情勢を探知していたころ、

「ちかごろは綿問屋がもうけている」

という話をきいた。

綿は、アメリカが世界最大の輸出国であったがそれが南北戦争のために生産が需要に追っつかぬばかりか、戦争の荒廃で綿畑そのものも荒れはてた。このためヨーロッパで綿が暴騰し、ヨーロッパ商人たちは日本にまで買いつけにきているのである。

そこで綿問屋がおもしろいほど儲かった。とくに大坂の郊外である河内地方は日本有数の綿の産地でもあり、大坂の商人がそれを買いつけては、長崎、横浜といった開港場にどんどん送った。

その評判は、兵庫まできこえている。

(すると、綿問屋が奸商だ)

と、鳩平たちの単純な頭で理解した。理解というより目標をみつけさえすればいいのだから、これほど簡単な思考はない。

「綿問屋なら、たとえばどこだ」

「近江屋忠兵衛もそうだ」

ということで、襲撃の目標がえらばれ、襲撃し、番頭を殺し、娘を連れ去り千両箱を手に入れた、という次第である。こんな程度の思慮でとほうもない行動をしでかすというのも、やはり乱世のせいであろう。

近江屋の娘お千賀については、

「手をつけるな」

と仲間に釘をさした上で、尻無川べりの野小屋にとじこめてある。仲間が二人ずつ、交替で監視し、監視の役のおわった者は新町のこの長柄屋へきて遊興にくわわるという仕組みである。

長柄屋での鳩平らの遊興態度は、物狂いにさわぐというところはなかった。どちらかといえば、物静かな客である。

「人目につくような騒ぎ方をするな」

と首領の鳩平は、一同に念を入れてある。一同もよくこの若者の言うことに服した。おなじ道場仲間とはいえ、鳩平の腕はずばぬけていたため、服すよりほかはない。

「あす、娘をつれて、松田と武藤がひと足さきに西宮へゆけ。西宮では十文字屋にとまっているように。あとから三々五々、われわれがゆく」

と、この若者は新町長柄屋に入ったときそのように手配りしている。

三

鳩平たちはこの新町長柄屋に二日流連して三日目の朝、廓《くるわ》を出た。

配下の者には、

「今夜、西宮の旅籠十文字屋にあつまれ。三々五々あつまれ。明朝の出船で周防《すおう》の三田尻へくだる」

と言いふくめてある。

鳩平は、山金といわれている腕達者の男ひとりをつれて市中を歩いた。

大胆にも天満与力町のちかくまで来、芳花屋という刀屋で大刀一ふりを買いもとめようとした。

「すぐ差料にするからこしらえのついたほうがいい。そちの店ではどれほどの刀があるか」

「へい」

と、芳花屋の芳蔵という亭主が鳩平の人体をみて、十五両ほどの新刀をさしだした。

「近江守正勝でございます。二十両と、申しあげとうございますが、目貫《めぬき》が粗末でございますので、十五両頂戴しとうございます」

「百両ほどの刀はないか」

(えっ)

と芳花屋がおどろいたのは、その値段の巨額さではない。そういう雑駁《ざっぱく》な買い方をする相手の態度についてである。

(こいつ、御用盗かもしれんな)

芳蔵は、稼業がら、そんな勘が働いた。

「これはいかがでございます」

と、目のさめるほどにあざやかな拵《こしら》えの刀をとりだしてきた。鞘が、朱と黒の革で蛭巻《ひるまき》につつんだ華やかなものだ。それに白糸でツカを巻いてあるから、これを帯びておれば遠目でも目につく。

(人目につかせてやれ)

というのが、芳花屋芳蔵のこんたんであった。中身もわるくない。

「水心子《すいしんし》正秀の高弟で大慶直胤《だいけいなおたね》の作でございます。へい、在銘で」

と、その刀を手渡した。

刃渡りは、二尺四寸五分で、安岡鳩平にはうってつけの寸法である。

鳩平はすらりと抜いて刃文《はもん》をしらべたり重さを掌のなかではかったりした。

「斬れそうだな」

(こいつ、子供のような顔つきをしていやがるが、こんなやつにかぎって大それた人殺しが多いものや)

芳蔵はそんな目で鳩平をみている。

「気に入った。購《もと》めるぞ」

「へい、ありがとうございます。ちょうど百両、と申したいところでございますが、冥加《みようが》として五両、手前が負けたことにいたしとうございます」

「九十五両か」

鳩平はふところから二十五両包みの切り餅を四つとりだし、一つを割って五両をふところに入れた。

山金も、ここで五十両の刀を買っている。

そのあとふたりは心斎橋へ出、呉服屋に寄って出来合いの黒縮緬《ちりめん》の羽織をそれぞれ買った。贅をつくしたつもりである。

そのころ、芳花屋芳蔵は町会所に届け出、その刀の拵えも克明に物語った。

奉行所では色めき立ち、尻無川の一柳藩番所にも通告してきた。すぐ番所から西宮の万吉のもとに飛脚がとんだ。

四

御用盗首領安岡鳩平は、山金をつれてそのまま西宮へむかった。

「攘夷というのはいいものだ」

と、神崎川を徒渡《かちわた》りしながら、山金にささやいた。攘夷というのは「外国を撃ちはらう」という意味だが、この連中の隠語では押し込み強盗という意味につかわれている。

「ええものやな」

漁師あがりの山金も満足そうにうなずき、やがてその顔が卑猥になった。

「西宮の旅籠にはええ飯盛りがいますやろ」

といった。荒仕事をやったあとは、女のことしか考えない。不安と昂奮に沈静をあたえてくれるのは、思いきって女と悪騒ぎする以外、手がないのである。

「新町では、お通夜の晩におかゆをすすらされたようなもんや」

音もなくすすって息づかいさえひそやかにさせられていたことが、山金には不満だったのであろう。

「西宮の十文字屋では思いきって騒がしてもらいまっせ」

「わるい料簡だ」

鳩平は首領だけに、自制心をもっている。

「騒ぐと足もとをみられるぞ」

「一ト晩だけや。あとは船だすがな」

船で海上へ出てしまえば、まさか幕吏が追っかけては来まい。

「命がけの仕事をやったのや。西宮でもお通夜をせえといわれたら、みながふくれますぜ」

夜、西宮に入り、関所を通過した。関所ではあやしまれなかった。

その足で十文字屋に入ると、すでに六人が先着していた。

夜ふけてあとの二人が到着し、ぜんぶそろった。あすの乗船の手配りもした。

「わっ、と騒ごうぜ」

と首領の安岡鳩平に詰めよる者もあったが鳩平はそれをおさえた。

「騒ぐな、女も抱くな」

と、威丈高《いたけだか》にいった。一ト晩の辛抱であるといった。

「みな気がゆるんでいる。女を抱けばどんなことを喋ってしまうかわからん」

「女ぐらい、抱かせえや」

播州の漁師のことばをまるだしで山金がわめいたが、鳩平はうんといわない。

「周防の三田尻についてから底抜けに騒げ。三田尻は長州領だ」

長州藩は幕府に対して元治元年以来敵対関係にあり、戦国の割拠主義をとって幕法は長州藩までおよばない。いかなる犯罪者も、いまや長州にさえ逃げれば安全という状態にある。

むろん、長州にも警吏はいる。不審の他国者に対してはいちいち宿あらためをするが、そのときは、

「われわれは平野国臣先生の門人で生野義挙の生き残りである。尊藩をたよって攘夷のさきがけたらんとする者」

といえばよろこんで迎えてくれる。

鳩平は、そのつもりでいた。

ところが、おもわぬ事態がおこった。この夜、夜半から風が吹きはじめたのである。

五

「ありゃ、風かい」

と、万吉が寝床で鎌首をもたげたのは、その夜の亥《い》の刻（夜十時）をすぎたころだろう。雨戸がしきりに鳴るのである。

「風でやンすやろな」

と、小春が北摂のことばでいった。枕に耳をつけると、浜辺の波の音が遠鳴りにひびきわたってくるようだ。

「えらい風でやンすな」

（藤堂の侍ども、また飛びだすのやないやろな）

正直、万吉は心配した。すでに御用盗らしき者が大坂天満の刀屋にあらわれたという報らせをうけとっている。この大事な時期に、また藤堂侍にさわがれては事がぶちこわしになると心配したのである。

「風は、たれが吹かせるのだすやろ」

と、不意に小春が妙なことをいった。目をいっぱいに見ひらいて小首をかしげている。

「風かい」

万吉は返答にこまった。風はたれが吹かせるのかなどは、万吉は考えたことがない。

(けったいなことを言う奴ッちゃ)

「風は、風が吹かすのやろ」

「風、というお人がだすか?」

(こいつ、あほうやないやろか)

と、心配になって行灯の灯をつけ、小春の顔をのぞきこんだ。満ち足りた童女のようなかおを横に寝かせている。

「漢籍には風伯というのが風の神やというが、ほんまかどうかおれは知らん」

「風伯さんは、たれのお言いつけで風を吹かしやはるのだす」

「長生きせい」

万吉は笑い出してしまった。この小春と連れ添えばひょっとするとこっちまでうかうかと長生きしてしまうかもしれない。

「こいつは嵐になるやろ。とすれば、あすは船が出んさかい、客はこの西宮であふれよるやろな」

「お宿は大儲け」

「阿呆かい」

万吉は笑いだした。どうもこの小春といっしょにいると笑うことが多いようだ。

一方、十文字屋では。——

御用盗首領の安岡鳩平も、十文字屋の二階で目がさめ、

「風か」

と、横の山金にいった。雨戸がはげしく鳴っているのである。

二階の二室借りきってこの同勢十人がとまっている。それらがみな起きあがってきて鳩平の枕もとにすわった。おびえると風声鶴唳《ふうせいかくれい》にも目がさめるというが、やはりこの連中の不安が寝床に安んじさせなかったのであろう。

「あしたの船は、あかんな」

と、山金が、煤《すす》けた顔でいった。

「いっそ、早発《だ》ちで陸路長州へのがれてはいかがです」

そんなことをいう者もある。一刻も早くこの幕府領をのがれて長州にちかづきたい、というのはこの場合の人情だろう。が、陸路は十藩近い境をこえてゆかねばなら

ず、危険はきわめて多い。

六

結局、十文字屋にいる安岡鳩平ら御用盗の連中は、ひと晩まんじりともせずに夜を明かした。

朝になっていよいよ風はつよくなり、海は天をたたくような高浪が立ち、とても船出どころではなかった。

「船待ちだな」

鳩平は、いらだって顔色も蒼《あお》ざめている。

仕事がおわった以上、一刻も早くこの大坂町奉行所管内から逃げきりたい。そう思うといままで冷静でいたこの鳩平までが心の落ちつきをうしなった。

他の者は、推して知るべしである。目が吊りあがり、仲間とささいなことで、口論している者もある。

「やりきれん。酒を飲ませえや」

と、山金は、ついに鳩平にせまった。酒でも飲んで酔っていなければたまらぬ気持である。

「飲め」

鳩平も、とうとう押しきられた。三四人が狂ったように階下へ掌をたたいた。女中があがってきた。

「酒だ」

と、山金は噛みつくように女中にいった。女中は、わっと口をあけた。山金がよほどおそろしい顔をしていたのだろう。ころがり落ちるようにして階下へ降り、番頭をつかまえて、

「こわい」

と、泣き出した。あの侍十人客の血相が、ただごとでないのである。

「泣きやるな」

番頭の与平はなだめるような手つきで女中の尻を上下にさすった。急場の役得というものだろう。

与平は四十二の厄《やく》になる。十三のときからこの十文字屋に奉公してこの宿のぬしのようになっている。

二階へあがり、世馴れた笑顔をつくって鳩平の部屋に入って行った。

「御酒《ごしゆ》をご下命ねがいましたのは、こちらの殿様方でござりまするか」

「そうや」

山金は、横目で番頭を見、刀の手入れをしながらいった。

「早くもってこい」

「お肴《さかな》は、なににいたしましょう」

与平番頭はそんなことをいいながら観察の時間をかせいでいる。

（こら、ただの侍やないな）

そう思いはじめた。最初入ってきたときは大坂か京に在番するどこかの藩のお徒士衆とにらんでいたが、どうみても、この一座に行儀がない。侍というのは、挙措《きよそ》動作のはしばしに子供のころからしつけられた行儀というものがにおってくるものだ。

（偽侍か？）

とすれば、西宮御番所から差紙がきているあの連中ではあるまいかとおもった。

そうしたところに、万吉がこの十文字屋の土間に入ってきた。朝夕、この男は西宮中の宿をまわっているのである。

「与平はんは、居るか」

七

十文字屋の番頭与平は、訪ねてきた万吉を自分の部屋にひき入れた。

「えらいこったす」

与平は、さすがに顔を土色にさせている。

「二階の客十人は、どうも臭うございます」

「どう、くさい」

「さあ」

そこがむずかしいところだ。においは目には見えないからである。が、こういう旅籠の番頭のかんというのは信ずべきであろう。

「宿帳には、どうなっている」

「へい、これで」

と、番頭は帳面をみせた。

石州浜田藩武田専十郎
という名前が筆頭で、同藩士としてあと九人の名前が列記されている。

旅行目的は、剣術詮議（研究）のため、ということであった。

「石州言葉かえ？」

「いや、石州というところはご存じのようになまりのすくないところで、関東のようでもあり上方のようでもあり、これという特徴もございませぬ。でございますから、生国をお偽《いつわ》りなさるお客様は、よくこの石州（島根県石見《いわみ》地方）というのをお使いになります」

「ほう、石州とはそんな国か」

「へい、でございますから、この石州とここでお書きになっているのがかえって怪しいわけで」

「なるほど」

さすがは旅籠の番頭だとおもった。

「朱と黒の蛭巻のはでな鞘の刀を、そのうちの一人が持ってはいなかったか」

「さあお腰の物までは」

と、番頭は、くびをひねった。相手がその刀を人目につかぬところに置いているのか、自分の目ではたしかめなかったという。

「金づかいはどうや」

「吝嗇《しぶ》だすな」

昨夜は酒ものまず酌婦も抱かず、物堅く寝たという。その点、大坂で荒かせぎをした御用盗らしくない。

「ただ、けさになって酒だ、といいだしましたので」

「船待ちの憂さをはらすつもりやろ」

万吉は、そうみた。尋常すぎるほどのことでそれをもって相手をあやしむわけにはいかない。

「ただ、万一まちがいだったとすれば、これはえらいことに相成ります」

番頭はそれが心配だった。相手は、石州浜田六万一千石、譜代のなかでも名家として知られた松平家の家来であると名乗っている。ねじこまれれば、旅籠十文字屋だけでなく万吉のほうもこまるのだ。

「よっしゃ」

と、万吉はひざを打ち、決意をこめた顔をあげた。

「わし自身が探索する。わしをこの宿の客にしてあの部屋で相客させてくれんか」

船待ち客で宿は客であふれるはずだから、部屋が相泊まりになるのはごく自然なことで相手はそれを拒否できまいし、それを怪しみもしないであろう。

「せやが、こっちは命がけや」

八

明石屋万吉があらためて旅装をし、敵城ともいうべき十文字屋に乗りこんできたのは、それから四半刻後である。

「いらっしゃいまし」

と、番頭与平が、みずからとび出てきて万吉をむかえた。むろん芝居である。

万吉は、三度笠を手にもち、浅黄の股引に同色の手甲脚絆に身をかため、それに鉄づくりの長脇差を一本腰に落して、どこからみてもいなせな街道鳥の姿である。

「たのむでえ」

と笠を女中に渡し、わらじをぬいで足をあらい、二階へあがろうとした。

番頭与平が、二階の侍たちに聞えるような大声で、

「いま船待ちのお客様で大混雑しておりますが、二階のお客様と相宿していただくわけには参りませぬか」

「結構、結構」

万吉はどんどんあがって行って、その二階の廊下に立った。番頭の与平がその廊下にすわり、部屋のなかの安岡鳩平らにその相宿の件の諒解をとりつけようとした。

「まあ、よかろう」

安岡鳩平は、にがい顔でいった。船が出ぬとあればこの状態はやむをえぬことであった。

万吉は部屋のすみ、畳二畳を借りた。その二畳を、女中が屏風《びょうぶ》で仕切ってくれた。ほどなく、安岡らの一統の酒盛りがはじまった。

女も二三人やってきた。

屏風のかげでは、万吉も手酌で酒をのんでいる。徳利が五本ある。そのうち二本は水でその水を万吉は飲んでいた。この男はどう修行しても酒がのめないたちである。

「うぬはたれだ」

酔いがまわってきたころ、山金が首をまわして背後の万吉に問いかけた。

「へい、大坂の渡世人だす」

「ばくち打ちか」

「左様《さい》で」

「このご時勢に、ばくちを打って暮らしているとは料簡のよくない男だ」

「まったく」

万吉は苦笑している。

「どこへ参る」

「へい、讃岐の金比羅はんへ」

「なにを祈りにゆく」

「家内安全無病息災」

「不心得なやつだ。いま、夷狄《いてき》が軍艦をならべて攻めよせて来ようというのに、家内安全無病息災とはなにごとだ。攘夷御成就《じょういごじょうじゅ》でも祈るならともかく」

「なにしろ」

万吉は、笑わずにいった。

「御用盗のはやる物騒な世間でございますさかいな」

そっぽをむきつつ、目のはしで相手の顔色を読むと、多少、表情に動揺があったようであった。

「せやけど、まあ、相宿もなにかの御縁でござります。まあ、いっぱい」

と酒の入ったほうの徳利をつかんで膝をすすめ、山金の杯に注いだ。

九

万吉は、満座の監視のなかにある。

が、この無口な男は、石のようにだまりこくったまま、半日をすごした。

(わからん)

日暮れごろになってもまだわからない。例の近江屋へ入った御用盗の一味だとすれば、近江屋の娘お千賀を同行しているはずだった。

(殺しよったのやろか)

実はお千賀を、かれらは大坂の尻無川畔の野小屋に閉じこめていたのだが、大坂脱出のとき、始末にこまってそのまま閉じこめて去った。お千賀はその後、付近の百姓に発見されて近江屋へつれもどされるのだが、その一件はまだ万吉の耳にとどいていない。

(わからん)

わるいことに――というべきだが、日暮れ前から雨がやみ、嵐もすぎた。夜あけに西風さえ吹けば、船は出帆するであろう。

（船が出てしまえば、なにもかもしまいや）

それが、万吉をあせらせた。

日が暮れ、めしが済むと、ばたばたと夜具が敷かれはじめた。

（寝てしまわれては、えらいこっちゃ）

ちょっと、あわてた。

万吉は自分の智恵の無さに、ほとほと愛想がつきる思いだった。せっかく乗りこんでいながら、この集団の尻ッぽもつかまえることができない。

ついに意を決した。

（こうなれば、わいの流儀でいくこッちゃ）

阿呆には阿呆の流儀がある、というのが万吉の信念である。なまじい利口ぶって相手の尻ッぽを見定めてやろうというのがむりであった。

「お武家様」

と、安岡鳩平のそばに寄った。安岡は袴をぬいで寝支度をととのえていた。この男だけ酒がのめないのか、酔っていない。

「なんだ」

「相談に乗っとくれやす。いや銭のことやおまへん。ここの勘定はちゃんとこうやって持っております」

と、胴巻をみせ、念のためにそれを振ってみせた。胴巻の底で銅と銀がふれあう音が、にぎやかにきこえた。

「金はおま。貸しとくなはれという話やおまへん」

(妙な男や)

と思いつつ、安岡は万吉のその持ちかけかたに警戒心を解いた。あまり利口な男ではないとみたのであろう。

「話せ」

「いや、ここでは申しあげにくいことでございますので。ちょっと表までおつきあいねがいますまいか」

「なに、顔をかせというのか」

「いやいやとんでもない。切羽《せっぱ》つまった手前の話をきいていただきたいのでございます」

「あらかた、どんな話だ」

「手前は人をさがしておりますが、そのことなんで。御義侠心にすがりとうございます」

「おまえ、仇持ちか」

山金が、横からいった。

そのあと、安岡鳩平と山金のふたりがどういう油断か、ふらふらと万吉といっしょに階下へ下りたのがこの男たちの不幸だった。

十

万吉は、外まで連れ出させたかったのだが階段をおりたところで、安岡鳩平と山金は足をとめ、

「ここで話せ。なんの頼みだ」

と、にわかに警戒心をみせた。こうなっては、万吉も妙なうそはつけなくなった。

「私の素姓を話す」

万吉は、単刀直入にいった。素姓といっても、極道屋の明石屋万吉、などと言えば相手はおどろくまい。

「一柳家の小林佐兵衛という者だ」

「それがどうした」

「わからんか。公儀の命によって尻無川の御番所をあずかっている。早ういえば、京の新選組に似たものや」

二人の顔色が変わった。

(やっぱり、御用盗やな)

と、万吉は勢いこみ、

「近江屋忠兵衛方に押しこんで金を盗り番頭嘉平を殺したのは、うぬらと見た」

「証拠があるか」

安岡鳩平は、さすがに落ちつきをとりもどしていった。

「ない」

万吉は、正直にいった。

「ないさかい、こうしてたずねている。うぬらが武士なら、証拠は要るまい」

「妙なやつだ。言いがかりをつけて、それで済むと思うか」

山金は、真蒼な顔でいった。

万吉は、早速返答に窮した。

(やっぱりおれはあほや)

とおもった。こうなれば、めったやたらと喧嘩を売ってゆくしかない。

「番所へ来い」

「こいつ。石州松平家の家来であるわれわれがなぜ不浄役所へ参らねばならぬ。不審があれば藩へ掛けあえ。ただし言いがかりの無礼はゆるさぬぞ」

「どないするんじゃい」

万吉は、凄んだ。

「斬ってやる」

山金は、背後でツカに手をかけた。安岡鳩平があわてて制したが、遅かった。鞘走る音が鳴ったかと思うと、万吉の背に白刃が襲った。

万吉は、土間にころがり落ちた。かわしぞこねて背に薄手を負った。血が、着物を濡らした。

「斬ったな」

万吉はむしろうれしそうに叫んだ。これで事件になった。たとえ歴とした藩士であろうと番所へ出頭して事情を届け出ねばならぬ。

「さあ、番所へ来い」

と連呼してさわいだ。ただし手に四尺ばかりの突っかい棒をにぎっている。山金は土間へとび降り、さらに白刃を打ちおろした。

万吉は、それを受け、そのあと猛然と攻撃に出た。剣技は、万吉のほうがややすぐれているようだった。

山金は押された。

その間、万吉が「御用盗御用盗」の連呼をやめないため旅籠中が大さわぎになった。

「山金、逃げよう」

安岡鳩平が、一味に脱出を指示するためばたばたと二階へあがった。山金は万吉の棒が眼前にあるためうかつに逃げられない。

十一

馬鹿は馬鹿なりの思考法がある、といえば万吉はおこるかもしれないが、眼前の山金の殺気の異状さに、

(やっぱり、まちがいない)

と、相手の正体を再度たしかめ得たような思いだった。が、この確認法は、危険そのものだった。いつ山金の白刃が、万吉の脳天を西瓜のようにたたき割るかわからな

い。

階上階下の騒ぎは、割れるようだ。普通の泊り客や宿の者、女たちは、裏からとび出したり、二階の小屋根からとびおりたり、それらが逃げながら悲鳴をあげたり絶叫したりして、まるで狂人が狂馬に乗って屋内を駈けまわっているようだった。

(なんと、人間とは喧《やかま》しい生きものか)

万吉は棒をかまえながら、もうそれだけで厭世的になる思いだった。

「静かにせいっ」

万吉がたまりかねてどなったとき、山金の白刃が頭上に打ちおろされた。それをあやうく棒で受け、受けた棒をひるがえして山金の胸を思いきり突いた。

「わっ」

と山金が倒れたとき、階段がこわれるほどの勢いで人の群れが雪崩《なだれ》をうっておりてきた。

安岡鳩平ら、御用盗の連中である。

(こら、かなわぬ)

万吉は、棒を縮めたとき、雨戸が、どどどどと鳴った。

「開けえっ、御番所の者だ」

あとでわかったことだが、西宮御番所の人数、万吉の配下の軽口屋の人数、それに藤堂藩の人数が、道路、裏口、隣家の大屋根といったぐあいに配置しつつびっしりと十文字屋を包囲していた。

「山金、これはまずい」

安岡鳩平が山金をひきおこして、ふたたび階段へあがりはじめた。

「こうなれば、この十文字屋の二階で籠城だ。火を放ってその隙に逃げよう。めいめい、よいか」

と、安岡鳩平は階段を駈けあがりながら叫んだ。

「待った、土間に、あいつがいる」

と、山金がいった。殺してしまわねば、捕り方を内部へひき入れるだろう。

「あいつか」

安岡鳩平は、階段の途中で土間を見おろした。鳩平の左手には、天満でもとめた例の朱と黒の蛭巻鞘の一刀がにぎられている。

その刀を、万吉は見た。

(やっぱりそうや)

そうみると、この男は火を噴くように勢いづいてしまい、階段の下にまだいる山金にとびかかり、その頭蓋めがけて思いきり打ちおろした。

山金はとっさに胴を払おうとした。万吉はこのため帯を切られ、前はだけになった。が、山金はそのときは息も絶えだえになっている。

万吉は、機敏だった。その山金の刀をひろい、いま一人の御用盗を叩っ斬った。

安岡鳩平は狼狽した。二階へかけあがった。それにつれて御用盗の全員が二階へ逃げた。

土間では、万吉がひとりである。

十二

外から、雨戸を叩く音がやまない。

「いま、開ける」

万吉は、内からどなった。

からん、と桟《さん》をはずすと、だっと飛びこんできた武士が、万吉の腰にしがみついた。

「ばか、おれじゃい」

と、万吉は突きころばした。軽口屋であった。それにしても軽口屋は平素に似ず、勇気のある男だった。

「あっ、親方だっか」

「そや。うろたえるな」

「賊はどこだす」

「二階や」

万吉は、血刀をぶらさげながらいった。

さて、妙なことがある。軽口屋こそ飛びこんできたが、他の者はこない。

「どうなっているのや」

「びしっと取りまいておりますがな。せやけど西宮御番所の人数も、藤堂藩の人数も、さっぱり臆病者ぞろいで、たれひとり踏みこもうとする者がおりまへん」

「そんな、か」

「さっぱりだンな」

その軽口屋も、歯の根があわないらしくカチカチとあごのあたりを慄わせている。

「土間にはわしがいる、心配するなとみなに言え。ところで敵をどうするかじゃ。それを頭《かしら》ぶんの連中とここで打ちあわせしたいゆえ、この土間まで入ってくれと言え」

「よろしおま」

軽口屋がとび出して行ったが、やがて与力の堀と、藤堂藩の隊長中村祐右衛門をよび入れてきた。

藤堂藩の中村は、思いきって小男な人物だけに陣笠がいやに大きくみえ、どうみても椎茸が歩いているとしかみえなかった。

「敵を二人、私が斬った。あと八人は二階にいる」

と、万吉はいった。万吉が傷と血しぶきですさまじい格好でいるため、与力も椎茸もすっかり度肝をぬかれてしまい、この遊び人装束の万吉を頭とあおぐような姿勢をとった。

「そ、それで、われわれとしては、いかが致せばよろしゅうござろう」

と、堀与力はいった。

「わいの言うとおりに動いてもらいたい」

「いかにも左様に」

致します、というふうに、堀も椎茸も、小腰をかがめた。こういう修羅場《しゅらば》になってしまえばもはや能力のある者に指揮をまかせざるをえない。その万吉も、能力というよりも、あるのは度胸だけなのである。

「あいつらは火イ付けて逃げると言うていたが、ほんまにやりよるやろ。火イでも付けんと、この場は逃げられまい」

「火を掛けられるとこまる」

堀与力はいった。西宮は街道を中心に家屋が密集しているから惨澹たる大火になるだろう。

「せやさかい、町中の火消しを集めておいてもらう。むろん捕り方はびっしりと包囲して網を張っておく。そこであいつらを屋外に飛び出させる。そのためには二階へ斬りこむ人数が要る」

十三

「二階へ斬りこむ」

与力の堀が、にわかに声をひそめた。藤堂藩の椎茸も真蒼になっている。

「ああ斬りこまんとどうにもならん」

万吉はうなずいた。

「そ、そんなことをすると、当方に人死《ひとじに》が出るではないか」

堀与力はかろうじて威厳を保ちつつ、慄え声でいった。堀がそういうと藤堂藩の椎茸も救われたようにうなずき、

「そのとおりだ。与力の申されるとおりであるぞ。元来、われら藤堂家の者は義によって手伝いにきているだけだ」

「それがどうした」

「本来の役目は洋夷に対する備えにある。洋夷が上陸してきたとあれば、それが何万であろうと一歩も退かずに戦うが、たかが宿場にまぎれこんだ御用盗のために士卒を損じたくはない。そこをよく分別してくれ」

「斬りこみいややというのか」

「いやとは言わぬ」

「すると、命が惜しいのかえ？」

万吉はもう、三百年この国を支配してきた侍階級というものの臆病さに、腹が立つというよりも憎悪を感じてしまっている。

「まあ、考えてみよ」

と、椎茸はいった。

「二階の賊は死にものぐるいである。この賊に斬りこんでゆけば、十人のうち五人ま

では死ぬか大怪我をするであろう。用兵というものはなるたけ兵を損ぜぬことにある」

(理屈だけは一人前や)

万吉は、圧され気味になった。しかしすぐ盛りかえして、

「こんなときは分別もくそもあるかい。ぐずぐずしていたら、二階の阿呆どもは火イ掛けて西宮じゅうを火の海にしてしまうぞ」

「いや、竜吐水《りゅうどすい》がある」

ポンプのことだ。

万吉は、いらいらしてきた。三百年封建制度のなかでのうのうと高禄をひきついできた与力や大藩の上士には先祖の野性は失せはて、死ぬ生きるの難所はできるだけ避けて通ろうとする智恵だけが発達している。

幕府が長州征伐の令をくだしたときもそうだった。かんじんの旗本八万騎の多くは従軍を怖れ、にわかに隠居して家督を息子にゆずる者が多かった。このため二十五六歳の若隠居と十歳二十歳といった少年の当主が続出した。先祖代々ながながとつづけてきた都会での消費生活がかれらの心をなまらせてしまったのであろう。

(この調子では徳川様の天下ももう長うないやろな)

万吉は庶民らしい肌の感覚でそう思った。

「わかった」

と、この男はいった。

「わいが一人で斬りこむ。しかし一人ならかえって敵の軽侮をまねき、敵に勇気をおこさせることになるやろ。されば勢子《せこ》だけでええさかい、この土間にびっしりと人数を入れてわあわあ騒いでもらおうか」

「そうしてくれるか」

与力の堀は、にこにこと相好をくずした。

十四

斬り込みの準備はできた。

土間に、万吉の手下、西宮御番所の人数、藤堂藩の人数が詰めかけ、

「わあーっ」

と気勢をあげた。

そのなかにあって万吉は鎖を巻きこんだ鉢巻を締め、十文字にたすきをかけ、すそ

を思いきり尻っ端折って、抜き身をかざし、階段の下に立った。

（わいは阿呆や）

ふと、思った。自分だけが斬りこむ、などというような馬鹿の役目をなぜ背負いこんだのであろう。

（おっちょこちょいのせいや）

そのとおりであろう。行かなくてもいい運命に自分自身がつねに自分を追いあげてゆくのが、万吉という男らしい。

（せやが）

ともおもう。いわば、万吉の全身全霊を占領しているこのおっちょこちょい性のおかげでいままでめしが食えてきたわけだし、それがいわば唯一の才能であり稼業でもあるわけではないか。

（わいの一生で、これが一番の難所や）

ともおもった。

そう思うと、子供のころからのことが、一瞬で思い出された。カッパばくちの銭の山におっかぶさって死ぬほどなぐられたこと、堂島の米相場をたたきつぶしたこと、そのあと、万人が堪えられぬという蝦責めの拷問に堪えぬいたことが、くるくると脳裏にまわった。

だだっと階段を三つ四つのぼると、万吉は急に立ちどまり、土間を見おろした。

「景気ようやらんか」

と、声をあげる勢子どもを叱咤した。

「声が小さい」

万吉はそれが不満である。

「もっと大声を出せ。家が割れるほどに喚《おら》びあげえっ」

「わあーっ」

と、声があがった。笑っている奴もある。

(おのれ、人の生き死を笑いくさって)

万吉は腹が立ってきた。自分一人が俄芝居の喜劇役者のように思えてきた。

「わいはこれから死にゆく。明石屋万吉一世一代の一人斬りこみの場アがいまからはじまるんじゃ。末代までの語り草に、もっと景気よう三途《さんず》ノ川へ送り出せ」

「わあーっ」

と、声をあげた。その声も、どうも万吉の必死の心境からみれば空虚《うつろ》なようにきこえる。

（おれを滑稽者と思うてくさるか）

堀与力の顔もあった。

まじめくさって天井を見あげているようだが、そのあたまの片すみには、早くこの騒ぎを片づけて家で寝酒でも飲みたいと思っているにちがいない。

（あの与力が寝酒をのみくさるときには、おれはこの世に居らんやろ）

と思うと、万吉は情無いようなわが身が滑稽なような思いがしたが、

（むこうはお役目が商売、こっちはおっちょこちょいが商売）

と思うと、あきらめがつくような思いもした。万吉は白刃をそばめ、一段、階段をのぼった。

十五

万吉は階上《うえ》へ、

「いまからゆくぞ」

と、どなりあげた。が、それだけではなにやら華やかさが足りないような気がして、

「明石屋万吉」

と、つけくわえた。

いったん付け加えると、もっといろいろと付け加えたくなった。どうせ死花を咲かすために名乗るのである。花は大きいほうがいいではないか。

「明石屋万吉なるは極道屋の名乗り。またの名は播州小野一万石……」

播州の語感で、万吉自身、赤穂浪士のような悲壮な感動を覚え、全身に粟つぶが立ってきた。のちに万吉が階段の途中でがたがたとふるえていたという巷説が出たのは、このときの感動によるものであろう。

「……一柳家物頭小林佐兵衛、公儀御沙汰によって西大坂の警衛をつかまつる者」

——なにかしゃべっている。

と、階上では、安岡鳩平が、仲間をかえりみていった。

かれらは階段の躍り場をかこんで白刃を抜きつれ、万吉のあがってくるのを待ちに待っている。

さらに、火付けの係りは、唐紙障子のそばに蠟燭十本をともし、そのそばに古い油紙を盛りあげていつでも火を掛ける態勢をとっていた。

「あいつが、一人で斬りこんでくるらしい」

安岡鳩平は、緊張のなかながら、くすくす笑い出してしまった。

万吉としては、
だっ
と登ってゆきたいところだが、それではかえって敵に弾《はず》みをあたえるようになり、かえって小気味よく斬られる結果になる。

そろり、とあがった。

やがて、上をみた。上から白刃をかざして見おろしている顔が四つあった。

(こいつらが、おれを冥土へ送る死神か)

と思うと妙に気が沈まり、一つ一つを十分にながめた。ながめながら白刃を頭上にかざし、そろそろとのぼってゆく。

「まず、籠手を斬《や》れ、こいつだ」

と、安岡鳩平はおちついて指示した。安岡としてはみながいっせいに万吉の籠手をねらって打ちおろしたあと、万吉の構えの崩れを待って一刀両断に頭をくだくつもりだった。

あとわずか五段というとき、万吉は急に足をとめた。それ以上はのぼらない。

静まっている。口をきこうともせず、息さえしているのか、疑わしい。

顔は、土色であった。

そのままで階上の人数と対峙《たいじ》したが、あせったのはむしろ人数の多いほうである。

一人が安岡の制止をきかず、階段の降り口から一段降り、

「こいつ」

と太刀をふりかざしたとき、疾風のように万吉はその男のふところにとびこみ、左手にもった短刀でわき腹をぐさりと刺した。

短刀は敵の肉の中に残し、そのまま敵のえり首をつかんで楯とし、一気にのぼりきった。

十六

みごとな喧嘩わざである。

楯にしていた男を突っ放すと同時に刀を袈裟に旋回して他の一人を叩っ斬った。

斬られた男は、どどどと階段から階下へ落ちた。つづいて楯にされた男も、短刀を脇っ腹に植えこまれたまま階段を落ちた。

「逃がしてやる」

万吉は、躍り場を離れず、壁を後ろ楯にしながら御用盗の連中にいった。

「いまなら逃げられるど」

顔中、口にして叫んだ。

これも喧嘩のこつというべきものだろう。御用盗どもは逃げたいのだ。腰がふらついている。逃げ足だっていた。その急所を、万吉は衝こうとしていた。

「逃げえっ」

万吉は、わめいた。いかに万吉が敏捷な男でも、相手が逃げることを断念して必死でかかって来られてはたまらぬのだ。

「頼む」

とまで叫んでいた。

「裏口から飛び出せ。裏庭をまわって浜へぬける露地には人数はおらん。行け、行け」

とわめきながら剣をふるい、敵と渡り合っている。

敵は、動揺しはじめた。

首領の安岡鳩平がついにたまりかねて、

「火をかけい」

とわめいた。放火が、退却の合図でもあった。ぱっ、と白煙があがった。

(こらいかん)

と万吉は思ったが、正面の敵三人が邪魔をして消火にゆくゆとりもない。

万吉はすでに血みどろになっている。手足や胴に無数の刀傷を受けていたが、気が立っているせいか痛くもない。

煙りが、天井を這いはじめた。

(こら息が苦しゅうなるがな)

万吉が歯こぼれだらけの刀をふりまわしながらおもったとき、階段を駈けあがってくる者があり、

「天満の軽口屋」

と名乗りをあげるなり、弾丸のように万吉の前をすりぬけて、
戛《かっ》っ
と、万吉の前の男と刃をあわせた。

「軽口屋、あぶない」

「親方、どきなはれ。わてがやりま」

と威勢よくいったが、どんどん斬り立てられてさがってくる。

万吉は大きく息を吸い、

「この餓鬼っ」

と横からふりおろした一刀が、その男の肩さきをぐわっと斬り割った。

白煙はいよいよすさまじくなった。そのなかでもはや動いている影といえば、ほんの一つか二つしかない。

(みな、逃げおったな)

万吉はほっとしたとき、最後の影が、ゆっくりと白煙のなかを遠ざかってゆく。

「うぬア、首領か」

万吉が跳躍して踏みこんだが、男は刀を左手で持ち、万吉の刃を受けながしつつ、小屋根へとびおりた。安岡鳩平である。

十七

夜が明けた。

万吉は、半焼した十文字屋のカマチに腰をおろし、近所から焚き出してくれた握り飯をほおばっていると、坂東屋から小春が茶を運んできてくれた。

「いやア……」

と、盆をかかえたまま小春は立ちつくしている。いやア、というのは上方の娘が事に驚いたときの間投詞である。

「なんや」

「えらいお怪我」

そのとおりだった。顔から胴、手足の全身に脂薬をぬりつけその上から白布をぐるぐる巻いてまるで人間の形ではない。

「お寝やしたら？」

「優しいこと、言うてくれるやないか」

「せやけど、そんなお怪我では寝《やす》まはらんと死にますえ」

「いや、べっちょ（別条）ない」

げらげら笑っている。

(阿呆とちがうか)

と小春が思ったほど、この石のように不愛想な男が、いかにも滑稽そうに笑う。

「わいはな、ちょっとぐらいの怪我や痛みがあるほうが気イが静まる」

「ちょっとぐらいと違いますやないの」

「いや、こんな目エには子供のころから何度遭うてきたかい」

そのつどこの男は、男をあげ、次第に大坂の町でいい顔になってきた。極道屋というよりいわば、怪我屋とでもいうべき男だが、そんなことは小春の知るところではない。

「あとで、坂東屋へ寄る」

といって、万吉は立ちあがった。立ちあがるとき、さすがに痛いのか顔をしかめた。

(町を一まわりしよう)

というつもりである。

表へ出ると、往還のあちこちで人だかりがしている。

万吉は、のぞきこんだ。御用盗の死体だった。この死体の男は、いったん裏口から逃げたものの、鼠のように追い出されて往還で取り籠められ、斬られたものらしい。ずたずたに斬られているがそのわりに血がすくないことをみれば、死体に刃を加えられたのであろう。

(可哀そうなもんや)

と思うと、万吉は、煙りがふわふわとあがるような低い声で念仏をとなえはじめていた。

高田屋の軒下の死体も、おなじ経過をたどってここで往生してしまったのであろう。

(首領はどうしたかな)

万吉は、夜明け前に、

――ほとんどを斬ったはずだ。

という報告をうけている。

南の海の方向へぶらぶら歩いてゆくと、正行寺の塀ぎわにも一つ死体があり、番所の人数がそのまわりをかためていた。

淀ノ町に出た。そのむこうは浜まで畑になっている。その大根畑が無残に踏みあらされていて、一人の男が死んでいた。

「この者はたれや」

「首領の安岡鳩平という男らしゅうございまする」と、番所の者がいった。

顔が血の泥でよごれていて確かめることもできなかった。万吉は、番所の人数がびっくりするほどの大声で念仏をとなえた。

八百八橋

一

万吉は、事件が片づくと大坂にもどり、尻無川の番所勤務についた。

その日に、

「おれも嫁をもらう」

と手下どもに宣言し、軽口屋にたのんで借家をさがさせた。

家はすぐみつかった。白髪橋の北づめを少し北に入ったところで、夏、満潮の時刻には長堀川にさしのぼる潮の香がにおってくるような町内である。

「それは結構な家や」

「ほなら、御案内します」

「無用やろ。嫁に見させに行かせよう」

「お嫁はどこから?」

来るのだす、と軽口屋はきいた。みな嫁の家も名も知らないのである。

「そうか、まだ言わへんかったか」

「へい、まだ」

「西宮から来る」

万吉はいった。言ってから、

「そや。そいつがまだ来るかどうかわからんのや。軽口屋、ひとつ口説《くど》いて大坂へ連れてきてくれんか」

「どこのたれだす」

「坂東屋の小春や」

「酌婦だっか」

とつい口をすべらすあたりは、いかに十文字屋斬り込みの勇士でも、根は軽口屋なのである。

「酌婦であろうがお姫様《ひい》であろうが、おなごはおなご。あれだけのおなごは、京大坂にもそうはおらん」

「へーえ」

軽口屋も、坂東屋の小春とは寝たことはないが、顔だけは知っている。見たところ、酌婦のくせに妙に悪ずれしていないが、どうひいき目にみても、小便くさい小娘ではないか。

(親方も、おなごの鑑定《めきき》はできんとみえる)

「ほんまに連れてきてもよろしのか」

「ええがな」

「しかし親方の嫁はんになれるだけの」

「ああなれるだけのおなごや。いまは小便くさいかも知れんが、あれは磨けば堂々と明石屋を切り盛りしていきよるやろ」

「しかし親方」

軽口屋はしゃべりはじめた。

「親方は明石屋万吉とはいえ、実のところは播州小野一万石一柳様の御家中であり、その侍帳のなかでも上位にお名前の載ったお歴々ですぜ」

「それがどうした」

「酌婦ずれと」

「言うない。わいの侍はこれは義侠でなってやった浮世のほんの一時の仮り姿や。だれがこんな馬鹿な稼業を一生やるかい。さらば根エは極道屋の明石屋万吉。嫁もそれで行く」

「へい」

「わいが、どこかの御家中のお姫様を貰や、天下のお笑い草や。第一、わいの臍《へそ》が笑いよるやろ。男には、やってはならんことがいくつかある。その大なるものは、笑いもんにならんということや」

「それで、酌婦と」

「わかったら早う西宮へ行け」

二

坂東屋の小春にすれば、明石屋万吉などは見当もつかぬ男だ。

この日も大坂からその子分だという、黒紋服、義経袴に大小といった武家装束の男がやってきて、

「通称、天満の軽口屋と申します。ふつつかながら、大坂まで御供をつかまつりま

す」

と名乗ったことさえ、面妖《めんよう》である。武士かやくざ者かよくわからない。

「軽口屋さんとおっしゃるのは、お武家様ですか」

「へへ、まあ、時節柄、一柳家御雇《おやとい》の足軽格ということになっておりますから、かような風体《なり》をしております。しかし人の世はすべてお浄土からながめれば仮りの姿で」

と、坊主くさいことをいった。

「諾《うん》」

とも小春がいわないあいだに、軽口屋がまめまめしく駈けまわって、坂東屋の主人とも話をつけてしまい、さらに小春を西宮御番所与力堀の屋敷につれてゆき、そこであらためて堀家の養女ということにした。

（まさか酌婦あがりでは）

とおもう軽口屋の独断の配慮である。なにもかも、おそろしいほどの速度で運ばれた。

堀家の妻女はさばけた婦人で、西宮の呉服屋で日常に必要な、着物類を見たててやり、それを大いそぎで仕立てさせた。

三日してそれが仕上ってきた。そのうちの一つを小春に着せると、りっぱな商家の娘ができあがった。

「ことさらに武家の娘に仕立てなかったのは小林様が平素町人のかっこうをなさっているからですよ」

と妻女《ひと》はいった。

この女も武家の出ではなく、西宮の大きな造り酒屋の娘であった。日本一の酒どころといわれる西宮では、醸造業者といえば町の大名格である。そのうちの大どころには辰馬、藤田、万屋《よろずや》、枡屋《ますや》などがあり、この四軒の日那や家族は、町ではまるで貴族の待遇をうけている。

おなじ、酒に関する稼業でも、自然、階級ができている。

酒に必要な大小の樽をあきなう樽問屋は、造り酒屋の家老のようなものであろう。樽問屋の旦那でさえ相当な待遇をうけていた。

樽問屋には、大ぜいの樽職人がいる。その職人どもは、樽問屋の家に行ってもシキイからむこうの土間には入れなかった。いつもシキイのそとで平《へい》つくばり、番頭からの指図を拝聴する。

ある樽問屋のお嬢さまが、ある日町を歩いているとむこうから家に出入りの樽職人がやってきた。職人は小腰をかがめ、

「よいお天気でござります」

とあいさつして通りすぎたが、樽問屋のお嬢さまはこのとき白昼で化物に出遭ったほどにおどろいたという。

(樽職人が、立って歩いている)

ことに仰天したのである。彼女はもともと職人とは足のないものだと思いこんでいた。

人間にそれほどの階級があるのだから、酌婦風情となれば人間のはしくれ以下にみられていた時代である。

三

小春はやがて白髪橋の北詰の借家におちついたが、まだ眉も落さず、鉄漿《かね》もつけていない。

かんじんの婿殿の万吉が、尻無川の番所から帰って来ないのである。ずっと帰ってきていない。

そのかわり手下の者がどんどん泊まりにきて姐さん姐さんと奉るものだから、

（やはり万吉さんのお嫁さんになったのかしら）

と小春は首をかしげて暮らしている。なにぶん変った男の花嫁だから、もうたいていのやり方には驚かなくなっていた。

（いまちょっと、番所で取り込みがある）

という旨の伝言は毎日とどいていて、その点、小春は安堵はしていたが。

万吉の取りこみとは、こうである。

ちょうど、小春が西宮から大坂へ移ってきた日、安治川の船番所の川上から幾艘もの船が流れてきた。

万吉は安治川船番所は管轄外《かんかつがい》だったが、たまたま、この日の夕刻、この船番所に用があってきていた。

船番所の建物は、関所に似ている。石垣で固めた川岸に面して建てられ、土間に同心組の者が三人、六尺イスに腰をおろして川面《かわも》をながめている。

奥は、一段あがった畳敷きである。そこに書役の同心が、机を前にしてすわっている。

入り口の右手の壁には、司法権の象徴である捕物道具がびっしりとならべられており、いかにもものものしい。

番所の前を通過する船の客は、ひとりひとり藩名あるいは居住地、そして名を大声で名乗る。不審がなければ、

「通らっしゃい」

と、番所から声がかかる。そこで船頭がふたたびろを動かして漕ぎさってゆく。

この日の夕、安治川船番所を通過したのがあとで天下を聳動《しょうどう》せしめた天誅組の浪士一同である。

かれらは大和で挙兵すべく、その前日に京の大仏でひそかに集結し、前侍従《さきの》中山忠光という若い公卿を奉じ、淀川をくだっていったん大坂常安橋そばの土州藩船宿坂田屋におちついたのである。

総勢三十数人で、このあと河内・大和で大いに人数がふえるが、とにかくこのときの人数が結成幹部というべき顔ぶれだった。

土州系の浪士が圧倒的に多い。そのなかには京都ですでに名のある吉村寅太郎をはじめ那須信吾、池内蔵太《いけくらた》、島浪間《しまなみま》、伊吹周吉、安岡斧太郎、安岡嘉助といった浪士中の錚々《そうそう》たる連中がいる。

かれらは常安橋ぎわの坂田屋で最後の支度をととのえ、武具類はムシロにつつんで船底にかくし、数艘の船をつらねて船番所までくだってきたのである。

「名を名乗らっしゃい」

と番所から声をかけると、船の連中は、

「名か。名は加藤清正」

「福島正則」

「上杉謙信」

などと名乗ってからかったから、船番所は騒然となった。

四

「ぶ、ぶれいなっ」

と、船番所の同心三人が立ちあがると、川の上の浪士団も負けていない。

「やるかっ」

と叫んで船から岸へ五六人がいきなり飛び移った。すさまじい勢いである。この天誅組の連中はすでに討幕の先鋒たることを決意しのちに大和では幕府の五条代官所を襲って代官鈴木源内の首を刎《は》ねているから、このとき船番所などはなにほどとも思っていなかったのであろう。

「わしはたしかに加藤清正である。無礼があるとゆるさんぞ」

と、しゃあっと剣を鞘走らせて虚空にかざしたから船番所の同心三人は仰天し、書役もろとも逃げ散ってしまった。

あとに残ったのは、町人体に作っている万吉ひとりである。

「なんだおまえは」

「明石屋万吉と申します」

万吉は、浪士たちを見ず、そっぽをむいて答えた。

「何者だ」

「このあたりでばくち場を開帳しているおかしな奴で」

「おかしな奴か」

浪士たちも拍子ぬけがし、そのまま船にもどって漕ぎくだって行った。

(幕府もあかんなあ)

としみじみ思いつつ、海へ漕ぎくだってゆく船をながめた。

そんなことがあって、この翌日から大坂中の警戒がきびしくなり、万吉なども昼夜をとわず市中巡察をやらざるをえなくなった。

このため、せっかく小春を新居にむかえながら、まだ家にも帰れぬ状態でいる。

日がたつにつれて、あの浪士団の大坂での挙動が、はっきりしてきた。かれらは大坂の古道具屋で、槍、甲冑、鎖帷子《くさりかたびら》などを買いととのえて行ったのだという。

心斎橋に、秋葉屋という古道具屋がある。

その店へ、その日の朝、小柄な浪士がぶらり入ってきて、

「兜をみせてくれ」

といった。土佐なまりがつよく、粗服をまといどうみても風采のあがらぬ田舎侍である。が、存外温厚で、よくよくみると長者の風がある。あとでわかったことだが、これが天誅組の首領のひとり土州浪士吉村寅太郎だった。

「どの程度の兜をご所望で」

と、道具屋が、相手の胸算用をきいた。どうせ大した買い物はできまいとみたのである。

「あの店さきにかざってある兜がほしい」

と浪士がいったから、亭主も内心おかしくなった。百両の値をつけている兜である。

(この田舎侍をおちょくってやれ)

と思い、この兜は明珍《みょうちん》の名作でございます、もしこれが斬れたら、おなぐさみでご

ざいます、といった。

「そうか」

吉村には据物《すえもの》斬りの心得がある。

大刀をふりかざし、気合もろとも、天辺《てっぺん》から錣《しころ》まで真二つに斬りさげてしまった。

そんな事件を、かれらは大坂の町に残して去っている。

五

それから十日ほど経った朝、小春がすそをからげて表で水打ちをしていると、背後の屋内で物音がした。

(ねずみかな)

と思ったが、水を打ち切ってしまわないと気がすまない。小春は柄杓《ひしゃく》を、短切に動かすと、虚空に飛んだ水が扇状にひらく。それが空中で粒のこまやかなしぶきになり、ゆるやかにおちて軽塵をおさえてゆく。

やがて屋内に入ると、台所でめしを食っている小男がいる。

その背は万吉に相違ない。

小春があわてておろそうとすると、万吉がふりむき、

「一段落ついた」

とめしを嚙みながらいった。仕事が片づいてやっと帰宅できた、という意味だろう。

「よう待った」

ともいってくれない。こんな奇妙な花婿があるだろうか。

「いつ、お帰りになったのです」

「いま」

「どこから？」

「表から」

小春が水を打っているすきに、この男はすらりと入りこんでしまったのにちがいない。

「うまい水打ちや」

万吉は、妙なところに感心した。じつのところ、小春の水の打ちっぷりの小気味よさに、万吉は惚れなおした、といっていい。

「手を見せてくれ」

万吉はだしぬけにいったが、小春はそんな万吉に馴れはじめている。そっと左手をさしのばすと、万吉はめしを掻きこみながら、

「ふむ」

不愛想に見つめている。小春の手は、顔の浅黒さにくらべて奇妙に白く小さく、一本一本の指が桑の小枝のようにしなやかである。

(この手が、あんな働きをするのか)

万吉はうれしくなってくるとますます面つきが不愛想になる。

万吉という男は、身ごなしの小気味いい女に情念を覚えるたちだ。

(おれの目にまちがいはなかったなあ)

とおもうとうれしくなって、ますます飯を掻きこみはじめた。

「もうよろしいですか」

小春は、手がだるくなっている。

「懶《だる》いか」

「うん」

「もうちょっとそのままにしていてくれ」

言いおわると万吉はがぶりと小春の掌のはしに嚙みついた。

(ふわっ)

と、小春は飛びあがりそうになった。

「旨かった」

万吉は、歯を離した。小春の掌にめし粒がのこっている。

万吉は茶わんを置き、

「そろそろ祝言をしようか」

立ちあがって表の錠をおろした。まだ朝っぱらなのである。

「小春、そこの酒をもって二階へ来い」

声だけが残って万吉の身はもう階段に片足をかけている。

六

(怪態《けったい》なお人やな)

小春は、階下で襟もとをかきあわせ、手鏡をとって顔を映してみた。

(これがいまから婚礼をしようという顔やろか)

なにしろたったいままで水打ちをしていた顔だから白粉も剝げてしまっている。しかし花婿が二階で待っているのだ。そんな悠長な時間はとれまい。

（このままで行こう）

それにしても来会者がひとりもいないという婚礼が世間にあるのだろうか。

（極道屋のしきたりやろか。それともあの人の新工夫やろか）

酒と酒器をととのえて階段をのぼってゆくと、粗末な床ノ間の前に花婿の万吉が銀煙管をくわえてすわっている。

小春が下座にまわると、

「ならべ」

といった。もっともなことだった。たいていの婚礼では花嫁と花婿は同じ方角にならんでいる。

小春は、ならんだ。

「…………」

万吉は、むずかしい顔つきで天井を見あげたままだまっていた。カリカリと異様な音がするのは、煙管を噛む音だろう。

「どうおしやしたの？」

「考えている」

「なにを」

「はじめの文句をや」

といってしきりと苦しんでいる様子だったがやがて思い出したらしく、

「……高砂やア」

という言葉からはじまる謡曲の一節を謡《うた》いだした。

「この浦舟に帆をあげて……」

と意外にいい声でつづいてゆく。この男は月下氷人《なこうど》の役も兼ねているつもりなのであろう。

やがてそれがおわると、万吉は真面目くさった顔つきで銚子をとりあげ、猪口を小春にもたせて冷酒をついだ。

小春が、飲んだ。

「こんどは、わいの番や」

と万吉は猪口をとりあげ小春に注がせた。

「飲むでえ」

掛け口もろとも飲みほしたのは、祝言の感激でそう叫んだのか、下戸だから気合もろとも飲まざるをえなかったのか、どちらかはわからない。

「終った」

と、猪口を畳の上に置いた。

「これで夫婦《みようと》の固めの杯はおわった。おまえは酌婦、おれは極道屋、どうせ人並みの渡世ではない。となれば人並みの婚礼をやるのも阿呆くさい。せやさかい、おれとお前だけの祝言にした。末長うたのむ」

「こちらこそ、よろしくお頼《たの》もうします」

「引き受けた」

万吉は、うなずいた。

「ところでこれから床入りをする。それまでにいうべきことがある」

「どんな？」

「めっさと（滅多に）おれに惚れるな」

七

「そんなこと」

小春は当惑した。めっ、めっさと惚れるな、といわれたところで、どうにもならぬことだ。

「深いのはいかん」

情愛の深いのは、である。

「サラサラと行け。万事、水が浅瀬をながれるがごとくさらさらと人の世を過ぎてゆく。そいつで行ってもらいたい。淀みの水のようなおなごは、わいはきらいや」

「さあ」

小春は、くびをひねっている。どうもこの花婿のいうことは片言でよくわからない。

「要するにやな」

万吉は、いった。

「わいは極道屋という稼業がら、いつ死ぬかわからん。あすにも、すぽっと」

頸を煙管でたたいた。

「飛ぶかもしれん。そのとき、わしを偲《しの》んで泣きくさる奴が、この世で一人でも居たらかなわん。ぞっとする」

「ぞっと」

小春は、ぼう然とした。

「そやがな。そういうときは、万吉めも死にくさったかとさらさらと笑い、あくる日からけろっと忘れてくれるような嫁がええ」

（やっぱり、怪態なお人や）

小春は万吉をじっとみている。どう理解しようにも理解しようのない人物であるようだった。

「ほなら、寝ヨか」

万吉は立ちあがって押し入れをあけ、どんどんふとんをおろしはじめた。

「あの、私が敷きます」

「よし、手伝え」

万吉はくるくる身を動かしてふとんを敷いていたが、小春はふと、

「お客《ひと》が、来やはれんやろか」

と、心配そうにいった。

「案じるな」

万吉は、いった。

「みなに、きょうは婚礼やさかい来るな、と言うてある。来さらすもんかい」

「あのう」

小春は、心細くなってきた。

「世間の婚礼言うたら、こんなものでっしゃろか」

「ちがうやろな」

万吉はふとんを敷きおわると、帯を解き、着物をぬぎ、襦袢をぬぎ、しまいには下帯までとって枕もとに立ちはだかった。

「お前はんも、すっ裸になれ。いやさ、なにも好色《いんじやら》で言うてるのやあらへん。裸一貫でこの世にたったいま生まれたのがわいらや」

(かなわん)

と小春は思ったが、ぬがぬとどなられそうな気がして、あわてて裸になった。

「立て」万吉はいった。

「ええ体、しとる」

小春はそういわれると、生娘のように羞しくなった。

「死ぬまで、よろしゅう頼ンまっせ」

万吉はぺこりと頭をさげると、勢いよくふとんのなかにわが身をほうりこんだ。

八

そんなぐあいでこの年が暮れ、翌《あく》る文久四年は二月二十日、

「元治《げんじ》」

と改称された。

その布告が、大坂のところどころの制札場に出た日、万吉は小春をつれて心斎橋の夜店をひやかしてあるいていた。

「小春よ、きょうから年号がかわった。元治元年や」

というと、小春が、

「裏の石屋と同じだすな」

といった。石屋は、元治という名だ。小春はそういうぐあいにこの新らしい年号を記憶しようとしているらしい。

「なるほど石屋とおなじか」

万吉は首をひねった。石屋の元治は夫婦仲がわるくて年中喧嘩が絶えない。夜中、近所が飛びおきるほどの大音響をたてて喧嘩をやるのである。

「石屋の元治とおなじなら、この年は大騒動やろな」

と、万吉も、妙な根拠で卦《け》を立てた。どうせ言うことなすことが普通でない夫婦なのである。

「あんたの命に別条《べっちょ》おまへんか」

「別条あるやろ」

どうやら京の雲行き次第では、この京大坂の地は剣電弾雨の年になるのではあるまいか。

天が、熱くなった。

その六月の五日夜、京大坂を動転せしめた非常事変が突発した。新選組が、京の三条小橋西詰池田屋に集会していた勤王過激の志士を襲い、二十数人を闘死せしめたのである。

「えらいことをやりおる」

万吉がその京の変事をきいたのは翌日の夕刻であった。

「かつて無いこッたすな」

軽口屋が、論評をくわえた。

この一統がおどろいたのは、幕府の司法史上、容疑あいまいな集団にむかい、いきなり踏みこんで斬り殺すというようなことはなかったことである。

なるほど新選組は非常警戒ではある。かといってその初期はあきらかに暴行をはたらいた浮浪浪士を斬るのみで、こういう、いわば戦争のような斬りこみに出たことはない。

「これからは、おそらく新選組はこの伝でやりよりますやろ」

と、軽口屋はいった。

「親方、わいらもいわば大坂の新選組である以上、こら、ぼやぼやできまへんで」

「阿呆」

と、万吉は軽口屋をたしなめた。

「ぼやぼやしとるのがええのや」

「と申しますと」

「こんなご時勢や。大公儀がええのか、長州様がええのか、どちらに正義ありともわからん。そんな黒白さだかならぬご時勢には、黒白さだかならぬ姿でゆくのがええ。こっちだけがなにを好んで黒なら黒、白なら白とはっきり旗をかかげることやある。新選組の行き方は、あら、考えものやな」

九

果然、異変がおこった。

この年、七月二十一日の午後、万吉が番所の奥で煙管をくわえていると、

「親方っ」

ばたばた駈けこんでくる足音がした。

「静かにさらせ」

「これが静かにでけまっかいな。まあ見張櫓へあがってみなはれ。河口から海にかけて軍船がびっしりあらわれましたぜ」

「め、め、めりけんか、えげれすか」

「長州だっしゃろ」

万吉は部屋をとび出して裏塀のそばへゆき、そこから見張櫓にのぼった。

(なるほど)

驚くまいとしても、無理だった。先刻の物見の今助がいうとおり、海にびっしりと船がならび、戦国時代の絵巻物そっくりに旗、幟《のぼり》などを押し立て、ひたひたと河口を

めざしてのぼっているのである。

（なるほど、長州にちがいない）

あとでわかったことだが、長州は去年の八月、京で失った政治的位置を回復することを主目的として海路軍勢を送りつけたのである。

長州藩が立ちあがった当面の動機は、さる六月新選組がやってのけた池田屋の変であった。

長州藩軍は、藩港である三田尻を進発するにあたって、その主旨を書いた「手組《てぐみ》書《しょ》」を公けにしている。

手組書には新選組とは書かず、

「輦下《れんか》の狼藉者」

と書き、

「かれらが多く京に群れあつまって暴行を相働いていることは朝廷の御威信にかかわることであり、かつ当方としては武門の面目が相立たぬ」

という表現をつかっている。

軍勢は、五個集団にわけ、第一陣、つまり万吉がいま目の前にみている船団は、浪士隊であった。この隊の役目は政治的なもので、朝廷に対し攘夷の国是《こくぜ》をきめることを請願するにある。兵三百。

第二隊は、家老福原越後を長とし、京の咽喉部である伏見を占領する。兵三百。

第三隊は、家老国司信濃がひきいる主戦闘部隊で、四百人。

第四隊は、家老益田右衛門介がひきい、主として新選組を襲い、池田屋の変の報復を遂げて武門の面目を立てる。兵三百。

第五隊は、毛利家の世子毛利長門守定広がひきいる本軍である。

(えらいことになったなあ)

新選組が無理しよったからや、と万吉は櫓の上でおもった。櫓、といっても火ノ見櫓に毛のはえたような立梯《たてばしご》の粗末なこしらえだから、なにやらゆらゆら動くような気がする。

(どうするかい)

長州藩軍は、おそらく万吉の番所のあたりで上陸してくるであろう。それを万吉が阻《はば》めばただちに上陸戦が展開されるはずだ。

(負けるがな)

当方には鉄砲がないのである。

なにはともあれ、万吉は目の前にぶらさがっている半鐘を叩いた。

じゃあーん
と、夏空の下の西大坂一帯に音の輪をえがいてひろがって行った。

十

万吉は見張櫓を降りつつ、思案した。

(戦うべきか、逃げるべきか)

ということである。

やがて地上に降りると、

「軽口屋」

とよび、この男にしてはめずらしい処置をとった。中之島の一柳藩邸へ行ってきいてこい、というのである。

「余計な軽口はたたくな」

「へい」

軽口屋はとび出して行った。

そのあと万吉は手下ぜんぶをあつめ、戦支度《いくさ》をさせたうえ、

「門を閉めえ。みな、この番所が焼かれようと何しようと、声もあげず、一歩も外へ出るな」

と言いふくめた。

「そら、親方、無茶だンな」

帯権が、顔をしかめていった。この男にすれば無抵抗で身をちぢめているというのがうれしくないらしい。まして万一放火されたときも一歩もそとに出るな、というのは無茶ではないか。

「それでええ」

万吉はいった。戦っても負ける、逃げては卑怯のそしりをうける。いっそ無抵抗のまま全滅するのが、男の度胸をみせるうえでいちばんふさわしいのではないか。

「そら、親方ならでけまっしゃろ。なにしろ石責め蝦責めの苦ウを辛抱して来やはったお人やさかいな」

「じゃかまっしゃい」

喧《やかま》しい、ということを、威勢よくいうときには浪華ではジャカマシイとどなる。

「わいのいうとおりにせえ」

「左様か。しかし京の新選組ならこんなとき斬って出よりますやろ」

「あれはあれ、これはこれ。鷺は鷺らしゅう、鵜は鵜らしゅうやるのが、一番ええ」

「すると鵜は丸焼きだっか」

「丸焼きの真似は新選組でもでけまい」

「そりゃでけまへんやろ」

帯権はあほらしくなったらしく、笑いだしてしまった。

「それで行く」

と万吉は念を押したあと、大坂城代管轄の船番所のほうへ行ってみた。ここの幕吏はすでに雲をかすみと逃げだしてしまっていて、たれもいない。

(空屋かい。そんなことやろと思うた)

万吉は何をおもったのか着物をぬぎ、下帯一本のすっぱだかになり、川のそばへ行った。

そこに六尺の腰掛がおいてある。いつもなら番士が数人居ならんでいて、

――名を名乗らっしゃい。

と、通過する船にむかって威張っている場所である。

その六尺腰掛のうえに万吉はごろりと横になり、川に尻をむけて手枕をした。

体中、無数の傷あとである。少年のころから御用盗騒動にかけてのこの男の歴戦の

傷である。その古傷、新傷を川風に吹きなぶらせながら、目をとじている。

十一

長州藩は、河口で大船から降り、船宿仕立ての川船に分乗した。

一艘に、十人が乗った。ほぼ第一陣の三十艘の船が二梃ろで川を溯航《そこう》しはじめた。どの船にも一文字三星の毛利家の定紋の船旗をはためかせている。

みな、いかめしい合戦支度に身をかためていた。それぞれ槍の穂をきらめかせ、鉄砲には火縄を点じ、いつ戦端がひらかれようともすぐ応じられる態勢をとっていた。

服装は、すべて和装である。戦国時代さながらの甲冑をつけている者もあれば、撃剣の竹胴に鉢巻、野袴といった服装の者もあり、軍装の統一はない。

数年後にこの藩は洋式化されるのだが、この元治元年の当時はまだ銃器のほとんどは火縄銃であり、でなければ命中精度のわるいゲベール銃であった。ゲベール銃というのは薬莢《やっきょう》の雷管を撃針でうって撃発させるその後の洋銃ではなく、原理は火縄銃とほぼおなじで、銃口から火薬と円形弾をころがしこみ、それを撃発装置につけた燧石《ひうちいし》で発火させる式である。

ものすごい音を発する銃だ。銃口がばかに大きく、そのくせ銃身がみじかすぎて、このため震動が大きすぎ、めったに当らない。

まあ、それは万吉に関係はない。

万吉は、相変らず傷だらけの裸体を六尺腰掛の上にごろりとねかせ、尻と背中を川にむけている。

「なんだ、あの男は」

と、先鋒第一船のヘサキに大剣を杖がわりにして立っていた長州浪士軍の大利《おおり》鼎吉《ていきち》がいった。大利は土州脱藩で、諸国に奔走し、文字どおり白刃の林をくぐってきた筋金入りの志士である。

「番士かな?」

横の老人がいった。これも土州脱藩で那須俊平という者であった。

「番士が、なぜ一人でいる」

「しかも素っ裸だ」

「われわれに尻をむけている」

ゲベール銃をもった男がいった。

大利鼎吉が、

「御番士、御番士」

と、船上から万吉のほうへ声をはりあげた。

「われら長州藩軍および浪士軍は京に陳情のことがあり、罷《まか》りのぼらんとする。この船番所は押し通るゆえ、了解《りょうげ》なされよ」

「…………」

万吉は、聞えぬふりである。この男としては、

——番士、番卒はみな逃げた。

とあとでいわれるのがいやなのだ。それだけのことでこんな虚勢を張っている。

だあーん
と、そのとき、ゲベール銃を放つ者があった。白煙が船に立ち、弾丸は万吉の脇っ腹を飛びこえて板壁をぶちぬいた。

ひやりとしたが、万吉は我慢している。

「なんだ、あの男は」

船上の浪士たちも、あきれた。

第二船の者も、銃をかまえて万吉をねらった。やがて轟発《ごうはつ》し、弾は万吉の頭上をとびすぎた。

十二

中之島の藩邸から軽口屋がもどってきて、万吉をさがした。やっとさがしあてたが、万吉のなんとも異様な形体《ぎょうてい》をみて、

(とうとう、来たか)

とおもった。頭に、である。

「親方、行って参じましたぜ」

「ご苦労」

「ところで親方、裸でそこで寝ているというのはなんのまじないだす」

「おまえも裸になれ」

万吉は、その理由を説明した。卑怯の汚名をまぬがれるためにはこの一手しかない、というのである。

「脱げ。脱がずにそんな侍の格好をしていると、長州のやつらが気イ立てて攻めこんでくるぞ」

「なるほど」

軽口屋は感心した。敵の殺気を削《そ》ぐ防禦法でもあるのかと思った。

「ほなら、そうさせて貰いまっさ」

軽口屋は大小を投げ出し、たちまち素っ裸になった。

「そこに六尺腰掛がある。そこへ寝い」

と、万吉は場所を指定した。

これで、人間ふたりが二列で川面に対して背をむけて寝ているかっこうになった。

軽口屋の背中には刺青《がまん》がある。とほうもない大男根が天にむかって咆えている図で、三都ひろしといえどもめったにみられないいれずみだ。

「一柳の藩邸ではどうやった」

「それがもう、豆カチでも踊っているような騒ぎで、どうせいもこうせいも、方針がおまヘンがな」

「お留守居の建部小藤治はんに会うたか」

「会いましたがな。あのおひともうろがきていて、目エと口が開いてるだけだンがな」

「開いてるだけか」

「音《ね》エが出まへん。長州と戦いまひょか、逃げまひょか、ときいても、振るのは首ばつかりで、どないもこないも、なりまへんでえ」

「えらいこっちゃな」

「侍も、あきまへんなあ」

「あかんで済まんがな」

そのあいだも、
だあーん
とおどしの銃声が鳴っては板壁が打ちぬかれた。

「侍というのは、戦があったら命を捨ててはたらく、ということで、その将来《さき》の約束の代償として禄を貰うている者どもや。戦があればということで三百年禄をもろうてくらしてきた。それがいま戦がある。あわてて逃げる。こらお前、食い逃げやがな」

「なるほど、食い逃げだンな」

「こんな阿呆なやつらが三百年、四民の上に立って世をおさめていたかと思うと情けない」

「そうだすとも」

「お前は根も葉もない軽口屋やが、それでも鉄砲玉の下で裸になって寝ている。侍よりなんぼか可愛らしい」

「へい」

軽口屋がうなずいたとき、槍をもった長州人が船からおりて番所へ入ってきた。

十三

槍をもった長州人は、万吉と軽口屋の背後に立った。

「おぬしらは、何をしている」

ぎらりと槍の穂が光った。

「番所の者はどうした」

「へい、逃げましたようで」

万吉は、むこうをむいたままいった。

「するとそのほうは」

長州人はいった。

「野盗か」

「いやさ、この裏に番小屋をもつ一柳家の小林佐兵衛という者や」

「なんのために」

「これでも、大公儀から西大坂一帯の川筋の警備を命ぜられている者だす。不逞の者は一人たりとも大坂に入れぬ、というお役目や。ところが」

と、万吉はいった。

「いまぞくぞくと川をのぼってくるのは、大公儀ご法度に反して徒党を組み、軍器をたずさえ、あまつさえ番所に鉄砲を放つなど、あきらかに御政道の罪人ども。当然、わしの役目として捕えねばならぬ。しかしながら多勢に無勢、討ちかかってもたたきのめされるのは必定《ひつじょう》」

「それで？」

「こうして裸で寝ている。貴殿も武士ならあわれと思うて素直に川をお通りなされ」

「面白いやつだ。返答次第では軍陣の血祭りにあげてやろうと思ったが、ゆるしてやってもよい」

「お慈悲なこって」

万吉は鼻で笑った。

武士は立ち去った。

そんなぐあいで船の群れはどんどん川をのぼり、天満八軒家の川湊までゆき、そこで淀船に乗りかえ、あとは京へ京へとのぼり去って行った。

翌日も、同様のことがつづいた。その夜になってやっと川は静かになった。

「気がゆるんだのか、風邪をひいた」

この夜、万吉は番所で何度もくしゃみをしていたが、どうも熱があるらしく、それに小春が恋しくもあって、白髪橋の家にもどった。

「ようよう、おさまった」

言いながら万吉は格子戸を閉め、錠をおろして二階へあがった。この男の癖である。

小春も、心得ている。ちょっと顔をなおし万吉のあとを追った。

「五年も会わなんだような気がする」

と、小春を寝床にひきずりこみ、さんざん騒《ほた》えたあと、ねむった。

夜半に目がさめた。

(こら、死にそうや)

とおもうほど腹がへっている。が、小春は、横でつつましく寝ていた。

万吉は階下へ行ってめしを焚き、干魚を焼き、湯葉《ゆば》や高野豆腐などを煮た。

(世の中はどうなるのか)

万吉はめしを掻きこみながら思った。実はつくづく侍稼業がいやになっている。なにやら長州人のほうが威勢がよくて、一柳藩のような幕府方はみじめったらしくて万吉の美意識にあわない。

（しかし頼まれている以上、やらずばなるまい）

おことわり

本作品中には、今日では差別表現として好ましくない用語が使用されています。

しかし、江戸時代を背景にしている時代小説であることを考え、これらの「ことば」の改変は致しませんでした。読者の皆様のご賢察をお願いします。

（出版部）

|著者| 司馬遼太郎　1923年大阪市生まれ。大阪外国語学校蒙古語部卒。産経新聞社記者時代から歴史小説の執筆を始め、'56年「ペルシャの幻術師」で講談社倶楽部賞を受賞する。その後、直木賞、菊池寛賞、吉川英治文学賞、読売文学賞、大佛次郎賞などに輝く。'93年文化勲章を受章。著書に『竜馬がゆく』『坂の上の雲』『翔ぶが如く』『街道をゆく』『国盗り物語』など多数。'96年72歳で他界した。

新装版《しんそうばん》　俄《にわか》(上)　浪華遊侠伝《なにわゆうきょうでん》

司馬遼太郎《しばりょうたろう》

2007年6月15日第1刷発行
2025年3月14日第25刷発行

発行者――篠木和久
発行所――株式会社　講談社
東京都文京区音羽2-12-21　〒112-8001
電話　出版 (03) 5395-3510
　　　販売 (03) 5395-5817
　　　業務 (03) 5395-3615

Printed in Japan

講談社文庫
定価はカバーに
表示してあります

KODANSHA

デザイン―菊地信義
本文データ制作―講談社デジタル製作
印刷――株式会社KPSプロダクツ
製本――株式会社KPSプロダクツ

ISBN978-4-06-275758-4

講談社文庫刊行の辞

二十一世紀の到来を目睫に望みながら、われわれはいま、人類史上かつて例を見ない巨大な転換期をむかえようとしている。

世界も、日本も、激動の予兆に対する期待とおののきを内に蔵して、未知の時代に歩み入ろうとしている。このときにあたり、創業の人野間清治の「ナショナル・エデュケイター」への志を現代に甦らせようと意図して、われわれはここに古今の文芸作品はいうまでもなく、ひろく人文・社会・自然の諸科学から東西の名著を網羅する、新しい綜合文庫の発刊を決意した。

激動の転換期はまた断絶の時代である。われわれは戦後二十五年間の出版文化のありかたへの深い反省をこめて、この断絶の時代にあえて人間的な持続を求めようとする。いたずらに浮薄な商業主義のあだ花を追い求めることなく、長期にわたって良書に生命をあたえようとつとめるところにしか、今後の出版文化の真の繁栄はあり得ないと信じるからである。

同時にわれわれはこの綜合文庫の刊行を通じて、人文・社会・自然の諸科学が、結局人間の学にほかならないことを立証しようと願っている。かつて知識とは、「汝自身を知る」ことにつきていた。現代社会の瑣末な情報の氾濫のなかから、力強い知識の源泉を掘り起し、技術文明のただなかに、生きた人間の姿を復活させること。それこそわれわれの切なる希求である。

われわれは権威に盲従せず、俗流に媚びることなく、渾然一体となって日本の「草の根」をかたちづくる若く新しい世代の人々に、心をこめてこの新しい綜合文庫をおくり届けたい。それは知識の泉であるとともに感受性のふるさとであり、もっとも有機的に組織され、社会に開かれた万人のための大学をめざしている。大方の支援と協力を衷心より切望してやまない。

一九七一年七月

野間省一

島田荘司　御手洗潔の挨拶
島田荘司　御手洗潔のダンス
島田荘司　水晶のピラミッド
島田荘司　眩（めまい）暈
島田荘司　アトポス
島田荘司　異邦の騎士〈改訂完全版〉
島田荘司　御手洗潔のメロディ
島田荘司　Pの密室
島田荘司　ネジ式ザゼツキー
島田荘司　都市のトパーズ2007
島田荘司　21世紀本格宣言
島田荘司　帝都衛星軌道
島田荘司　UFO大通り
島田荘司　リベルタスの寓話
島田荘司　透明人間の納屋
島田荘司　占星術殺人事件〈改訂完全版〉
島田荘司　斜《なな》め屋敷の犯罪〈改訂完全版〉
島田荘司　星籠《せいろう》の海（上）（下）
島田荘司　屋上

島田荘司　名探偵傑作短篇集 御手洗潔篇
島田荘司　火刑都市〈改訂完全版〉
島田荘司　暗闇坂の人喰いの木〈改訂完全版〉
島田荘司　網走発遙かなり〈改訂完全版〉
清水義範　蕎《そ》麦《ば》ときしめん
清水義範　国語入試問題必勝法〈新装版〉
椎名誠　にっぽん・海風魚旅〈怪し火さすらい編〉
椎名誠　大漁旗ぶるぶる乱風編〈にっぽん・海風魚旅4〉
椎名誠　南シナ海ドラゴン編〈にっぽん・海風魚旅5〉
椎名誠　風のまつり
椎名誠　ナマコ
椎名誠　埠頭三角暗闇市場
島田雅彦　パンとサーカス
真保裕一　取引
真保裕一　震源
真保裕一　盗聴
真保裕一　朽ちた樹々の枝の下で
真保裕一　奪取（上）（下）
真保裕一　防壁

真保裕一　密告
真保裕一　黄金の島（上）（下）
真保裕一　発火点
真保裕一　夢の工房
真保裕一　灰色の北壁
真保裕一　覇王の番人（上）（下）
真保裕一　デパートへ行こう！
真保裕一　アマルフィ〈外交官シリーズ〉
真保裕一　天使の報酬〈外交官シリーズ〉
真保裕一　アンダルシア〈外交官シリーズ〉
真保裕一　ダイスをころがせ！（上）（下）
真保裕一　天魔ゆく空（上）（下）
真保裕一　ローカル線で行こう！
真保裕一　遊園地に行こう！
真保裕一　オリンピックへ行こう！
真保裕一　連鎖〈新装版〉
真保裕一　暗闇のアリア
真保裕一　ダーク・ブルー
真保裕一　真・慶安太平記

講談社文庫　目録

2024年12月13日現在

「司馬遼太郎記念館」への招待

司馬遼太郎記念館は自宅と、隣接地に建てられた安藤忠雄氏設計の建物で構成されています。広さは、約3180平方メートル。2001年11月1日に開館しました。数々の作品が生まれた書斎、四季の変化を見せる雑木林風の庭、高さ11メートル、地下1階から地上2階までの3層吹き抜けの壁面に、資料など2万余冊が収蔵されている大書架……などから一人の作家の精神を感じ取ってもらえれば、と考えました。展示中心の見る記念館というより、感じる記念館ということを意図しました。この空間で、わずかでもいい、ゆとりの時間をもって、来館者ご自身が自由に考える、読書の大切さを改めて考える、そんな場になれば、という願いを込めています。（館長 上村洋行）

利用案内

所 在 地　大阪府東大阪市下小阪3丁目11番18号　〒577-0803
T E L　06-6726-3860
H P　https://www.shibazaidan.or.jp
開館時間　10:00～17:00（入館受付は16:30まで）
休 館 日　毎週月曜日（祝日・振替休日の場合は翌日が休館）
特別資料整理期間（9/1～10）、年末年始（12/28～1/4）
※その他臨時に休館、開館することがあります。

入館料

	一般	団体
大人	800円	640円
高・中学生	400円	320円
小学生	300円	240円

※団体は20名以上
※障害者手帳を持参の方は無料

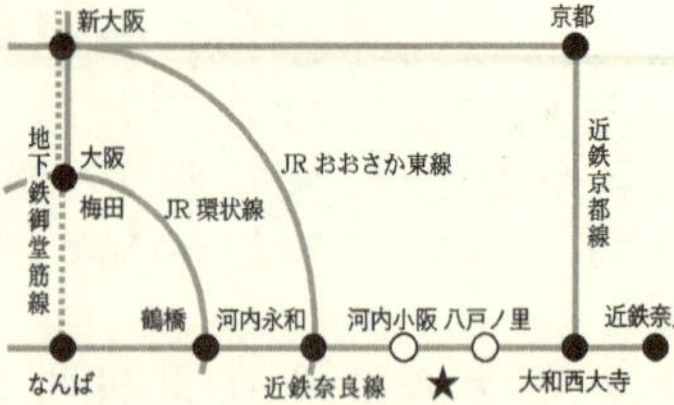

アクセス 近鉄奈良線「河内小阪駅」下車,徒歩12分。「八戸ノ里駅」下車,徒歩8分。
Ⓟ5台 大型バスは近くに無料一時駐車場あり。必ず事前にご連絡ください。

記念館友の会　ご案内

友の会は司馬作品を愛し、記念館を支えてくださる会員の皆さんとのコミュニケーションの場です。会員になると、会誌「遼」（年4回発行）をお届けします。また、講演会、交流会、ツアーなどの行事に会員価格で参加できるなどの特典があります。

年会費　一般会員3500円　サポート会員1万円　企業サポート会員5万円
お申し込み、お問い合わせは友の会事務局（TEL 06-6726-3860）まで